COLLECTION
FOLIO/ACTUEL

Bernard Dupaigne
Gilles Rossignol

Le carrefour afghan

Gallimard

Cet ouvrage est publié sous la direction de Jean-Claude Grimal et Olivier Mazel dans la série « Le Monde Actuel ».

*Conception et réalisation
des graphiques, cartes et tableaux : Cécile Marin*

Bernard Dupaigne est professeur au musée de l'Homme.
Gilles Rossignol est ancien attaché culturel et de coopération technique à l'ambassade de France à Kaboul.

INTRODUCTION

UN PAYS BRISÉ

Il fut un temps où il n'y avait ni avions ni camions. Les échanges entre empires asiatiques se faisaient au rythme des caravanes de dromadaires parcourant 30 kilomètres par jour, de caravansérail en caravansérail, se relayant de villes de négoces à centres d'entrepôts. De la Chine et de l'Inde à la Grèce, à l'Égypte et à Rome, les relations étaient constantes : échanges de marchandises, contacts d'idées, de philosophies, de religions. Les régions formant l'actuel Afghanistan se situaient au confluent de ces courants d'échange. À mi-chemin entre la Chine et Rome, à la croisée des routes de l'est vers l'ouest, du nord vers le sud, se trouvait Bamyân, où le pèlerin Hiouen-Tsang dénombrait, en 632 de notre ère, plusieurs dizaines de monastères bouddhistes, où plusieurs milliers de moines entretenaient la foi. Les bouddhas géants, sculptés dans la falaise, symboles de paix et de sagesse, paraissaient veiller sur les caravaniers. L'Afghanistan, carrefour de civilisations, labouré par les rencontres et les invasions successives, a vu naître sur son sol une incroyable diversité d'œuvres artistiques aujourd'hui dispersées un peu partout à travers le monde. C'est cette tradition millénaire que les *tâlebân* afghans, dans leur folie, prétendirent abolir en mars 2001.

Puis les routes commerciales, la route de la soie, la « vieille route de l'Inde » se sont détournées de l'Asie centrale au profit de nouvelles voies maritimes explorées par les Arabes à partir du VIIe siècle de notre ère, puis par les Portugais à partir de mai 1498 et l'expédition de Vasco de Gama qui établit les premiers comptoirs commerciaux dans le sud de l'Inde. Il n'était plus besoin d'affronter les risques des pistes terrestres. L'Asie centrale se replia sur elle-même. L'islam, ouvert et conquérant, se figea en une contemplation morose de son brillant passé.

Vint le temps des impérialismes. L'Afghanistan est né à la fin du XIXe siècle des rivalités entre la Perse, les Britanniques et les Russes. Ses frontières sont artificielles ; arbitrairement délimitées, elles ne correspondent à aucune réalité géographique ou ethnique. Il serait sans doute excessif de parler d'une « nation afghane ». Et pourtant un État s'était construit. Ses populations, dans leur diversité, manifestaient une volonté de vivre ensemble, il existait un sentiment d'appartenance à une même communauté, que l'on pourrait caractériser comme l'*afghanité*[1]. Le consensus afghan était fragile, mais réel. Le coup d'État communiste d'avril 1978 l'a brisé. Aujourd'hui, après vingt-quatre ans de tragédies, l'Afghanistan existe-t-il encore ?

Le 9 septembre 2001, Ahmad Châh Massoud, la figure la plus emblématique de la résistance afghane, est victime d'un attentat commis dans des circonstances particulièrement audacieuses par

1. Concept développé par Zalmaï Haqani, actuel ambassadeur d'Afghanistan en France (« L'afghanité et l'unité nationale à l'épreuve », *Les Nouvelles d'Afghanistan*, n° 79, 4e trimestre 1997, p. 16-17).

deux pseudo-journalistes d'origine arabe dotés de passeports belges[1].

Le surlendemain, deux avions de ligne percutent les tours jumelles du World Trade Center à New York, un autre s'abat sur le Pentagone à Washington, un quatrième s'écrase en rase campagne. On compte près de 3 000 morts. L'Amérique est tétanisée, le monde sous le choc. La vérité ne tarde pas à surgir : il s'agit, là aussi, d'attentats-suicides commis par des musulmans fanatisés, préparés et entraînés de longue date, qui sont parvenus à prendre le contrôle des appareils.

Les différents observateurs et services de renseignements ont immédiatement fait le rapprochement entre les deux événements. Le coupable est désigné : il s'agit d'Ousâma ben Lâden, réfugié en Afghanistan, dans la région de Kandahâr ; il y vit en toute tranquillité sous la protection bienveillante des *tâlebân*, qui ont assis leur pouvoir sur la quasi-totalité du territoire de l'Afghanistan, à l'exception du Pandjchir et du Nord-Est, tenus par les troupes de Massoud. Ben Lâden s'est juré d'abattre les États-Unis. Pour le reste, il a payé sa dette d'hospitalité aux *tâlebân* en commanditant l'assassinat de Massoud par l'intermédiaire de ses réseaux en Europe.

Ousâma ben Lâden est né à Djeddah (Arabie Saoudite) en 1957, d'un père yéménite et d'une mère appartenant à une puissante famille saoudienne. Éduqué à l'occidentale, il a entrepris des études d'ingénieur qu'il interrompt pour se consacrer à la théologie islamique. Après avoir hérité de son père une fortune considérable, acquise notamment dans les travaux publics en Arabie Saoudite, il participe, avec

1. Sa mort ne sera annoncée que le 15 septembre afin de permettre à son état-major de se réorganiser.

les financements de la CIA, à l'organisation des partis les plus extrémistes de la résistance afghane contre les Soviétiques. En 1989, il fonde le mouvement Al-Qâïda[1], qui va attirer des « volontaires » musulmans du monde entier pour combattre les « communistes athées ». Il crée différents camps d'entraînement à leur intention dans la partie orientale de l'Afghanistan, autour de Djelâlâbâd et de Khost. Revenu en Arabie Saoudite en 1990, il continue de financer les groupes les plus intégristes de la résistance afghane et les volontaires du réseau Al-Qâïda. Dans le même temps, il intéresse divers Saoudiens à des œuvres caritatives dans le monde musulman, dans la mouvance de différentes mosquées en Europe ; elles deviendront des officines d'endoctrinement, de propagande, des relais, des bureaux de recrutement.

Lorsque Saddam Hussein envahit le Koweït, le 2 août 1990, et que se forme une coalition internationale contre l'Iraq, Ben Lâden est outré que des troupes américaines puissent installer leurs bases en Arabie, terre d'islam par excellence, et que des États musulmans puissent participer à une opération militaire contre d'autres musulmans. En 1991, il doit quitter l'Arabie pour le Soudan. C'est de là qu'il commence à organiser une série d'attentats contre les intérêts américains dans le monde et aux États-Unis mêmes — au World Trade Center, déjà... Déchu de la nationalité saoudienne en 1994, il revient en Afghanistan en 1996, et s'installe à Kandahâr, sous la protection du mollah Omar, à partir de 1997. On connaît la suite...

Fanatique, assassin, dément, illuminé, monstre cynique, mégalomane : tous ces qualificatifs et

1. Littéralement : « la base ».

quelques autres ont été appliqués à Ousâma ben Lâden. Certes. La réalité du personnage, ses motivations (comme celle de ses proches et des principaux *tâlebân*), la nature de ses relations avec le mollah Omar, « guide » des *tâlebân*, sont pourtant plus complexes, et parfois difficilement compréhensibles pour un esprit occidental.

Ousâma ben Lâden est d'abord un Arabe, musulman, attaché à la stricte tradition de l'imâm Ibn al-Wahhâb (1703-1792), qui constitue la doctrine officielle de l'Arabie Saoudite : « Mouvement à la fois religieux et politique, arabe et musulman, le wahhâbisme s'est assigné essentiellement pour but, au moment où l'empire ottoman donnait les premiers signes graves de décadence et où le chi'isme, en Perse et en Iraq, consolidait ses progrès, de construire un État sunnite qui se fût étendu non seulement au Najd[1], mais à l'ensemble des pays arabes, et de restaurer l'Islam dans toute sa pureté première en luttant contre toutes les innovations suspectes ou les superstitions populaires et en se laissant de larges possibilités d'expansion comme au temps des Compagnons[2]. »

Comme beaucoup d'Arabes, Ben Lâden conserve la nostalgie de la grandeur de l'empire arabe, du califat ommeyyade de Damas, du califat abbasside de Bagdad et de la brillante civilisation qu'ils engendrèrent. Ce proche des *tâlebân* pachtouns afghans n'a-t-il pas ressenti de l'hostilité envers les peuples du centre et du nord de l'Afghanistan, les Tadjiks, les Hazâras chi'ites, les Turkmènes, les Ouzbeks, descendants des hordes turques, mongoles et turco-mongoles venues des steppes, qui finirent de ruiner

1. Najd : la partie occidentale de la péninsule Arabique, incluant La Mecque et Médine, les lieux saints.

2. Henri Laoust, *Les schismes dans l'Islam*, Payot, 1977, p. 323.

l'empire arabe, déjà morcelé, en ravageant une première fois Bagdad en 1258, une seconde fois en 1401 ? N'était-il pas naturel que sa sympathie le dirigeât plutôt du côté des rudes Pachtouns que vers les autres ethnies afghanes ?

Ne porte-t-il pas en lui, là encore comme beaucoup d'Arabes, le poids de l'humiliation de la domination des Turcs ottomans, puis celle de la colonisation ou des protectorats européens du XIXe et du XXe siècle et de leur supériorité scientifique et technique ? Et que dire de cette autre humiliation que constituait pour Ben Lâden, zélateur de la cause palestinienne, l'existence de l'État d'Israël soutenu par les États-Unis ? Pourquoi ne se serait-il pas identifié à cet autre Ousâma, Ousâma ibn Mounqidh (1095-1188), valeureux combattant au service des Zengi, Nour al-Dîn et Salah al-Dîn[1], qui terminait ses Mémoires[2] avec l'année 1187, lorsque Salah al-Dîn, après avoir infligé un désastre aux Francs[3] à Hittîn, entre dans Jérusalem : « Jérusalem la sainte, que l'islam retrouvait comme une épousée, presque un siècle après avoir été séparée d'elle. Ici, sur ce triomphe qui ne peut pas ne pas en annoncer d'autres, s'achève l'histoire de ma vie » ?...

Il faut enfin, au-delà du monde arabe, élargir à la communauté des croyants (*'oumma*) voulue par le Prophète les aspirations de Ben Lâden à un islam universel et au renouveau du monde musulman. Peut-être a-t-il médité les enseignements du cheikh

1. Ces deux derniers connus en Occident comme « Nouredin » et « Saladin ».

2. *I'tibâr* (« L'expérience »). Voir l'édition d'André Miquel : *Ousâma, un prince syrien face aux croisés*, Fayard, 1986. Le passage cité figure p. 189.

3. Pour les Arabes, au Moyen Âge, le nom de « Francs » (*Ferangi*) désigne indifféremment tous les croisés.

Djemâl ad-dîn al-Afghâni — « l'Afghan [1] » —, qui fut à la fin du XIXe siècle, avec son disciple et ami égyptien, le cheikh Abdouh, à l'origine de tous les mouvements réformistes dans le monde arabo-musulman, et notamment celui des Frères musulmans en Égypte.

Avec ses conseillers, en particulier Ayman Zawahiri, chef du Djihâd islamiste égyptien, Ben Lâden a tissé, depuis Kandahâr ou ses « bases » afghanes, un véritable réseau terroriste dans le monde ; il a mûri et préparé des actions, des attentats. L'argent ne lui manque pas, et un système bancaire complexe et discret, lui aussi mondialisé, lui a permis de financer ces opérations.

En 1992, au terme d'une guerre de résistance de treize années contre le régime communiste et les troupes soviétiques, les *modjaheddîn* pénètrent dans Kaboul. Mais ils ne sauront pas s'entendre pour former un gouvernement d'union et ils vont se livrer une guerre fratricide et sanglante qui durera deux ans. En novembre 1994, le mouvement *tâlebân*, structuré, armé, et entraîné au Pakistan, s'empare de Kandahâr. En septembre 1996, les *tâlebân* sont à Kaboul. Deux ans plus tard, ils contrôlent la majeure partie du territoire afghan. Plutôt bien accueillis à l'origine par les populations civiles du sud du pays, qui aspirent au retour à la paix, ils vont mettre en application les principes islamiques les plus rigides, ce qui les fera détester par la majorité silencieuse. Parmi eux, les « Arabes » de Ben Lâden, totalement étrangers à la société afghane, seront particulièrement haïs.

Au sens strict du terme, un *tâleb* (au pluriel *tâlebân*) est un étudiant (sous-entendu : en religion). Au

1. Sur Djemâl ad-dîn al-Afghâni (1838-1897), cf. encadré p. 72-73.

Pakistan, la plupart des écoles, on pourrait dire collèges ou universités islamiques, les *madrassâ*, se rattachent à l'école de Déoband, du nom d'une *madrassa* fondée en 1867 près de Delhi. Les mollahs « déobandi » sont formés au *fiqh*, ou, si l'on préfère, au droit « canonique », qui a pour but d'appliquer les préceptes coraniques à tous les aspects de la vie. Se rattachant à l'école hanéfite[1], ils rejettent l'innovation (*bid'a)* en matière juridique et s'en tiennent à la stricte Tradition, celle émanée du Coran et des *ahâdîth*, ou « paroles » du Prophète. Ils forment une communauté (*'oumma*) dont les principes fondateurs pourraient être résumés par la profession de foi des Frères musulmans : « Dieu est notre but, le Prophète notre guide, le Coran notre loi [constitution], la guerre sainte [*djihâd*] notre voie, mourir à la guerre sainte notre suprême désir[2]. » Leur conception de l'État, du gouvernement, de la justice, de la société, de l'ordre public, des relations avec l'ensemble du monde musulman est parfaitement cohérente ; elle obéit à sa propre logique. L'un des maîtres à penser des fondamentalistes pakistanais, Abou A'lâ Maududi, la définissait ainsi : « La base philosophique de la démocratie occidentale est la souveraineté du peuple [...] Ce n'est pas le cas dans l'islam [...] L'islam [...] répudie la philosophie de la souveraineté populaire et trouve ses fondements dans les bases de la souveraineté de Dieu et la vice-régence

1. Du nom de l'imâm Abou Hanîfah (v. 700-767).

2. Le mouvement des Frères musulmans (*Al-Ikhwân al-muslimoun*) a été fondé en 1929 en Égypte par Hassan al-Bannâ (mort en 1949). Sa doctrine s'inspire des enseignements de Djemâl ad-dîn al-Afghâni (retour aux sources de l'islam, reconstitution de la communauté des croyants de par le monde au-delà des différences doctrinales, libération des pays musulmans de toute influence étrangère, établissement d'un État islamique idéal).

humaine (califat). Si l'on me permettait d'introduire un mot nouveau, je décrirais ce système de gouvernement comme une "théo-démocratie", c'est-à-dire un gouvernement démocratique divin, car, sous ce gouvernement, les musulmans se sont vu accorder une souveraineté populaire limitée par la toute puissance divine[1]. »

À l'origine, ces *tâlebân* sont principalement des Afghans, Pachtouns, éduqués dans les *madrassâ* pakistanaises : « En majorité, ils avaient toujours vécu dans les camps de réfugiés du Baloutchistan ou de la province nord-ouest du Pakistan, hormis quelques séjours dans les dizaines de madrassas tenues par des mollahs afghans ou les partis fondamentalistes pakistanais, qui avaient poussé comme des champignons le long de la frontière [...]. Ces orphelins de la guerre, sans racines ni point d'attache, sans travail, constituaient une classe de laissés-pour-compte qui n'avaient guère la possibilité d'exercer leur jugement. Ils admiraient la guerre parce que c'était la seule profession à laquelle ils pouvaient s'adapter. Leur foi simpliste en un islam messianique et puritain leur avait été enfoncée dans le crâne par des modestes mollahs de village ; elle était leur seul soutien, elle seule donnait un sens à leur vie[2]. » Au nom du panislamisme, les *tâlebân* vont accueillir dans leurs rangs des Pakistanais, bien sûr, mais aussi des « Arabes » (c'est le nom sous lequel on les désignera à Kaboul) venus des quatre coins du monde musulman après être passés par les camps d'entraînement financés par Ousâma ben Lâden.

1. Maududi, *The Islamic Law and Constitution*, 1969, p. 133-134.

2. Ahmed Rachîd, *L'ombre des talibans*, Autrement, 2001, p. 54. Olivier Roy définira le mollah Omar comme « un plouc mystique ».

Une photo, l'une des deux ou trois que l'on possède du mollah Omar, le montre à Kandahâr (sans doute le 4 avril 1996), revêtu d'un manteau que la tradition dit avoir été porté par le Prophète et conservé depuis des générations dans la grande mosquée de la ville. Quelques jours plus tôt, une foule considérable de mollahs venus des quatre coins du pays pachtoun s'était réunie à Kandahâr. Ils avaient proclamé le mollah Omar *âmir al-mo'minîn*, c'est-à-dire « commandeur des croyants », et lui avaient prêté serment d'allégeance (*bay'at*). Il s'agissait bien d'un événement d'une portée incalculable, aussi bien pour l'Afghanistan que pour le monde musulman.

Si l'ethnie pachtoune affirmait ainsi sa prééminence sur toutes les autres dans la conduite des affaires « afghanes », la réunion s'était déroulée hors de la présence des chefs traditionnels, les *khân*, dont beaucoup avaient organisé la résistance au régime communiste et à l'occupation soviétique. Les mollahs, dans leur immense majorité, étaient issus de familles paysannes pauvres, tout comme le mollah Omar. En confiant à l'un des leurs l'autorité suprême, ils réduisaient à rien le système tribal, clanique, familial, fortement hiérarchisé, qui avait caractérisé la société pachtoune depuis ses origines. Les *khân* étaient humiliés. Ils n'avaient eu le choix qu'entre la soumission ou la mort. Au pouvoir traditionnel de l'« aristocratie » pachtoune s'était substitué celui d'une classe sociale, pachtoune elle aussi, mais que l'on n'attendait pas, formée de mollahs et de paysans. Dès lors, le *pachtounwâli*, l'ancestral code coutumier des Pachtouns, ne demeurera admis qu'à la condition de ne pas s'opposer à la *charî'ah*, la loi islamique. Il s'agissait bien d'une révolution. Elle devait avoir pour conséquence l'établissement d'un nouvel ordre politique et social. Les mollahs, en effet, à commencer par celui qu'ils avaient choisi pour guide, entendaient fonder tous les principes du gouvernement de l'*émirat* d'Afghanistan sur la *charî'ah* islamique.

La séparation des pouvoirs n'existe pas en droit musulman traditionnel. À l'origine, le calife (*khalîfah*), ou « commandeur des croyants » (*âmîr al-mo'minîn*), est tout à la fois le chef religieux, le juge suprême, le détenteur du pouvoir exécutif et le commandant des armées. On a pu le définir comme « le lieutenant » ou « l'ombre de Dieu sur la terre ». Il gouverne suivant les préceptes du Coran et la Tradition du Prophète (la *sounna,* d'où le nom de « sunnites », par opposition à la tradition chi'ite), dont dérive la loi islamique (la *charî'ah*). Il s'entoure d'une assemblée de « docteurs de la loi » (les *oulâma*, pluriel de *'alîm*), c'est-à-dire les « hommes instruits » (du Coran), et requiert leur avis lorsque cela est nécessaire, en sorte qu'il y ait un accord communautaire, un consensus (*idjmâ'*), conformément à l'un des plus célèbres et des plus commentés *ahâdîth* du Prophète : « Ma communauté [*'oumma*] ne tombera pas d'accord sur une erreur. »

Et si l'administration centrale demeure à Kaboul, où chacun des ministères est dirigé par un mollah, le « guide suprême », le mollah Omar, réside symboliquement à Kandahâr, capitale de l'empire d'Ahmad Châh Dourrâni au XVIIIe siècle, affirmant ainsi le caractère pachtoun du nouveau pouvoir. Il est assisté par un conseil (*choura*) d'une dizaine de membres. Les mollahs qu'Omar a installés aux postes de commande à Kaboul et dans les gouvernorats lui sont totalement soumis. Il annule parfois leurs décisions sans explication et ils obéissent. Ces mollahs, dans la stricte application du principe de la confusion des pouvoirs, sont d'ailleurs indistinctement des autorités religieuses, des juges, des chefs de guerre, et des administrateurs civils, ce qui a créé d'innombrables problèmes dans la gestion quotidienne à Kaboul ou dans les provinces. On ne les laisse jamais très longtemps en place, ou dans les mêmes fonctions, de sorte que le pouvoir de l'*âmîr al-mo'minîn* et de sa *choura* demeure sans partage. Partout où s'exercera en Afghanistan le pouvoir des *tâlebân*, la *charî'ah* sera appliquée avec rigueur et dans son acception la plus étroite.

Entre Ben Lâden, le mollah Omar et ses principaux conseillers, une connivence de fait s'était établie. Les seconds avaient bénéficié de l'appui financier, militaire sinon logistique du premier, sans oublier que tous professaient un islam dépouillé, austère et rigide, refusant le culte des saints (auquel la majorité des Afghans sont très attachés). Et même si le wahhâbisme et l'école hanéfite diffèrent sur quelques points de doctrine en matière juridique, Ben Lâden était l'hôte du mollah Omar. Ce qui est un devoir pour un musulman est un impératif catégorique dans la tradition pachtoune. Tant qu'il est sous le toit de celui qui l'accueille, l'hôte est sacré ; on lui doit assistance et protection.

Aussi bien, lorsque le président George W. Bush, dans une intervention télévisée, demande, le 17 septembre 2001, que les *tâlebân* lui livrent Ben Lâden « mort ou vif », que le gouvernement pakistanais leur donne trois jours pour ce faire, la réponse était connue d'avance. Le 2 octobre, les « preuves » de la responsabilité de Ben Lâden et du réseau Al-Qâïda dans les attentats sont produites par les États-Unis. À son tour, le Premier ministre britannique, Tony Blair, somme les *tâlebân* de « livrer les terroristes ou de rendre le pouvoir », mais la cause est entendue.

Ce sera la guerre. L'opération prendra le nom de « Liberté immuable ».

L'horreur des attentats du 11 septembre 2001, la crainte d'autres attaques, y compris sous forme bactériologique ou chimique[1], et l'opprobre quasi général accablant le régime rétrograde et sectaire des *tâlebân* y avaient préparé l'opinion internationale. Les Occidentaux se déclarent solidaires des États-Unis et s'y montrent franchement favorables. La situation est moins claire au Moyen-Orient. Certes, l'Arabie Saoudite, qui avait fait preuve, c'est le moins que l'on puisse dire, d'une rare complaisance à l'égard du régime des *tâlebân*, se sent obligée de rompre ses relations diplomatiques avec lui le 24 septembre. Ailleurs, les réticences sont nombreuses : « Chez les radicaux d'abord, à Damas et à Téhéran. Chez les modérés, la méfiance est de même nature et à peine moins voilée. À Amman, au Caire, à Beyrouth, on n'ose afficher une vraie solidarité avec les États-Unis, de peur de heurter de front des opinions publiques qui ressentent comme profondément injuste la politique américaine dans la région — qu'il s'agisse de l'Iraq ou du conflit israélo-palestinien[2]. » Saddam Hussein condamne évidemment l'intervention américaine. Au Pakistan, où les *tâlebân* avaient bénéficié d'un appui quasi officiel, le gouvernement de Parvez Musharraf sera sensible aux arguments américains, présentés sous forme sonnante et trébuchante, et les manifestations en faveur de Ben Lâden et des *tâlebân*, orchestrées par les mouvements islamistes extrémistes, feront long feu. En dépit des appels de Ben Lâden à la *djihâd*,

1. Il faut se rappeler la panique liée à l'envoi de lettres contaminées à l'anthrax.

2. Alain Frachon, *Le Monde*, 5 octobre 2001.

les foules musulmanes resteront silencieuses pendant toute la durée de l'opération « Liberté immuable ». Les premières frappes américaines sur des objectifs en Afghanistan ont lieu le 7 octobre.

L'Occident, déjà au fait de l'humiliante condition imposée aux femmes par les *tâlebân*, va apprendre à s'initier, par médias interposés, et par des raccourcis télévisés simplificateurs, à la complexité de la situation en Afghanistan ; il découvre les différentes ethnies, le jeu des alliances faites, défaites et refaites, le drame des millions de réfugiés qui ont dû fuir leur pays en guerre depuis deux décennies, la situation de famine dans certaines provinces... En moins de trois mois, les frappes américaines, précises et dévastatrices, préludes aux offensives de l'Alliance du Nord, vont pulvériser le régime des *tâlebân*...

CHAPITRE I

UN CARREFOUR

Quiconque a voyagé en Afghanistan en conserve un souvenir ébloui. Steppes du Nord, immensités fleuries au printemps par l'éclosion de tulipes sauvages ; massifs montagneux, difficiles d'accès, où la vie s'organise autour d'étroites vallées encaissées et de cultures en terrasses miraculeusement accrochées aux parois ; déserts du Sud, où le vent forme des dunes mouvantes, d'où émergent pourtant quelques restes de forteresses ou de palais, ravagés en même temps que les canaux d'irrigation, lors du passage de Gengis Khân, au début du XIIIe siècle ; vallées fertiles, où les cours d'eau et les canaux de dérivation sont bordés de peupliers ; vastes étendues arides, où des nuages de poussière signalent des troupeaux en transhumance. De place en place, l'habitat s'organise ; *qala*, fermes isolées, construites en pisé, flanquées de deux ou quatre modestes tours à plan carré utilisées comme silos à grains ou pièces de séchage pour les fruits ; anciens caravansérails, distants les uns des autres d'une journée de marche, où faisaient étape les caravanes de marchands ou les voyageurs ; habitat transhumant des nomades, tentes noires gardées par des chiens réputés pour leur férocité.

Les bourgs, les villages et les villes comportaient de beaux jardins ombragés d'arbres fruitiers. Les bazars étaient animés, parfois grouillants. Ils retentissaient de cris, de l'écho des discussions, de coups de klaxon et des sonnettes des vélos. Les odeurs d'épices, de viandes grillées, ou de parfums lourds se mélangeaient à des relents parfois pestilentiels. Les maisons s'abritaient derrière de hauts murs, pour protéger la cellule familiale des regards indiscrets; les demeures construites en dur contrastaient avec des masures en briques ou en pisé, dont le nombre a démesurément crû ces dernières années en raison de l'exode vers les villes.

Mais aussi, hélas, aujourd'hui, des spectacles désolants, les ruines d'une capitale éventrée, des villages détruits, des routes défoncées, et des cimetières où des piquets fichés en terre, comportant des lambeaux de tissus multicolores, marquent les tombes des *châhîd*, les martyrs de vingt-trois ans de guerre.

Une situation géographique particulière

Pays enclavé, l'Afghanistan appartient à un vaste ensemble géologique entre les hauts plateaux iraniens, le sous-continent indien et les steppes de l'Asie centrale. L'Afghanistan est montagnes, déserts torrides et steppes éclatées de chaleur; les plaines cultivables sont rares, et là où il y a de l'eau, il n'y a pas assez de terre. Les plaines, aux terres abondantes, crient leur soif. Du château montagneux du centre de l'Afghanistan, les fleuves coulent vers l'Iran ou vers les pays de l'ex-URSS. Toute la peine des hommes depuis quatre mille ans consiste à essayer d'arrêter le cours de l'eau pour la dériver vers les champs, ou à capter les eaux souterraines qui permettront d'irriguer.

FIGURE 1

Géographie de l'Afghanistan

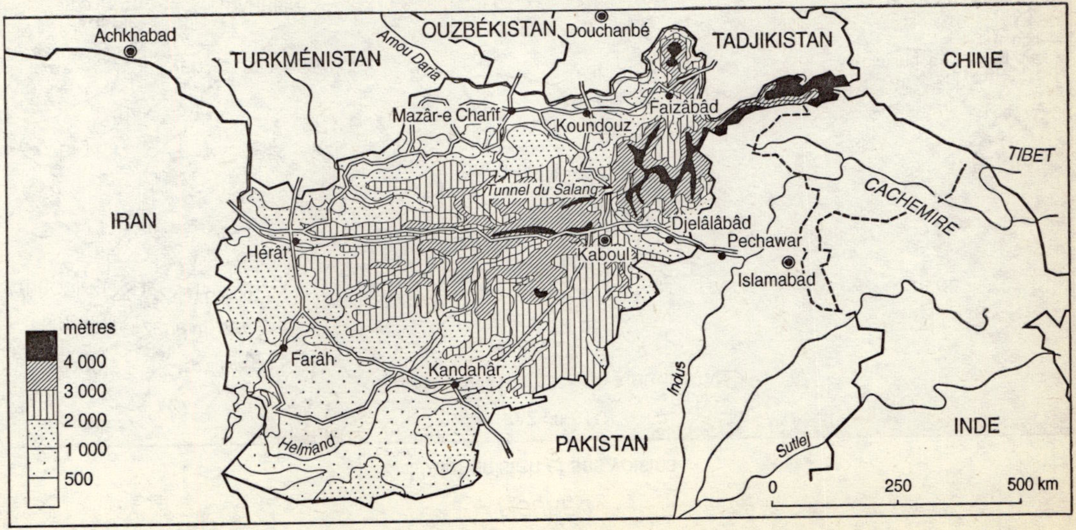

FIGURE 2

L'Afghanistan et ses voisins

Kaboul, la capitale, est à 1 800 mètres d'altitude, noyée dans la neige en hiver. Ghazni, à 130 kilomètres à l'ouest, est à 2 200 mètres. Le col du Salang, à seulement 110 kilomètres de la capitale, est à 3 360 mètres. Le sol est souvent gelé en hiver et les Afghans des régions centrales passent les trois mois de l'hiver enfermés dans leur maison, tassés autour de la *tawakhané*, système de chauffage souterrain où la chaleur produite par le foyer de la cuisine est menée par des conduites sous les pièces de la maison. Au même moment, le vent souffle dans les steppes glacées du Nord, venu tout droit de Sibérie; alors qu'à l'est du pays, à Djelâlâbâd, dans un paysage luxuriant où pousse la canne à sucre et prospère le maïs, les citadins aisés de Kaboul venaient en villégiature dans leurs résidences d'hiver, sous un printemps presque tropical.

De l'est d'Hérât jusqu'au Pâmir, la chaîne du Kohe Bâbâ, prolongée par l'Hindou-Kouch, s'étend sur 1 400 kilomètres. Depuis le Safid Koh (3 900 mètres) jusqu'au Nao Chakh (7 485 mètres) et au-delà, ce massif montagneux coupe l'Afghanistan en deux. Pendant longtemps, les communications entre le nord et le sud de l'Afghanistan ont été difficiles; elles étaient complètement interrompues pendant les trois mois d'hiver. C'est ce que remarquait, au XIVe siècle, le voyageur maghrébin Ibn Battoutah : il lui a fallu attendre « l'arrivée des chaleurs » pour que la caravane dont il faisait partie puisse franchir l'Hindou-Kouch[1]. Avant l'ouverture du tunnel du Salang, creusé par les ingénieurs soviétiques entre 1963 et 1964, les voyageurs étaient contraints au

1. Ibn Battoutah, *Tahfat al-Mouzzar* (« Voyages d'Ibn Battoutah dans la Perse et l'Asie centrale »), trad. M. Defrémery et B. Sanguinetti, Thurrot, 1853-1858, 4 vol.

détour par Bamyân, la ville détruite par Gengis Khân, là où les pèlerins bouddhistes faisaient halte, remerciant le ciel de leur avoir permis de rester en vie après une si dure traversée sur la route de la soie.

Ce massif montagneux explique les difficultés que toutes les invasions ont connues pour soumettre les populations à l'abri dans leurs montagnes. Qu'ils soient venus du nord ou de l'ouest, les envahisseurs ont presque toujours effectué un large détour pour contourner cet obstacle et ce péril. Barrière naturelle, position stratégique, l'Hindou-Kouch est aussi le château d'eau de l'Afghanistan. Dans le Pâmir, il donne naissance à l'Amou-Dâriâ (*dâriâ* signifiant « fleuve ») qui se grossit ensuite de différentes rivières : la Kokcha, l'Andarâb, la Koundouz, la Balkh, qui coulent vers le nord avant de se rabattre vers l'ouest. Mais aussi le Hari Rod, qui prend ses sources dans la région du Koh-e Bâbâ et coule vers l'ouest. C'est toujours dans la région du Koh-e Bâbâ que se forment le Farâh Rod, l'Helmand et l'Arghandâb, qui vont se perdre dans les sables du Seistân, au sud-ouest. Enfin, dans la région de Kaboul, le Logar, la Kaboul, la Pandjchir et la Kounar se rejoignent dans la région encaissée où la Kaboul va arroser Djelâlâbâd avant de rejoindre Pechâwar, puis l'Indus.

Ce système hydrographique est d'une importance vitale : de l'abondance des précipitations dépend la vie des vallées et des plaines cultivées. L'agriculture afghane est fragile, et la moindre insuffisance de précipitations engendre des conséquences dramatiques sur les récoltes : on le vit bien en 1970-1972, quand trois années successives de sécheresse entraînèrent des famines, dans la province de Ghor, qui ont laissé des souvenirs tragiques — 100 000 morts, dit-on; et de nouveau en 1998-2001...

Ainsi les gouvernements successifs, à partir de la

fin des années 50, se sont-ils attachés à la réalisation de travaux parfois gigantesques (notamment dans la région de l'Helmand-Arghandâb) pour canaliser, retenir et répartir l'eau, afin d'assurer, si possible, une irrigation régulière et mettre en culture des terres asséchées. Ces projets sont abandonnés depuis près de vingt-cinq ans.

Les cultures se pratiquent dans les vallées, où la terre arable est soigneusement maintenue par des systèmes de terrasses, en plus des superficies cultivables de part et d'autre des rivières. Hors des montagnes, des zones désertiques où les steppes sont parcourues par les troupeaux ou les caravanes de nomades. Les villes y apparaissent comme des oasis.

Plaines et steppes du Nord, hautes montages de la partie centrale et de l'Est, le relief afghan se désertifie au fur et à mesure que l'on se dirige vers le sud. En deçà d'une ligne Hérât-Kandahâr, les rivières se perdent dans les sables : déserts du Dâcht-e Margo et du Registân (noms évocateurs puisque le premier signifie « désert de la mort » tandis que l'autre évoque le « pays du sable[1] »). Ces zones sont le domaine de prédilection de toutes les contrebandes. Autour des fleuves subsistent quelques cultures, héritées du système d'irrigation antérieur à l'invasion et aux ravages de Gengis Khân au tout début du XIIIe siècle ; il n'est pas rare d'y trouver des ruines de forteresses émergeant des sables. Elles étaient construites en briques crues ou cuites et constituaient autant d'oasis minuscules dans le Seistân, ancienne province de l'empire arabe, aujourd'hui divisée entre l'Afghanistan et l'Iran. À Bost et à Lachkargâh, entre Hérât et Kandahâr, le long de l'Helmand, les Ghaznévides (XIe-

1. Sur le Registân, cf. François Balsan, *Au Registan inexploré*, Berger-Levrault, 1972.

XIIᵉ siècle) puis les Ghorides (XIIᵉ siècle) avaient installé une capitale d'hiver, aux immenses demeures pourvues de jardins luxuriants.

Très variable selon les régions, le climat de l'Afghanistan peut se caractériser globalement comme continental, chaud et sec l'été, froid et relativement humide l'hiver. À Kaboul, la moyenne des températures est presque toujours inférieure à zéro du début décembre à la fin février; en été, elle se situe aux alentours de 25° de juin à septembre inclus. Mais il n'est pas rare de subir, au plus fort de l'hiver, des minima de l'ordre de –10° ou –20°, en été, des maxima de l'ordre de 35° à 45°. Dans les régions montagneuses, les minima peuvent atteindre la limite du supportable; ainsi dans la province de Ghor, à l'ouest de l'Hindou-Kouch, les moyennes de décembre-janvier sont de l'ordre de –10°, ce qui suppose des pointes jusqu'à –30° et au-delà... Au contraire, dans les zones de faible altitude, le climat est plus doux; ainsi, la région de Djelâlâbâd ne connaît pratiquement jamais le gel, et les maxima d'été dépassent souvent les 40° : c'est dans cette zone et dans la région qu'ont été développées des plantations d'agrumes (et... de pavot).

Une économie agricole

L'Afghanistan est l'un des cinq ou six pays les plus pauvres du monde [1]. L'essentiel de la population vit

1. Pour l'année 1998, des organismes spécialisés annonçaient un PNB par habitant de l'ordre de 300 dollars. Compte tenu du peu de crédibilité des statistiques concernant l'Afghanistan, et de la situation politique qui prévalait alors, ce chiffre n'avait pas grande signification. L'extrême pauvreté générale demeure, hélas, incontestable.

de l'agriculture et de l'élevage et se procure d'indispensables revenus complémentaires par les produits de leurs artisanats. La « société villageoise » représenterait actuellement au moins 85 % de la population afghane.

Sur une superficie totale de 647 000 kilomètres carrés, le total des terres cultivées dans les années 1970 était, selon Louis Dupree[1], de l'ordre de 7,8 millions d'hectares (12 % du total). Ces terres cultivées se divisent en deux catégories : les zones irriguées (*âbi*), et celles de culture sèche (*lalmi* ou *daymâ*). La culture principale est le blé, qui assure l'alimentation de la famille. Un agriculteur utilise d'abord ses terres pour s'assurer la nourriture de l'année : au-delà, s'il lui reste des champs, il plantera d'autres semences. En année moyenne, un kilo de semence de blé peut donner 10 kilos de grains de blé ; le rendement des cultures irriguées est de trois ou quatre fois supérieur.

L'Afghanistan produisait, en temps de paix, environ 3 à 4 millions de tonnes de céréales, dont les deux tiers en blé, pour 7 à 8 millions d'hectares cultivés. Mais les rendements restaient faibles, en raison de méthodes archaïques de production, du caractère parcellaire de beaucoup d'exploitations, du manque d'engrais, de semences médiocres. Le riz était cultivé dans les plaines qui disposaient de beaucoup d'eau, et surtout dans la région de Koundouz-Baghlân, dans le Nord, ou le Logar dans le Sud.

Les cultures fruitières jouent un rôle considérable dans l'alimentation et l'économie des villages. Localement, les habitations s'entourent de vergers : pommiers, poiriers, pruniers, grenadiers, abricotiers,

1. Louis Dupree, *Afghanistan*, Princeton University Press, 1970.

pêchers, figuiers, noyers, mûriers, etc. L'été, les villageois se gavent de fruits, ce qui compense quelque peu l'alimentation pauvre en vitamines de l'hiver. On sèche les fruits au soleil pour les conserver et les consommer en hiver, ce qui se fait aussi pour les tomates. 4000 tonnes d'olives étaient produites annuellement avant 1978. En raison de la guerre et des troubles qui ont suivi, 90 % des orangers de la ferme expérimentale de Darounta ont disparu, faute d'entretien, et la production d'olives était tombée en 1996 à seulement 9 tonnes. Des mûriers sont plantés pour l'élevage des vers à soie et pour leurs fruits.

Les vignes sont abondantes dans le sud de l'Afghanistan sur les plaines et les plateaux situés entre 800-900 mètres et 2000 mètres d'altitude : dans l'oasis d'Hérât et la vallée du Hari Rod, dans le bassin de Kandahâr, dans le sud du Logar, et au nord de Kaboul dans la plaine du Kohestan, jusqu'aux premiers contreforts de la chaîne de l'Hindou-Kouch. Le vin a constitué longtemps une production importante en « Afghanistan ». Aujourd'hui, les raisins afghans restent célèbres, mais seulement comme fruits frais ou secs (*kichmich*), ces derniers procurant d'importantes recettes à l'exportation.

La canne à sucre, cultivée dans les plaines de Djelâlâbâd, à l'est du pays, était transformée artisanalement pour procurer un sucre roux très apprécié. La culture de la betterave avait été encouragée dans la province de Baghlân, afin de rendre le pays moins dépendant des importations de sucre en provenance de l'URSS. Une raffinerie de sucre de betterave avait été fondée à Baghlân.

Une des rares cultures « industrielles » de l'Afghanistan est le coton, dans le Nord (régions de Koundouz, Baghlân, Mazâr-e Charîf essentiellement). La principale utilisation est évidemment la fibre. Mais le « coton-graine » permet d'obtenir ensuite de l'huile, des tourteaux pour l'alimentation du bétail, du savon ; une fibre secondaire entre dans la fabrication du feutre, et divers déchets sont utilisés comme combustible par les usines de produits dérivés du coton, ou comme engrais. Initiée dans les années 30, la production cotonnière afghane s'est réellement développée dans les années 70 sous l'impulsion de la compagnie nationale Spinzar (du mot pachtou signifiant « or blanc ») puis de la coopération technique française.

Dans un pays où l'on porte un respect particulier à la propriété privée, toute tentative de réforme agraire et de « redistribution des terres » est une entreprise délicate. En 1975, le gouvernement de Mohammed Daoud avait envisagé des réformes en ce sens ; elles n'ont pas été mises en application. Celles du gouvernement communiste ont été des échecs. La guerre de résistance, puis les guerres civiles ont aggravé les situations de précarité. Qu'une réforme agraire s'impose dans l'Afghanistan d'aujourd'hui ne fait pas de doute. Mais elle ne saurait être décrétée sans tenir compte de l'avis des populations concernées et de la complexité des systèmes et des techniques d'exploitation de la terre.

Dans l'avenir, ce sont surtout de petits projets pensés à l'échelle d'un village, mais multipliés, qui auront une influence heureuse sur les rendements et le niveau de vie agricole, plus souvent que les projets ambitieux, mais aléatoires ou difficilement réalisables. Ainsi, les puits tubés à pompe diesel, qui ont fait leur apparition dès avant 1970, doivent être installés en accord avec les villageois, aux emplacements décidés en commun, et non pas à ceux choisis par des techniciens extérieurs au village. Il conviendra aussi de respecter le niveau des nappes phréatiques.

Dans toutes les grandes plaines du pays (Hérât, Kandahâr, Ghazni, Logar, Djelâlâbâd, Mazâr, Balkh et Koundouz), des tracteurs, assemblés et produits à l'échelle industrielle au Pakistan, avaient été introduits. Ils réapparaîtront dans un avenir proche, mais il faudra veiller à ne pas labourer trop profond afin de ne pas détruire la fragile couche d'humus fertile. Les bœufs de labour, eux, resteront irremplaçables dans les régions montagneuses. Ils sont malheureusement en nombre très insuffisant. Dans beaucoup de régions, il n'en reste plus.

La forêt afghane, pratiquement limitée à la province du Paktia, plantée en résineux, a été surexploitée de façon sauvage ces deux dernières décennies. Un peu partout, le long des cours d'eau ou des canaux d'irrigation de surface, croissent des peupliers qui fournissent la charpente des toits plats et la matière première d'un mobilier rudimentaire. Là encore, toute une politique forestière est aujourd'hui à repenser.

L'élevage joue, et jouera longtemps, un rôle considérable dans l'économie afghane. En plus de l'élevage spécialisé des grands nomades, qui vivent principalement de la vente de leurs moutons, l'élevage familial reste nécessaire. L'économie rurale est en effet largement polyvalente : outre l'agriculture, les paysans pratiquent un petit élevage pour leurs besoins familiaux et pour la vente. En 1978, on estimait le nombre de moutons, à viande et à laine, à 15 millions de têtes, ceux à fourrure astrakan à 6,5 millions (l'astrakan, fourrure des agneaux des brebis *karakoul*, arrivait en seconde place dans les produits d'exportation du pays avant 1978), les bovins à 3,5 millions, les chèvres à 3,5 millions.

Les chevaux auraient été 450 000 ; les dromadaires 300 000, les chameaux de Bactriane quelques dizaines de milliers.

Dans plusieurs régions, comme dans la Kounar, le Nouristan ou le Logar, l'élevage des abeilles s'était développé. Le miel est un produit de luxe très recherché dans ce pays qui manque de sucre, et il procure des revenus importants aux apiculteurs.

Les ressources du sous-sol et l'industrie

Le sous-sol afghan renferme de nombreuses richesses. Le lapis-lazuli est exploité depuis la plus haute antiquité dans le Badakhchân. Cette production, contrôlée par la résistance du Pandjchir, a permis à celle-ci de pourvoir en partie à son approvisionnement en armes et munitions pendant les années de guerre. Le nord-est de l'Afghanistan (région du Pandjchir) possède également des gisements d'émeraude ; on y a détecté de l'or, exploité de façon artisanale.

On extrait du charbon dans le nord de l'Afghanistan, à Dara-e Souf et dans certaines parties de la vallée de la Koundouz. Les productions restaient toutefois modestes, en deçà de 200 000 tonnes par an ; elles sont utilisées pour le chauffage domestique ou l'alimentation d'ateliers de forgerons.

D'importants gisements de minerais de fer ont été reconnus dans les années 1960, dans la région de Bamyân (Hadjigak), par le R.P. Albert de Lapparent, alors directeur de recherches au CNRS. Il estimait la teneur en fer du minerai à 61 %, ce qui est considérable. Situé à 3500 mètres d'altitude, ce minerai est difficilement exploitable, tant en raison des conditions climatiques que des difficultés de transport.

À l'extrême nord de la province du Logar se trouve la mine de cuivre d'Aïnak, l'une des plus grandes concentrations de cuivre de l'Asie continentale. Les teneurs moyennes varient entre 1 et 2 % de cuivre.

Une mine d'antimoine avait été ouverte également en 1978 par les Soviétiques tout au sud de la province, au col de Kharpetchak. Mais elle a dû être abandonnée dès 1980. Quant aux autres minerais, le plomb, le zinc, l'étain, l'aluminium, le molybdène, le tungstène, la chromite, le baryte existent en Afghanistan, soit à l'état de minerai, soit à l'état d'association avec d'autres minerais. Aucun de ces gisements n'a pu réellement être mis en exploitation. On trouve enfin d'autres métaux rares, notamment du lithium, de l'étain, du pentoxyde de tantal, etc., eux aussi non exploités. Le Logar renferme des mines de graphite.

Reconnus au début des années 1960, les premiers gisements de gaz naturel ont été mis en exploitation en 1967 dans la région de Cheberghân, au nord-ouest de l'Afghanistan. D'autres poches ont été situées dans toute cette région, ainsi qu'à Khwâdja-Gougerdak, au nord d'Hérât. Au total, les réserves de gaz afghan sont estimées à 90 milliards de mètres cubes. Des sources de la Banque mondiale portent ce chiffre à 140 milliards de mètres cubes.

Les chiffres officiels de production et d'exportation du gaz naturel étaient de 2,8 milliards de mètres cubes en 1980-1981, 2,7 milliards en 1981-1982, 2,6 milliards en 1982-1983, 3 milliards en 1984. En 1988 la production chute à 2100 millions de mètres cubes, pour dégringoler en 1989 à 300 millions de mètres cubes et se maintenir aux environs de 200 millions jusqu'en 1995.

Le gisement de pétrole d'Ongout, un petit village

isolé dans les montagnes du Nord, possède des réserves prouvées de 2,48 millions de tonnes. La production des puits d'Ongout et d'Aq Dâriâ a été de 13 900 tonnes en 1977-1978, de 14 000 tonnes en 1978-1979, de 1 500 tonnes seulement en 1993.

Une foule d'envahisseurs

Tour à tour centre ou périphérie d'empires, succession ou superposition de royaumes rivaux ou de principautés indépendantes, les provinces composant l'actuel Afghanistan ont vu se succéder, depuis la nuit des temps jusqu'au XVIIIe siècle, une foule d'envahisseurs. Ils ont apporté leur civilisation, leurs coutumes, leurs langues, et aussi leur lot de ravages. Ce qui explique que l'Afghanistan, aujourd'hui, soit une véritable mosaïque ethnique.

La préhistoire de l'Afghanistan est encore mal connue. À partir du Ve millénaire avant notre ère, une civilisation se développe dans le bassin de l'Indus. Des courants d'échanges s'établissent avec l'Iran oriental. Ces civilisations disparaîtront au début du IIe millénaire, sans doute à la suite d'invasions venues du nord et du nord-ouest.

Cyrus (559-530 avant J.-C.) étend les limites de l'empire perse achéménide jusqu'à l'Indus. Darius (521-486) réorganise l'empire, qu'il divise en vingt satrapies dont six couvrent pratiquement l'actuel Afghanistan. C'est l'époque où diverses religions coexistent dans l'empire. Le culte de Mithra, symbolisé par le Soleil, intermédiaire entre Dieu et les hommes, s'intégrera bientôt au mazdéisme, ou zoroastrisme, prêché par Zoroastre au VIe siècle.

FIGURE 3

Gaz et pétrole

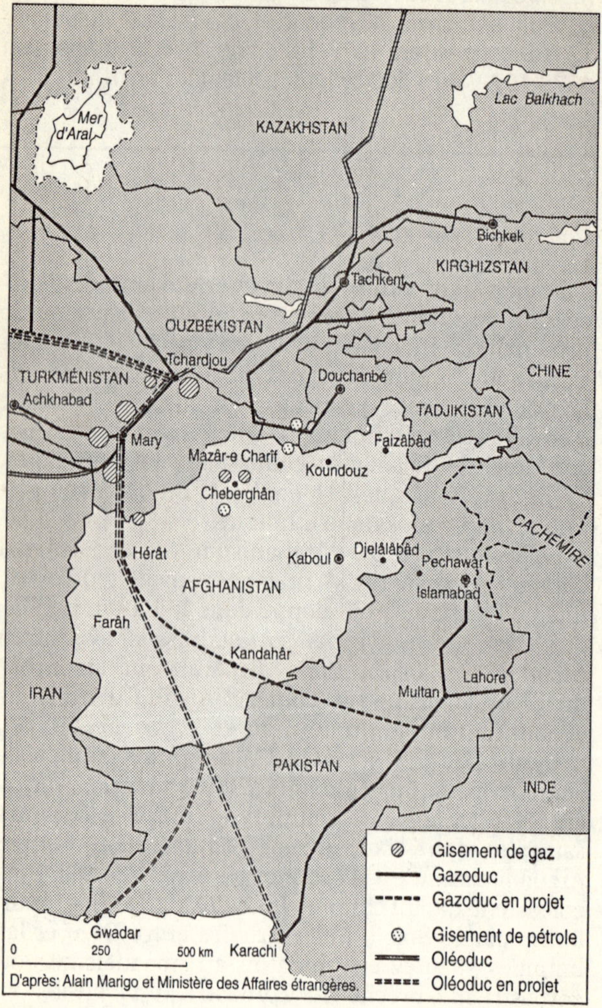

En –331 commence l'épopée d'Alexandre de Macédoine. Il quitte l'Égypte et se lance à la conquête de l'empire achéménide. Il défait les Perses, alliés aux Parthes et aux Indiens, et se proclame héritier de leur empire. Il parcourt ensuite le territoire de l'actuel Afghanistan, passant approximativement par Hérât, Kandahâr, Ghazni, Kaboul, Kapissa (l'actuelle Begram), franchit l'Hindou-Kouch, atteint Bactres (actuelle Balkh), dont il va faire sa base pour deux campagnes successives en Sogdiane. Loin d'éliminer les satrapes et les officiers de l'empire perse, il les attache à son service ; bien plus, en –327, il épouse la fille du satrape de Bactriane, Roxane, donnant ainsi à ses troupes l'exemple d'une alliance avec les populations soumises. De –327 à –325, il conquiert tous les territoires situés jusqu'à l'Indus dont il reconnaît le delta en –325. Et puis les Macédoniens prennent le chemin du retour : Néarque par voie maritime, Alexandre et Cratère par chemin de terre. Tous se retrouvent à Suse. Alexandre mourra à Babylone en –323.

Ses lieutenants se partagent son empire. Toute la partie orientale, incluant notamment l'actuel Afghanistan, revient à Séleucos qui donnera naissance à l'éphémère dynastie des Séleucides. En –303, il est contraint d'abandonner à Chandragupta, fondateur de la dynastie indienne des Mauryas, les provinces conquises par Alexandre dans la vallée de l'Indus.

Le temps des grandes invasions venues des steppes du Nord commence. Vers –250, les Parthes ont coupé en deux l'empire séleucide. Le gouverneur grec de la Bactriane et du Gandhâra, Diodotos (v. 250-v. 235), s'y proclame roi. L'un de ses successeurs, Démétrios (v. 190-v. 167), entreprendra la reconquête du Pendjâb, où l'empire fondé par Chandragupta Maurya vers –300 s'était affaibli. La période

FIGURE 4

Conquêtes d'Alexandre le Grand en Afghanistan, de –330 à –326

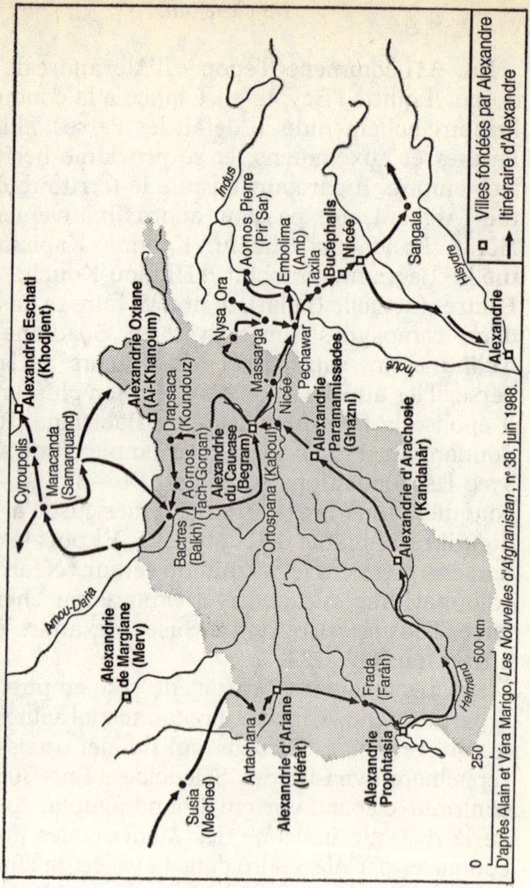

D'après Alain et Véra Marigo, *Les Nouvelles d'Afghanistan*, n° 38, juin 1988.

maurya avait vu l'expansion du bouddhisme vers l'ouest, comme en témoignent trois piliers gravés retrouvés dans la région de Kandahâr et du Laghmân. Ces inscriptions en langue grecque sont connues sous le nom d'« édits d'Açoka » (v. –274-236).

L'archéologue français, Daniel Schlumberger[1], qui les a traduites, les présente comme « une prédication » destinée à tous, prônant « la compassion, la tolérance, le service d'autrui par la Vérité ». L'évidente inspiration bouddhiste témoigne de la rencontre de deux civilisations, celle des Mauyas et celle des descendants des Grecs.

Les royaumes hellénistiques disparaissent dans le courant du Iᵉʳ siècle avant notre ère, progressivement investis par les Yue-Tche, ou Scythes. Ces nomades turbulents avaient menacé l'empire chinois, et c'est pour s'en protéger que l'empereur Tsin Che Houang-ti avait dû construire la « Grande Muraille » à partir de 214 avant J.-C. Ces Yue-Tche vont se tailler un gigantesque empire de l'Inde à l'Iran actuels, incluant le Sinkiang au nord, et s'étendant jusqu'à la Caspienne et la mer d'Aral, où ils ont donné naissance à l'« art des steppes ».

Dans le courant du Iᵉʳ siècle de notre ère, des groupes Yue-Tche (ou Sakas) conquièrent la Bactriane, le Gandhâra, le Pendjâb jusqu'à l'Indus, ainsi qu'une partie, semble-t-il, de l'Inde du Sud. On les connaît sous le nom de Kouchans. Quatre dynasties kouchanes paraissent se succéder dans ces régions jusqu'à la fin du IVᵉ siècle. Si l'on sait que leur empire connut son apogée à partir du règne de Kanishka, fondateur de la seconde dynastie kouchane, qui régna vingt-trois ans, les spécialistes s'interrogent toujours sur les dates de l'« ère de Kanishka », qui débute, suivant certains spécialistes, en 78 de notre ère, tandis que d'autres supposent qu'elle commença... en 166 ! Quoi qu'il en soit, aux IIᵉ et

1. On doit à Daniel Schlumberger, ancien directeur de la DAFA, de nombreux travaux sur les monuments pré-islamiques d'Afghanistan, sur Lashkâri Bazar, ainsi que *L'Orient hellénisé*, Albin Michel, 1970.

IIIe siècles, la prospérité de l'empire paraît fondée sur la fonction de « transitaires » assurée par les Kouchans entre l'Orient et l'Occident. Leur empire disparaîtra progressivement du IVe au VIe siècle sous les coups des Perses sassanides à l'ouest, et des Huns hephtalites et finalement des Tou-Kiue, ou Turcs occidentaux[1] venus du nord.

En 371, des Huns hephtalites, du nom de leur chef, Hephtal, s'emparent de Balkh. Ce sont des Turcs, venus de Mongolie. Vers 400-420, après avoir combattu les Perses sassanides, ils font mouvement vers l'Hindou-Kouch. Il leur faudra une soixantaine d'années pour se rendre maîtres de l'empire kouchan. Chassés de Balkh vers 560 par une nouvelle invasion de Turcs occidentaux, les « Tou-Kiue », les Hephtalites se replient vers Kaboul et le Gandhâra, où leurs rois seront connus sous le nom de « Turkishâhis ». Ils devront faire face aux premières invasions arabes.

L'art gréco-bouddhique du Gandhâra

Les Kouchans avaient laissé les populations conquises libres de pratiquer leurs cultes, et, sans être eux-mêmes bouddhistes, ils ne s'opposèrent pas à l'expansion de cette religion que l'on avait vue gagner les franges orientales de l'actuel Afghanistan sous l'influence des Mauryas. De la rencontre du bouddhisme avec les descendants de l'art grec, ou plutôt hellénis-

1. Cf. *Documents sur les Tou-Kiue occidentaux* (présentation, notes et trad. par Édouard Chavannes, Académie des sciences [Saint-Pétersbourg], 1903).

tique, va naître l'art du Gandhâra, qui se circonscrit à un triangle délimité par Kapissa, Lahore, Ghazni. Selon Alfred Foucher, c'est au Iᵉʳ siècle avant notre ère que naît cet art dans l'ancien royaume de Ménandre. À partir des modèles grecs, d'importation à l'origine, puis de fabrication locale, des artistes, utilisant le stuc ou le schiste suivant les régions ou les circonstances, vont donner naissance à un étonnant amalgame. Les figurations du Bouddha, des personnages l'entourant auront des allures de Zeus, d'Hercule, d'Héphaïstos, de Poséidon, de *kouros*, et les décors les entourant comporteront des chapiteaux doriques, ioniens ou corinthiens avec des profusions de feuillages... Le musée Guimet à Paris en conserve de magnifiques exemples.

Il s'en faut pourtant de beaucoup que tout l'actuel Afghanistan soit converti au bouddhisme : « Tout se passe comme si le bouddhisme, infiltré en Afghanistan oriental sous les Kouchans, n'était réellement florissant qu'aux IVᵉ-Vᵉ siècles, peut-être au VIᵉ siècle. Les grands souverains protecteurs du bouddhisme ne sont pas les Kouchans, dont tout nous prouve qu'ils n'étaient guère bouddhistes, mais les roitelets qui leur succédèrent entre le IIIᵉ et le IVᵉ siècle », observait Gérard Fussman en 1976[1], au terme de recherches faisant suite à celles de directeurs de la Délégation archéologique française en Afghanistan, Jules Barthoux[2], Alfred Foucher[3] et Joseph Hackin[4].

1. Gérard Fussman et Marc Le Berre, *Monuments bouddhiques de la région de Kaboul*, De Boccard, 1976 (Mémoires de la DAFA, XXII).

2. Jules Barthoux, *Les fouilles de Hadda*, Éditions d'art et d'histoire, 1932, 2 vol. (Mémoires de la DAFA, IV).

3. Alfred Foucher, *L'art gréco-bouddhique du Gandhâra*, Leroux, 1928; Alfred Foucher, et E. Bazin-Foucher, *La vieille route de l'Inde de Balkh à Taxila*, Éditions d'art et d'histoire, 1942-1947, 2 vol. (Mémoires de la DAFA, vol. I).

4. Sur la DAFA en général, cf. François-Olivier Utard, *Poli-*

Au Vᵉ siècle, le principal centre bouddhiste de la région était situé à Hadda, non loin de Djelâlâbâd. Des fouilles y furent effectuées dès la première moitié du XIXᵉ siècle, par Masson, un agent de l'East India Company dont nous reparlerons. Ce n'est véritablement qu'en 1926-1928 que Jules Barthoux y effectua des fouilles sérieuses. Il dénombra plus de 500 stoupas, comportant au total entre 13 000 et 16 000 statues et statuettes. Ce qui ne constitue qu'une petite partie de la richesse du site, puisque le moine bouddhiste Fa-Hien[1], visitant la région au début du VIᵉ siècle, faisait état d'un millier de stoupas. Les fouilles de Hadda seront poursuivies par deux directeurs afghans du service archéologique, M. Moustamandi, de 1968 à 1974, puis M. Zemaryalaï Tarzi[2], de 1974 à 1976). Entre autres découvertes, une admirable fresque de décors marins sera mise au jour et restaurée. De 1980 à 1988, les bombardements et les combats ont provoqué de gros dégâts au site de Hadda ; des pillages ont eu lieu, et la bêtise des *tâlebân* a fait le reste, non seulement à Hadda, mais aussi au musée de Kaboul...

Visitant en 632 le « royaume de Bamyân », le pèlerin chinois Hiouen-Tsang[3] rapporte y avoir vu « plu-

---

tique et archéologie. Histoire de la Délégation archéologique française en Afghanistan (1922-1982), éd. Recherches sur les civilisations, 1997. L'attitude de la DAFA après l'intervention soviétique en Afghanistan a été diversement appréciée.

1. Fa-Hien, *Voyages de Fa-Hien*, trad. A. de Rémusat, Paris, Imprimerie royale, 1843.

2. Ce dernier est également l'auteur de *L'architecture et le décor rupestre des grottes de Bamyân*, Paris, Imprimerie nationale, 1977.

3. Hiouen-Tsang, *Mémoires sur les contrées occidentales*, traduit du sanscrit en chinois en 648, et du chinois en français par Stanislas Julien, Paris, Imprimerie impériale, 1857-1858, 2 vol. ; Wou Tch'eng Ngen, *Le voyage en Occident* (« *Si Yeou Ki* »), trad. du chinois par Louis Avenol, Le Seuil, 1957.

sieurs dizaines de monastères et quelques milliers de moines ». Il signale en outre des bouddhas géants sculptés dans la falaise, ceux-là mêmes que les *tâlebân* dynamitèrent en mars 2001. Ils avaient été réalisés à la fin du VIe siècle. Dans les régions centrales de l'Afghanistan actuel, le bouddhisme se maintint probablement jusqu'à la fin du Xe siècle et peut-être même au-delà.

Kaboul sera prise par les Arabes en 663, mais ils ne pourront pas s'y maintenir. Ce n'est qu'en 871 que le gouverneur du Seistân, Ya'koub ben Laith al-Saffar, fondateur de la dynastie des Saffarides, théoriquement soumis au calife abbasside de Bagdad, parvient à s'emparer de Kaboul[1]. Les Turkichâhis bouddhistes disparaissent. À l'ouest et au nord, les Perses samanides occupent le Khorâssân et la Transoxiane et vont bientôt enlever le Seistân aux Saffarides, dont ils feront des vassaux[2], tandis qu'à l'est une dynastie professant le brahmânisme, les Hindouchâhis, régnant sur le Pendjâb, étend son pouvoir sur la région de Djelâlâbâd à Kaboul incluse.

1. Sur cette période, cf. Al Baladhouri, *Fouteh al-Bouldân* (« Les conquêtes musulmanes »), trad. angl. Ph. Hitti, *The Origin of the Islamic State*, New York, 1916 ; Joseph Marquart, *Erânshâr, nach der Geographie des ps. Moses Khorassani*, Berlin, Weidmannsche Buchhandlung, 1901 ; Ya'kout, *Mo'djem al-Bouldân*, adapté et traduit par Barbier de Meynard, *Dictionnaire géographique, historique et littéraire de la Perse*, Imprimerie impériale, 1861.

2. Seistân, Fârs et Khorâssân forment un vaste ensemble englobant la majeure partie orientale de l'Iran, de l'actuel actuel Turkménistan, et la partie occidentale de l'Afghanistan (Herât). La Transoxiane, comme l'indique son nom, se situe au nord de l'Oxus (Amou-Dâriâ).

En 961, un Turc au service des Samanides, Alpetegin, commandant les troupes du Khorâssân, tente de s'emparer du pouvoir. Sa tentative avorte et il doit s'enfuir. Avec les troupes qui lui sont restées fidèles et grâce à la complicité de la garnison turque de Ghazni, il investit facilement la ville. Ses successeurs vont bâtir un immense empire. En 1022, les Ghaznévides contrôlent le Seistân, le Khorâssân, le Khwârezm, l'actuel Afghanistan, et une grande partie de l'Inde du Nord. Sous le règne de Mahmoud († 1030), puis de son fils Ma'soud († 1040-1041), Ghazni, leur capitale, va briller de tous ses feux : ils y accueillent poètes, artistes et savants, tels le grand Ferdousi (v. 940-941-† v. 1020-1023), auteur du *Châh Nameh*, épopée légendaire des rois de Perse, le « Livre des rois » ; l'historien Al-Bîrouni (973-1048), à qui aucune science n'est étrangère, et dont l'œuvre est particulièrement féconde, puisqu'on lui attribue environ 180 ouvrages embrassant tous les sujets, l'histoire [1], l'astronomie, les mathématiques, la minéralogie, dont une partie est parvenue jusqu'à nous ; et bien d'autres poètes, comme Onsori († 1040), Manou-Tcheri († 1040), qui ne craindra pas de chanter la vigne et le vin, le soufi Sana'i, l'ismaélien Nasser e-Khosrao.

Dès 1038, les Ghaznévides avaient été contraints d'abandonner le Khwârezm, puis le Khorâssân à des Turcs Oghouz, venus de la Transoxiane, qui allaient donner naissance à la dynastie et à l'empire seldjoukide. À partir de 1149, une nouvelle puissance, celle des Ghorides (ils donneront leur nom à la pro-

1. Cf. *Al Biruni's India* (*Tawrikh al-Hind*), éd. par Edward Sachau, Londres, Trübner, 1887, et trad. angl. par le même, Londres, Trübner, 1888, et la précieuse *Chronologie des anciennes nations* (*Athâr al-Bâkiya*), trad. angl. Edward Sachau, W. Allen, 1879.

vince de Ghor, dans l'actuel Afghanistan), s'affirme. En 1150, Ghazni est prise par l'un des leurs, 'Alâ 'oud-dîn Hossein, livrée au pillage et en grande partie détruite sur son ordre. Les Ghorides feront pourtant de Ghazni leur base de départ contre l'Inde à partir de 1173. Combattant tour à tour les Seldjoukides à l'ouest et au nord-ouest, et les Radjpouts à l'est, les Ghorides[1] poursuivent leurs conquêtes, qui finiront par s'étendre du Khorâssân jusqu'au Rajasthan et au Bengale... L'empire ghoride sera pourtant éphémère ; il ne survivra guère à l'assassinat de son dernier sultan, Mou'iz ad-dîn, en 1206. Et les hordes mongoles vont bientôt déferler.

Temüjin, que l'on connaît sous le nom de Gengis Khân, naît en 1167 dans l'actuelle Sibérie occidentale, où les Mongols s'étaient exilés après avoir été défaits par les Tatars. En 1202, un heureux concours de circonstances lui permet de prendre sa revanche sur les Tatars qu'il défait et extermine. Maître de la Mongolie en 1206, Gengis Khân se lance alors avec ses cavaliers à la conquête du monde. En 1215, il est à Pékin, en 1220 à Boukhârâ et à Samarqand, en 1221 à Balkh, puis à Nissa (actuelle Ashkabâd), Nichâpour et Merv. À chaque fois, les mêmes scènes se reproduisent. Après l'assaut, dans lequel, pour épargner ses cavaliers, il a souvent lancé en première ligne des captifs « autochtones » réduits en esclavage, c'est le carnage, le pillage. Il n'est pas dans les habitudes mongoles de faire des prisonniers, sauf lorsqu'il s'agit d'artisans que Gengis Khân emploiera à son service. À Merv, même les chiens et les chats ne sont pas épargnés. L'ouragan traverse ensuite

1. C'est à eux que l'on doit un étonnant minaret isolé dans la province de Ghor. Ce minaret, très dégradé, a été tout récemment restauré grâce à l'Unesco.

l'actuel Afghanistan. Un des petits-fils de Gengis Khân est tué dans le premier assaut contre Bamyân. Gengis Khân le venge en exterminant toute la population et en faisant raser la ville et la forteresse, dont il ne subsiste plus aujourd'hui que quelques vestiges, appelés *Châhr-e Gholghola*, « la ville des murmures[1] »... Le conquérant des steppes se dirige ensuite vers Kaboul. Il est tenu une première fois en échec par Djelâl ad-dîn, fils de l'ancien sultan turc du Khwârezm, mais poursuit ses ennemis jusque sur les rives de l'Indus, où il les extermine, en raison « de la mésentente entre Turcs et Afghans[2] ». Gengis Khân revient sur ses pas, rase Ghazni et Hérât, envahit le Khorâssân... En massacrant les populations, en détruisant les villes, et surtout en ravageant les canaux d'irrigation, Gengis Khân provoqua une désertification de nombreuses oasis et de leurs cultures dans la partie méridionale et ouest de l'actuel Afghanistan. Ainsi que l'écrivit René Grousset, « c'était vraiment, comme après une catastrophe cosmique, la mort de la terre, et jamais l'Iran oriental ne devait s'en relever tout à fait[3] » : les éleveurs nomades des steppes avaient assouvi leur ressentiment séculaire à l'égard des agriculteurs sédentaires.

À la mort du conquérant, en 1227, son fabuleux empire est partagé entre ses fils, puis ses petits-fils, qui vont encore étendre les conquêtes de leur père, jusqu'en Turquie et en Russie à l'ouest, et en Chine, à l'est, où Qubilaï, petit-fils du « conquérant du monde », fera de Pékin sa capitale.

Pendant un siècle, l'histoire des provinces de l'ac-

1. L'épisode est raconté par Pétis de La Croix, *Histoire du grand Genghizcan*, publiée par son fils, 1710.
2. René Grousset, *L'empire des steppes*, Payot, 1951.
3. René Grousset, *Le conquérant du monde*, Albin Michel, 1944.

tuel Afghanistan va être mouvementée, au gré des successions, des rivalités, des alliances, des razzias, et aussi des fissures qui apparaissent aux quatre coins de l'ancien empire de Gengis Khân. Des gouverneurs choisis parmi les populations autochtones administreront parfois ces provinces au nom des *khân* mongols dont ils dépendent. Parfois, les Gengiskhanides font souche, comme à Hérât, où le dernier représentant de leur dynastie, Abou Saïd, mourra en 1355.

Un second ouragan se prépare. Timour est né en 1336 dans la région de Samarqand. Son père était un *khân* de Mongolie, d'origine turco-mongole. En 1361, le jeune Timour s'allie avec l'émir de Balkh, Âmîr Hossein. En 1366, ils s'emparent de Samarqand et de la Transoxiane. C'est à l'occasion d'une de ces chevauchées que Timour sera blessé par des flèches, blessure dont il ne se remettra jamais tout à fait et qui lui vaudra le surnom de Timour *Leng*, « le Boiteux », dont les Occidentaux feront « Tamerlan ». Après avoir éliminé Âmîr Hossein, en 1370, il se lance, lui aussi, à la conquête du monde. À sa mort, en 1405, son empire s'étendait de l'Asie Mineure à l'Inde du Nord. Si Timour avait manifesté la même sauvagerie que Gengis Khân lors de ses conquêtes, il avait épargné les savants, les artistes, les poètes, les artisans, pour les installer dans sa capitale, Samarqand; ses successeurs feront preuve d'une sollicitude identique à leur égard.

Ses fils se partagent son empire. La partie occidentale, le Khorâssân, puis le Seistân et la Transoxiane, auxquels s'ajouteront la partie ouest de la Perse et l'Iraq, va briller de tous ses feux sous le règne de Châh Rokh (1405-1447) et de sa descendance : Ouloug Beg (1447-1449), Bâbour Mîrzâ (1449-1457), Abou Saïd (1457-1469) et Mir Hossein

Mîrzâ Baïqara (1469-1506)[1]. Au milieu du XVe siècle, les Ouzbeks, descendants des Mongols de la Horde d'Or et de la Horde Blanche, venus de Russie et de Sibérie, avaient enlevé aux Timourides le Khwârezm (1447), puis la Transoxiane (1500). Ils s'emparent d'Hérât en 1506. Le dernier sultan timouride, Bâdi al-Zamân Mîrzâ, parvient à s'enfuir avec ses trésors et ses collections à Istamboul, où il mourra en 1520. Une partie des manuscrits enluminés qu'il a emportés y seront achetés par Antoine Galland, le traducteur des *Mille et Une Nuits*, pour Colbert et la Bibliothèque royale.

La période timouride constitue l'âge d'or de la littérature et de l'art persans, avec le grand poète soufi Djâmi (1414-1492), qui deviendra le maître de la confrérie soufie des Naqchbandis, avec Mir 'Alî Cher Nawâ'i (1440-1501), ingénieur, poète et Premier ministre du sultan Hossein Baïqara, avec les miniaturistes Behzâd (v. 1450/1460-v. 1530/1536) et Sultân Ali de Meched, tandis que leurs cités, à commencer par Hérât, voient s'élever des monuments somptueux. Hérât est alors à l'Orient iranien ce que Florence est à l'Europe à la même époque.

Au moment où les Ouzbeks s'emparent du Khorâssân, un nouvel empire naît au nord-est. Le fondateur de la dynastie des Grands Moghols[2] de Delhi, Bâbour, est né, probablement en 1483, à Andidjân, dans la province de Ferghâna[3] que gouverne son père. Par sa mère, il est issu de Tamer-

1. Sur cette période, cf. Kemâl ad-dîn Abderrazak, *Matla assadein al-Madjma al-Bahrein* (avec l'histoire de Châh Rokh et de Abou Saïd), notice et trad. par M. Quatremère, Paris, Imprimerie royale, 1843.

2. Altération de « Mongols ».

3. Ancienne province s'étendant en partie sur les actuels Tadjikistan, Ouzbékistan et Kirghizistan.

lan, par son père de Gengis Khân. À quinze ans, il hérite du royaume de son père, mais est contraint à la fuite. À deux reprises, il échoue dans sa tentative de reprendre Samarqand aux Ouzbeks. Il se replie alors vers le sud et occupe Kaboul en 1504. Il y reconstitue ses forces, et s'empare de Kandahâr en 1507. À partir de 1519, il se tourne vers l'Inde. Depuis 1451, le sultanat de Delhi était aux mains de la dynastie afghane des Lôdis[1], issue du clan pachtoun des Ghilzaïs. Bâbour va profiter de leurs divisions. En avril 1526, il leur inflige une retentissante défaite à Panipat, non loin d'Agra. Bâbour meurt en 1530. Selon sa volonté, il sera inhumé à Kaboul, sa capitale, où son tombeau existe toujours.

Son fils, Homayoun (1530-1566), sera dépossédé du sultanat de Delhi par un Pachtoun en 1540. Quinze ans plus tard, Homayoun profitera des divisions au sein du clan pachtoun pour reconquérir Delhi. Ses successeurs, Akbar (1556-1605), Djahângir (1605-1627), Châh Djahân (1628-1657), étendront l'empire moghol à l'ensemble du sous-continent. Le dernier Moghol, Aurangzeb (1658-1707), se signale par son rigorisme musulman et par sa cruauté, très mal acceptés par ses sujets hindous. Il doit combattre sur tous les fronts pour maintenir l'intégrité de l'empire, dans le même temps que des comptoirs portugais, puis hollandais, anglais et fran-

1. Le premier Lôdi, Bahloul (m. 1488), s'empara du sultanat de Delhi en 1451. Son fils Sikandar (m. 1517), tout comme son petit-fils Ibrâhîm (m. 1526), devront faire face à d'incessantes rebellions au sein de leur propre clan. Sur les rapports de Bâbour avec les « Afghans » et les guerres avec les Lôdis, cf. les *Mémoires de Bâbour (Bâbour Nâma)*, trad. J.-L. Bacqué-Grammont, POF 1985.

çais s'ouvrent sur les côtes du Dekkan, en Inde. Après Aurangzeb, l'empire moghol se désagrège.

Quelle est la situation de l'actuel Afghanistan à l'aube du XVIIIe siècle ? La région de Kaboul et de Ghazni est encore une sorte de marche de l'empire moghol, mais ne va pas tarder à s'en détacher. La partie ouest et nord-ouest se trouve sous le contrôle des Perses safavides, qui ont conquis Hérât en 1510, et qui occupent en outre Kandahâr depuis 1648. Des clans ouzbeks sont installés dans la vallée de l'Amou-Dâriâ. Les Hazâras, issus des Mongols, vivent repliés sur eux-mêmes dans le Centre. Le Sud-Est est le domaine à peu près incontesté des Pachtouns, pourtant divisés entre eux. Les Baloutches nomadisent dans le Sud-Est et le Sud.

En 1703, les Baloutches s'emparent de Kandahâr, qui leur sera reprise par les Perses. Le chef des Pachtouns ghilzaïs, Mir Waïs, supporte d'autant plus mal la domination des Perses chi'ites qu'il est, comme les Pachtouns, de tradition sunnite. Il se rebelle, est capturé. On l'envoie en captivité à Isfahân. Libéré, il effectue un pèlerinage à La Mecque, d'où il reviendra avec une *fatwâ* délivrée par des *oulâma* sunnites, enjoignant aux Pachtouns de combattre les chi'ites. En 1708, il parvient à s'emparer de Kandahâr et à asseoir son pouvoir sur l'ensemble des territoires pachtouns. Il meurt en 1715. Son fils Mahmoud se lance à la conquête de la Perse, s'empare d'Hérât. Au terme d'un siège de six mois, il finit par investir Isfahân en 1722. Le monarque safavide abdique en sa faveur. Mais la cruauté naturelle de Mahmoud, qui le conduit à exécuter de sa main divers membres de la famille safavide, s'ajoutant à la séculaire animosité, pour ne pas dire la haine opposant les sunnites aux chi'ites, lui aliène bien des soutiens. Un de ses neveux, Achrâf, le fait assassiner en 1725, et se proclame châh à sa place. Il se heurte aux Perses conduits par un Turc, Nâder Châh, qui mène la contre-offensive, au nom des Safavides, à la fois contre les Pachtouns et les Turcs ottomans qui menacent la Perse occidentale.

Avec une armée hétéroclite, composée de Persans, de Pachtouns abdâlis, de Qizilbachs (des Turcs chi'ites), et même de quelques Ghilzaïs dissidents, Nâder Châh inflige en 1729 une défaite aux Pachtouns ghilzaïs, et un certain nombre d'entre eux passent alors à son service. En 1736, à Machhad, dont il a fait sa capitale, il se proclame roi de Perse après avoir déposé le dernier Safavide. Il entreprend alors une étourdissante série de campagnes, et parvient à se tailler un vaste empire de la Perse à l'Inde d'est en ouest, et jusqu'à Samarqand, Boukhârâ et Khiva au nord et au nord-ouest.

Les sujets persans de Nâder Châh, ainsi que les troupes persanes, supportent pourtant mal la présence de nombreux mercenaires étrangers, parmi lesquels ceux de sa garde, des Abdâlis commandés par Ahmad Châh, chef du clan Dourrâni. Le mécontentement des Persans chi'ites est d'autant plus vif que Nâder se montrait favorable au sunnisme. Le 20 juin 1747, Nâder Châh est assassiné. Son empire ne lui survit pas. Ses lieutenants se dispersent, entraînant avec eux leurs fidèles. Pami eux, Ahmad Châh Dourrâni, qui rentre chez lui, à Kandahâr, chargé d'un important butin[1] accumulé lors des campagnes accomplies sous les ordres de Nâder Châh.

1. Dont le célèbre diamant *Koh-e Nour* (« la montagne de lumière »), d'un poids de 108,9 carats, qui reviendra ultérieurement à la Couronne d'Angleterre.

Le mythe fondateur de l'État afghan

En octobre 1747, lors d'une grande assemblée (*loya djirgah*) des chefs des tribus pachtounes, Ahmad Châh est proclamé « émir ». Les Ghilzaïs, affaiblis par leurs défaites devant Nâder Châh, et dont certains étaient passés au service d'Ahmad Châh, ont ratifié ce choix. Le nouvel émir a vingt-cinq ans. Un jeu de mots sur le nom de son clan, celui des Abdâlis, que l'on appelle aussi « Dourrânis » (« perles »), le fera bientôt surnommer *Dour e-Dourrân*, « la perle des perles ».

Sa tribu, celle des Abdâlis, comprend différents clans : les Popalzaïs (incluant les Sadozaïs, clan dont fait partie Ahmad Châh), les Bârakzaïs (incluant le clan mohammedzaï), et les Atchekzaïs. Une fragile tradition rapporte que des représentants des ethnies baloutche, hazâra et qizilbâch auraient participé de leur plein gré à cette assemblée. En ratifiant le choix d'Ahmad Châh Dourrâni comme monarque, ils auraient ainsi reconnu, pour l'avenir, la prééminence de l'ethnie pachtoune au sein du nouvel État.

Cette vision de l'histoire, qui est celle de la plupart des historiens afghans et occidentaux, ne doit pas faire illusion. En effet, si les représentants d'ethnies non pachtounes ont réellement pris part à la *loya djirgah* d'octobre 1747, on pourra légitimement douter de leur représentativité et du caractère libre et spontané de leur adhésion au consensus. Sans même évoquer de grands absents, les Tadjiks, les Turkmènes, les Aymâqs et les Ouzbeks. En vérité, l'« État afghan », en 1747, n'est rien d'autre qu'une fragile confédération de tribus pachtounes autour d'un chef dont elles attendent qu'il leur taille un empire à la mesure de leurs insatiables appétits. Et toute l'histoire de l'Afghanistan jusqu'au début du XXe siècle ne sera rien d'autre que la lutte de ceux que l'on va désormais appeler les « Afghans » pour résister aux ambitions anglaises, russes, ou perses — voire s'en accommoder — et pour imposer leur autorité aux différentes ethnies vivant dans les limites de l'Afghanistan actuel. Sans oublier les querelles et les rivalités de tribus ou de clans pachtouns, ainsi que les conflits successoraux entre frères ou cousins... De la fin du XVIIIe siècle jusqu'à la fin du XIXe, il n'y aura d'ailleurs jamais, à proprement parler, de pouvoir central en Afghanistan, mais une pluralité de fiefs ou de zones d'influence, fluctuant au gré des circonstances, des alliances et des hommes.

On ne peut raisonnablement parler d'*État* afghan qu'à partir du règne d'Abdour Rahmân Khân (1880-1901), l'« émir de fer », plus précisément encore après 1893 et 1896, lorsqu'une mission conduite par Sir Mortimer Durand en aura déterminé les frontières, et que les Britanniques les auront fait reconnaître, non seulement par Abdour Rahmân lui-même, mais aussi par les Perses et les Russes.

Dès le printemps 1749, Ahmad Châh, avec 25 000 soldats, entreprend une chevauchée qui va établir sa légende et celle des guerriers pachtouns. De la Perse au Cachemire, du Khorâssân au Pendjâb, de Machhad à Delhi et Amritsar, il se taille un vaste empire. En 1750, le voici maître de tous les territoires situés sur la rive droite de l'Indus. En 1757, il s'empare de Delhi, dont le sac impitoyable restera dans toutes les mémoires. Le 14 janvier 1761, il rencontre les Marhattas au nord de Delhi, à Panipât. Ainsi que le souligna Fraser-Tytler, cette bataille, qui opposait deux armées de 80 000 à 100 000 hommes chacune, allait déterminer qui, des hindous ou des musulmans, allait dominer l'Inde du Nord. Ce fut un désastre pour les Marhattas : « Leur prestige en fut ébranlé dans le Dekkan, et ouvrit la route à l'expansion britannique ultérieure[1]. » Magnanime, Ahmad Châh reconnaîtra pourtant un prince moghol comme sultan de Delhi, mais, en 1767, il devra concéder le Pendjâb (à l'exception de Pechâwar) aux Sikhs.

Ce conquérant n'est pourtant ni un bâtisseur ni un administrateur, encore moins un diplomate. James Darmesteter a dressé de lui, en 1888, un portrait sans complaisance : « Ahmad Châh fut l'idéal du roi afghan. Il comprit son peuple et le prouva de deux façons : il respecta l'indépendance des tribus et les mena au pillage de l'Inde. Tout en investissant le clan royal d'un prestige semi-divin — il déclarait tout Sadozaï inviolable et sacré — il ne gouverna que d'accord avec les chefs de tribus, dont le conseil fut consulté pour toutes les grandes mesures de gouvernement. Les mesures proposées étaient toujours des mesures de conquêtes [...] Il sentit que le génie de sa race était tout-puissant pour détruire, impuissant pour organiser[2]. » De fait, la plus large autonomie était laissée aux tribus pachtounes, qui s'administraient comme elles l'entendaient, suivant leurs coutumes et sous l'autorité de leurs chefs traditionnels. Ceux-ci en, échange des subsides qu'ils recevaient de l'émir, lui fournissaient des troupes[3]. Ce système de gouvernement, ainsi que la cohésion de la confédération pachtoune, ne pouvait se maintenir qu'à la condition de se nourrir de conquêtes.

1. W.K. Fraser-Tytler, *Afghanistan. A Study of Political Developments in Central and Southern Asia*, Londres, Oxford University Press, 1950, rééd. de 1962, p. 63.
2. James Darmesteter, *Lettres sur l'Inde*, Paris, Lemerre, 1888, p. 49-51.
3. F.R. Farid, « The modernization of Afghanistan », *Afghanistan*, vol. XVIII, juillet-septembre 1962, p. 11.

Ahmad Châh meurt en 1772. Il va entrer dans la légende pachtoune sous le nom d'Ahmad Châh *Baba*, « le père »... Timour, le fils qu'il avait désigné pour lui succéder, et auquel il avait progressivement confié le pouvoir, lui succède normalement. Il transfère bientôt la capitale de l'empire de Kandahâr à Kaboul. Dans le même temps qu'il tente de maintenir les conquêtes d'Ahmad Châh, il doit faire face à des révoltes de tribus pachtounes, les Ghilzaïs et les Mohmands autour de Pechâwar, ainsi que d'autres tribus dans la région de Kandahâr. Pour rétablir l'ordre, Timour Châh a souvent recours, non pas à des Pachtouns, ce qui risquerait de dresser des clans ou des familles les uns contre les autres, mais à sa garde chi'ite qizilbach. Il lui faudra pourtant se résigner à la perte définitive du Pendjâb, tandis que les querelles internes affaiblissent le royaume afghan.

À la mort de Timour Châh, en 1793, ses nombreux fils vont se disputer sa succession, ouvrant ainsi une nouvelle période d'anarchie. Elle durera plus de quarante ans, compliquée de surcroît par une sanglante querelle entre le clan dourrâni et celui des Sadozaïs, qui se disputent le pouvoir à partir de 1818.

À partir de 1826, un Bârakzaï, Dost Mohammed, qui contrôle Kaboul, tente d'imposer son autorité aux différentes tribus pachtounes et à ses propres frères, pratiquement autonomes dans les provinces qu'ils gouvernent. Il ne parviendra à ses fins qu'en 1836, date à laquelle il prendra le titre d'émir, fondant ainsi la dynastie portant son nom, celle des Mohammedzaïs[1]. Le royaume afghan s'est pourtant réduit comme une peau de chagrin. À l'est, les Sikhs

1. À laquelle appartiennent les rois Nâder Châh (1931-1933), Zâher Châh (1933-1973), ainsi que le cousin et beau-frère de ce dernier, Mohammed Daoud, président de la République de 1973 à 1978.

de Ranjit Singh, après avoir conquis le Cachemire (1818), ont pris le contrôle du Baloutchistan (1823), et ont ensuite étendu leur royaume jusqu'à Pechâwar (1834) et le versant est des monts Soleïman [1]. Au nord de l'« Afghanistan », les Turkmènes et les Ouzbeks se sont taillé de petits fiefs, tandis que l'émir de Boukhârâ contrôle Balkh. À l'ouest, la région d'Hérât est revendiquée par les Perses et les Pachtouns depuis 1805. Dans les hautes vallées du Centre, enfin, le Hazâradjat chi'ite se tient à l'écart des différentes querelles.

Omnubilés par leurs rivalités internes, et les conflits avec les Perses et les Sikhs, qui épuisent leurs forces, les chefs pachtouns ne semblent pas réaliser qu'à l'est les Britanniques, par l'intermédiaire de l'East India Company [2], constituent méthodiquement ce qui va devenir l'empire des Indes. Depuis le début du siècle, et bien qu'ils en soient séparés par le royaume sikh [3], les Anglais sont attentifs à tout ce qui se passe en « Afghanistan » et audelà.

1. Dost Mohammed avait décrété la guerre sainte contre les Sikhs. Il échoua à les déloger de leurs conquêtes, notamment à Pechâwar, mais cette décision lui valut le précieux appui des mollahs pour assurer son pouvoir en « Afghanistan ». Ils lui décernèrent le titre d'*âmir al-mominîn* (Mohan Lal, *Life of the Amir Dost Mohammed*, Longman, 1846, vol. I, p. 170).

2. Elle sera dissoute en 1858 et ses attributions dévolues à la Couronne.

3. Après la mort de Randjit Singh, en 1839, les Britanniques annexeront l'ensemble de son royaume (1839-1847, puis 1858).

CHAPITRE II

UNE ENTRÉE DIFFICILE DANS LA MODERNITÉ

Le traité de Paris (2 février 1763) consacrait un échec français en Inde. Les Français n'y conservaient plus que les mythiques cinq « comptoirs ». Les Anglais avaient désormais les mains libres. Par l'intermédiaire de l'East India Company, ils allaient étendre leur emprise sur la majeure partie du sous-continent. En 1805, le Pendjâb, le Cachemire et le Sind leur échappaient encore.

En 1807, Napoléon avait donné des instructions précises au général Gardanne, qu'il envoyait en émissaire à la cour de Perse : « Le général Gardanne ne doit pas perdre de vue que notre objet important est d'établir une triple alliance entre la France, la Porte [l'empire ottoman] et la Perse, de nous frayer un chemin aux Indes, et de nous procurer des auxiliaires contre la Russie. » À juste titre, les Britanniques s'étaient inquiétés de la mission de Gardanne. Ils avaient envoyé à leur tour une ambassade à Téhéran, dans le même temps qu'ils chargeaient un de leurs agents en Inde, Montstuart Elphinstone (1779-1859), d'une mission de renseignements auprès des fils de Timour Châh. Elphinstone traverse le royaume sikh, et parvient à Pechâwar où il passe quatre mois auprès de Châh Choudjâh, l'émir afghan en titre. Il ne pourra pas se rendre à Kaboul, alors aux mains d'un frère de Châh Choudjâh, mais il rapportera de son voyage une masse d'informations, véritable somme sur les Pachtouns, leurs clans, leur histoire, leur code tribal, leurs coutumes, leur mode de vie[1].

Soulagés militairement et financièrement après la chute de Napoléon, les Britanniques et l'East India Company peuvent à nouveau songer à étendre leur empire vers l'ouest. Ils vont se heurter cette fois aux ambitions perses et surtout russes. De ces rivalités impérialistes naîtra à la fin du XIXe siècle l'État afghan.

Les guerres anglo-afghanes

Pour accomplir ses desseins à long terme, et avant même d'avoir assuré leur mainmise sur le Pendjâb et le Sind, l'East India Company a besoin d'autres informations sur le « royaume de Kaboul », qui fait encore figure de *terra incognita*. Elle trouvera l'homme idoine en la personne de Charles Masson. Il est anglais, s'appelle en réalité James Lewis. Après avoir servi cinq ans dans un régiment d'artillerie de l'East India Company, il déserte et passe en « Afghanistan » en 1827. Il se prétend américain, collectionne les monnaies anciennes et les antiquités. À partir de 1832, l'East India Company, qui ne s'embarrasse pas de scrupules, lui verse un salaire comme « fournisseur de pièces de monnaie » ; l'année suivante, elle fait amnistier sa condamnation

1. Il publiera ses notes en 1815 sous le titre : *An Account of the Kingdom of Caubul and its Dependencies* (rééd. Oxford University Press, 1972).

pour désertion. Masson devient alors « agent accrédité » de la Compagnie à Kaboul. Il voyage. Outre son travail d'agent de renseignements, qui paraît apprécié, il fouille des monuments bouddhistes, notamment à Hadda, où il prélève des statues caractéristiques de l'« art du Gandhâra », et continue à collectionner les monnaies : sur le seul site de Begram, il en trouvera — c'est le chiffre qu'il donne — 1 879, dont 19 en or. Il quitte la région en 1840. En 1849, il publiera à Londres le récit de ses voyages : *Narrative of Various Journeys in Baloochistan, Afghanistan and the Panjab*[1].

L'East India Company s'inquiète de plus en plus des ambitions russes en Asie centrale. Elle confie à Alexander Burnes (1805-1841) une mission de renseignements. Burnes est officier. Il parle couramment persan et sans doute pachtoun. Ses qualités de diplomate ont déjà été éprouvées par la Compagnie. En 1834, au retour du long voyage qu'il a effectué en Afghanistan et en Asie centrale, il publie *Travels to Bukhara*[2]. Il repartira ensuite pour Kaboul, où on le connaît sous le nom de « Sikandâr » (« Alexandre »)... Il y séjournera de 1836 à 1838.

Les Perses assiègent alors la cité de Hérât, aux mains des « Afghans ». Des officiers russes ont été détachés en novembre 1837 comme conseillers dans l'armée perse, tandis qu'un officier anglais, Pottinger, assiste la garnison d'Hérât. À Kaboul même, une mission russe, conduite par un militaire, s'efforce d'obtenir de Dost Mohammed l'établissement de relations diplomatiques et commerciales.

Les Britanniques perçoivent cette démarche

1. Londres, Bentley, 1844, 3 vol.
2. Londres, John Murray, 1834; auquel il faut ajouter *Cabool [...]*, John Murray, 1843.

comme une menace sur la frontière occidentale de l'Inde, et, d'une façon plus générale, sur leur « zone d'influence ». Ils délèguent à Kaboul Alexander Burnes, porteur d'un ultimatum enjoignant l'émir Dost Mohammed de cesser toute relation avec les Russes. L'émir n'obtempérant pas, le vice-roi des Indes, Lord Auckland, réunit une armée. Contre l'avis de Burnes et de Masson, il décide d'intervenir militairement en Afghanistan pour rétablir sur le trône l'un des rivaux de Dost Mohammed, Châh Choudjâh (émir de 1803 à 1809), l'un des fils de Timour Châh.

Le 7 août 1839, les troupes britanniques entrent dans Kaboul. Dost Mohammed est déposé, Châh Choudjâh le remplace. Burnes doit intervenir auprès du nouveau monarque pour éviter que Dost Mohammed ne soit exécuté; il obtiendra gain de cause, et l'émir déchu s'exilera à Boukhârâ. Afin de laisser les apparences du pouvoir à Châh Choudjâh, les troupes britanniques s'installent à la périphérie de Kaboul, tandis qu'une mission britannique, dirigée par McNaughten et Burnes, demeure dans la cité. Très vite, la situation dégénère. Des émeutes ont lieu. Burnes est assassiné dans sa résidence. Un peu plus tard, McNaughten, à l'issue d'une négociation houleuse avec les chefs tribaux pachtouns, subit le même sort. Le commandement britannique décide alors de quitter la région. Un traité est bâclé, et, le 6 janvier 1842, 690 soldats anglais, plus de 3500 supplétifs indiens, encombrés par 10000 à 12000 membres de leurs familles et domestiques, prennent la route de Pechâwar. Dans les gorges de la rivière Kaboul, les tribus ghilzaïs les attendent. Ils les harcèlent constamment, les scindent en plusieurs groupes, les déciment ou les capturent. Une peinture, due à une Anglaise, montre l'arrivée du Dr Brydon, exténué, galopant sur un cheval pour annoncer à Djelâlâbâd le désastre. Ce tableau a longtemps fait croire que le Dr Brydon avait été le seul rescapé de cette retraite. Le rapport que fit Brydon, retrouvé par Louis Dupree, montre que quelques groupes de Britanniques parvinrent quand même à échapper au massacre ou à la capture.

À Kaboul, la situation de Châh Choudjâh est devenue intenable. Il est assassiné en avril 1842. Les Britanniques envoient alors en Afghanistan deux corps d'armée, l'un commandé par le général Pollock, qui vient de Pechâwar, l'autre par le général Nott, qui, depuis le sud-est, se dirige vers Kandahâr. Tous deux guerroient durant leur route contre les tribus pachtounes. Pollock parvient à Kaboul le 18 septembre 1842 ; Nott, qui a quitté Kandahâr le 7 août, le rejoint, via Ghazni, le 20 septembre. Au passage, ils parviendront à récupérer les prisonniers britanniques (y compris les femmes, qui avaient été convenablement traitées par leurs ravisseurs). Mais le bazar de Kaboul est incendié, en représailles de l'assassinat de McNaughten et de Burnes ; les bourgs d'Istalif et de Tcharikar, au nord de Kaboul, sont en partie détruits. Le 12 octobre, leur mission accomplie, les troupes britanniques se dirigent vers l'Inde, où elles arriveront sans encombre.

Dost Mohammed revient en Afghanistan et repart à la conquête des provinces. Il ne parviendra pourtant pas à s'emparer d'Hérât. En 1855 et 1857, il signe avec les Britanniques deux traités, au terme desquels il abandonne toute revendication sur Pechâwar, mais perçoit en contrepartie, à partir de 1857, une indemnité mensuelle de 10 000 livres pour soutenir son effort de guerre en « Afghanistan ». L'aide britannique lui permet de reprendre le contrôle d'Hérât en 1863. Il décède peu après.

L'un de ses fils, Cher Ali Khân, est proclamé émir,

mais, comme cela s'était produit à chaque succession de monarque, la contestation gronde un peu partout, à Hérât, à Kandahâr, et même à Kaboul. Deux de ses frères lui disputent le pouvoir. Si Cher Ali contrôle la situation à Kaboul, il s'en faut de beaucoup que son autorité s'exerce partout. Son fils Ya'koub Khân manifeste ses ambitions, se fâche puis se réconcilie avec son père. Une nouvelle période d'anarchie s'est ouverte, elle va durer quinze ans, avivant les ambitions perses, russes et britanniques.

À l'ouest, les Persans, qui avaient occupé Hérât, en sont chassés par Ya'koub l'année suivante, mais ils occupent le Seistân. Au nord, les Russes, installés à Tachkent en 1865, ont imposé leur protectorat sur l'émirat de Boukhârâ en 1868, puis sur le khânat de Khiva en 1873. Ils tentent de profiter de la situation confuse en Afghanistan pour envoyer de discrets émissaires auprès des différents prétendants afin de s'en faire des alliés. Le 22 juillet 1878, une ambassade russe arrive à Kaboul. Cher Ali lui ordonne de rebrousser chemin. En vain. Trois semaines plus tard, les Britanniques exigent qu'une mission, conduite par le major Louis Cavagnari (d'origine française), soit reçue par Cher Ali. Le roi temporise et finit par refuser. Les Britanniques considèrent qu'il s'agit d'un *casus belli* et qu'il convient de mettre un terme aux tergiversations de Cher Ali et aux ambitions russes.

Le 20 novembre 1878, trois colonnes britanniques entrent en Afghanistan. Elles occupent Djelâlâbâd, la vallée de Korram en zone tribale, puis, en juillet 1879, Kandahâr. Depuis décembre, Cher Ali s'est réfugié à Mazâr-e Charîf. Il demande le soutien des Russes, qui se gardent bien d'accéder à sa demande. Il meurt le 21 février 1879.

Le 26 mai 1879, son fils et successeur, Ya'koub

Khân, se présente au camp de Gandomak, entre Kaboul et Djelâlâbâd, où se trouve l'état-major britannique. Il signe un traité dont les clauses sont sévères : l'Afghanistan perd sa souveraineté externe, l'émir reconnaît aux Britanniques la possession de diverses places fortes en zone pachtoune. En contrepartie, il percevra une pension annuelle de 60 000 livres, et les Britanniques le reconnaissent comme *émir de Kaboul*, car ils considèrent, en effet, la province de Kandahâr comme autonome, au point d'y avoir installé un gouverneur appartenant au clan des Bârakzaïs.

Louis Cavagnari peut enfin s'installer à Kaboul en juillet. Il est reçu dans un climat hostile. Le 3 septembre, à la suite d'intrigues complexes dans l'entourage de l'émir, une émeute éclate dans le bazar de Kaboul ; une foule à laquelle sont mêlés de nombreux soldats se dirige vers la résidence de Cavagnari, qui est massacré avec les membres de la mission britannique. Ya'koub aurait eu la possibilité d'intervenir. Il ne l'a pas fait. Le général Roberts décide de venger l'affront. Une armée anglaise est envoyée vers la capitale. Elle défait celle de l'émir. Kaboul est occupée le 12 octobre, Ya'koub est destitué et envoyé en résidence surveillée en Inde.

Ayant eu connaissance de ces événements, un petit-fils de Dost Mohammed, Abdour Rahmân (né à Kaboul en 1844), réfugié dans l'émirat de Boukhârâ, réunit des troupes, franchit l'Amou-Dâriâ en février 1880. Le 20 juillet 1880, le voici à Tcharikar, à une quarantaine de kilomètres au nord de Kaboul. Il négocie avec les Anglais, gagne leur confiance ; il ratifie les termes du traité de Gandomak, en échange de quoi il sera reconnu, en 1883, comme *émir de Kaboul et de ses dépendances*. On le laisse en fait asseoir son autorité là où il le pourra, à l'exception

FIGURE 5

Les avancées russes et britanniques en Asie centrale au XIXe siècle

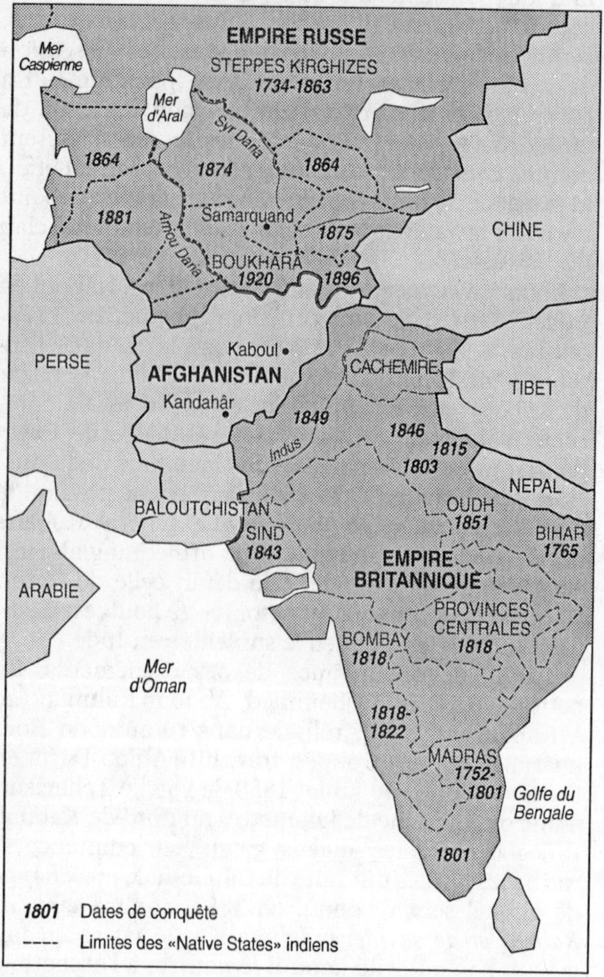

de la « province » de Kandahâr, où les Britanniques, à ce moment, se proposent d'installer un pouvoir indépendant, et d'Hérât, qu'ils envisagent d'abandonner à la Perse. Ils auront l'occasion de changer d'avis.

Entre tradition et réformisme

L'accord signé entre les Britanniques et Abdour Rahmân n'est pas du goût d'un des frères cadets de Ya'koub, Mohammed Ay'oub Khân, gouverneur d'Hérât. Le 27 juillet 1880, non loin de Kandahâr, à Maïwand[1], il décime un corps d'armée britannique de 2 500 hommes, ce qui lui ouvre les portes de la capitale traditionnelle des Pachtouns. Depuis Kaboul, le général Roberts, futur Lord Roberts de Kandahâr, fait mouvement et lui inflige une défaite le 1er septembre, à la suite de laquelle Ay'oub, après avoir négocié (novembre 1880), reprend les armes depuis Hérât où il s'est retiré. Défait par Abdour Rahmân le 22 septembre 1881, il sera finalement contraint à l'exil en Perse d'abord, en Inde ensuite où les Britanniques lui serviront une pension. Voici Abdour Rahmân maître de Kaboul, Kandahâr et Hérât. Les Britanniques comprennent vite que l'émir est capable d'assurer la sécurité de la frontière est et nord-est de l'empire des Indes. En avril 1881, ils évacuent ce qui va devenir l'Afghanistan, laissant les mains libres à l'émir ; ils lui accorderont même, à partir de 1883, une pension de 12 *lakhs* de roupies,

1. Lors de cette bataille, une jeune Pachtoune, nommée Malalaï, aurait galvanisé les guerriers pachtouns en agitant son voile et en les encourageant jusqu'à leur victoire finale. Le nom de Malalaï a été donné au premier lycée de jeunes filles de Kaboul.

soit 120 000 livres[1], tandis qu'ils vont s'appliquer à délimiter les frontières du futur « État tampon » (*Buffer State*) entre la Russie, la Perse et l'empire des Indes.

Au même moment, les Russes investissent le Turkestan, occupent Merv en 1884, et pénètrent même l'année suivante en « Afghanistan », dans l'oasis de Pandjdeh, où ils infligent une défaite aux troupes de l'émir. Les Britanniques reprennent aussitôt des négociations avec les Russes dont ils veulent contenir les ambitions. Les différentes frontières de l'Afghanistan seront reconnues au nord par les Russes en 1888, avec un nouvel accord sur le Pâmir et le corridor du Wakhân en 1891, et, à l'est, par la Perse en 1891. Une commission dirigée par Sir Mortimer Durand, secrétaire aux Affaires étrangères dans le gouvernement de l'empire des Indes, délimitera, à travers les régions pachtounes, la frontière afghano-britannique. Elle sera reconnue par les deux parties en 1893, en 1895 par la Russie ; un léger ajustement sera effectué en 1896. L'État afghan existe désormais au regard du droit international[2]. En 1893, le nom « Afghanistan » a remplacé celui de « sultanat de Kaboul » sur les timbres postaux[3].

Abdour Rahmân a voulu le pouvoir. Il l'a obtenu, au prix d'un accord que beaucoup de ses contemporains afghans considèrent comme indigne. De 1881 à 1896, il dirige une quinzaine d'expéditions mili-

1. Cette pension, à laquelle s'ajoutaient des fournitures d'armes et d'équipements militaires, sera portée à 1,8 million de roupies (180 000 livres) en novembre 1893, lorsque l'émir et Sir Mortimer Durand se seront entendus sur le tracé de la frontière est de l'Afghanistan.

2. Le meilleur ouvrage sur la période 1880-1946 est celui de Vartan Gregorian, *The Emergence of Modern Afghanistan, 1880-1946*, Stanford University Press, 1969.

3. *Les Nouvelles d'Afghanistan*, n° 79, 4e trimestre 1997, p. 5.

taires dans tout l'Afghanistan. Il se montre impitoyable et soumet un à un les récalcitrants, qu'ils soient ou non Pachtouns. Afin d'ôter toute velléité de rébellion aux Turkmènes et aux Ouzbeks, il transfère dans ces zones, notamment autour de Koundouz, des tribus pachtounes souvent nomades ou semi-nomades, appartenant en majorité au clan ghilzaï. En implantant des populations pachtounes dans les zones conquises, il fait d'une pierre deux coups : il se débarrasse de « cousins » turbulents, et il sait que, là où il les installe, ceux-ci seront les plus sûrs relais de son autorité au nom de la solidarité pachtoune. Dans ces terres fertiles, beaucoup de ces Pachtouns se sédentariseront, mais d'autres continueront à nomadiser.

La région du Hazâradjat (provinces de Ghor, de l'Ourouzgan et de Bamyân) avait résisté à Nâder Châh. Depuis la fin du XVIIIe siècle, une partie du Hazâradjat payait tribut aux émirs de Kaboul. Abdour Rahmân entreprend à partir de 1881 la conquête de cette région, arguant en outre du fait que les Hazâras chi'ites étaient « toujours prêts à se rallier aux premiers agresseurs étrangers qui attaqueraient l'Afghanistan ». Entre 1881 et 1893, il conduira sept expéditions dans ces régions. Il finira par désarmer les Hazâras et les soumettre à l'impôt, non sans avoir massacré nombre d'entre eux. Quelque 16 000 Pachtouns des tribus dourrânis et ghilzaïs ahmadzaïs seront installés dans l'Ourouzgan. Quant aux Hazâras déportés à Kaboul, ils seront pratiquement réduits en esclavage, bien que cette pratique ait été officiellement abolie en 1895 en Afghanistan. Jusqu'à aujourd'hui, ils y demeureront confinés dans les tâches les plus pénibles, et soumis à d'innombrables et constantes vexations.

En 1896, Abdour Rahmân termine cette série de

campagnes dans le « Kafiristân » (le « pays des infidèles »), où il impose définitivement l'islam et donne à cette région le nom de « Nouristân » (le « pays de la lumière »). Dans toutes les provinces, l'émir a mis en place des gouverneurs pachtouns, généralement choisis hors du clan royal, dont il a fait ses obligés. Pour limiter leur influence, il a également créé des subdivisions provinciales, administrées par des sous-gouverneurs en relation directe avec Kaboul.

Ses méthodes, pour le moins persuasives, ont calmé les velléités de rébellion. Dans le milieu des années 1970, on montrait encore dans le palais de Bâgh-e Bâlâ à Kaboul, où résidait jadis l'émir, un curieux fauteuil, très solide, confortable, recouvert de velours. Mais un mécanisme complexe, placé dans le dossier, déclenché par un bouton secret, permettait d'immobiliser complètement les bras, les jambes et le thorax de celui qui y était assis... On peut supposer que quelques-uns de ceux qui étaient soupçonnés de comploter contre l'émir, ou qui contestaient son autorité, furent invités à prendre place dans ce fauteuil. La suite ? On pourrait la décrire, sans excès d'imagination, par une formule sans ambiguïté empruntée à l'*Imperial Gazetteer of India* : « *Methods consistent with Afghan customs* »... De la même façon, commerçants malhonnêtes, voleurs et brigands reçoivent des châtiments proportionnels à leurs fautes. L'ordre règne en Afghanistan. L'administration se structure, des voies de communication sont ouvertes, le commerce peut s'effectuer en toute sécurité. L'émir fait appel à des étrangers pour mettre en place des ateliers mécaniques, des armureries, ou pour améliorer les techniques d'irrigation.

Abdour Rahmân avait su se concilier la sympathie des autorités religieuses en les choyant et en se conformant sincèrement aux préceptes de l'islam. Ce personnage un peu fruste, encore qu'il jouât du piano, s'était entouré de mollahs, et s'était appliqué à diverses études d'exégèse coranique. On lui attribue même la composition d'un traité sur la religion, *Taqwim ad-dîn* (« Le renforcement de la foi »). Sa popularité auprès des mollahs atteindra des sommets après l'islamisation du Nouristân. Ils lui décerneront le titre flatteur de *Ziâ al-mellat-e waddîn* (« la lumière de l'État et de la foi »), et ne lui tiendront pas rigueur de leur avoir enlevé la tutelle des biens *auqaf* (biens religieux de mainmorte, ou pieuses fondations) pour les placer sous son autorité directe.

Abdour Rahmân peut alors tranquillement écrire ses Mémoires [1], ou plus exactement laisser son secrétaire, le *mir mounchi*, les rédiger sur ses instructions à l'intention de son fils. Rappelant son œuvre en termes mesurés, il lui conseille de payer les soldats confortablement et régulièrement, et, en toute chose, de se « hâter lentement »... L'« émir de fer » meurt en 1901. Habiboullâh, le fils qu'il a désigné, est proclamé roi. Pour la première fois depuis un siècle, la succession d'un monarque s'est effectuée normalement. Habiboullâh suivra les conseils de son père. Il prendra bientôt le titre de *Seradj-e mellat wa-dîn* (« la lumière de l'État et de la foi ») [2]. Il est pourtant sensible à l'influence de son beau-frère et lointain cousin, Mahmoud Beg Tarzi (1865-1935), séduit par les thèses réformistes d'Al-Afghâni.

1. Sultan Mohammed Khân, *The Life of Amir Abdul Rahmân Khân*, Londres, John Murray, 1900, 2 vol.
2. Les descendants d'Habiboullâh et d'Amânoullâh prendront le nom patronymique de *Seradj*.

Djemâl ad-dîn al-Afghâni (1838-1897)

Al-Afghâni est né dans la province du Kounar. Après avoir été un proche de l'émir Dost Mohammed, il quitte l'Afghanistan en 1868 pour l'Égypte, où il suit les cours de l'université El-Azhar, séjourne à Istamboul, revient à El-Azhar où il enseigne. On le retrouve ensuite aux Indes, en Europe, à Paris notamment, en Perse, en Iraq, à Londres et finalement à nouveau à Istamboul.

Partout, il rencontre de jeunes intellectuels musulmans et leur tient un discours simple : si les pays musulmans sont humiliés, voire en pleine décadence, ils ne doivent s'en prendre qu'à eux-mêmes, car ils sont passifs face à un Occident qu'ils veulent imiter servilement. Al-Afghâni appelle les musulmans à lutter contre toutes les formes de domination occidentale (et il vise en premier lieu celle des Britanniques aux Indes et en Égypte). Selon lui, la renaissance du monde musulman doit nécessairement passer par un retour aux sources de l'islam. Telle est la thèse qu'il défend dans son principal ouvrage, au titre explicite, *La réfutation des matérialistes*[1]. L'enseignement d'Al-Afghâni, tout comme celui de son disciple et ami égyptien, le cheikh Abdouh, plus modéré, va inspirer tous les nationalismes musulmans jusqu'à aujourd'hui.

Al-Afghâni est mort à Istamboul. Ses cendres ont été

1. *Al-Radd 'alâ al-dahiriyîn*, traduction et présentation par Anne-Marie Goichon, Paris, 1942. Al-Afghâni et le cheikh Abdouh avaient fondé à Paris, en 1884, une revue, *Al 'Ourwah al-Wouthqâ* (« le Lien indissoluble »), dont 18 numéros furent publiés.

ultérieurement ramenées à Kaboul et déposées dans un mausolée construit dans l'enceinte de l'université.

À Kaboul, Habiboullâh autorise en 1911 Mahmoud Beg Tarzi (1865-1935) à publier un journal, *Siradj al-Akhbar-e Afghanieh* (« La grande lumière de l'Afghanistan »), qui paraîtra jusqu'en 1918[1]. Deux idées-forces guident Tarzi : d'un côté, il dénonce l'impérialisme occidental en général, britannique en particulier, afin que l'Afghanistan retrouve sa souveraineté externe ; de l'autre, il stigmatise les religieux conservateurs, hostiles à toute évolution progressiste. Mais le mouvement réformiste reste limité à quelques intellectuels ; la *charî'ah*, dans toute sa rigueur, demeure la loi de l'État. L'émir poursuit cependant l'œuvre entreprise sous le règne précédent dans différents domaines. En 1904, il inaugure à Kaboul la première école moderne, avec des professeurs étrangers (indiens et turcs), qui prend le nom de « Habibia » en son honneur ; en 1913, il fondera un hôpital à Kaboul. Quant à l'administration centrale et locale, qui est renforcée, elle est aux mains de membres de la famille royale ou de Pachtouns tout dévoués au pouvoir sur lesquels pèsent de lourds soupçons de corruption. Les relations avec les Anglais sont pérennes et, en dépit des sollicitations de missions turques et allemandes, et de fortes pressions nationalistes dans l'entourage du roi et de la part de notables pachtouns, l'Afghanistan demeu-

1. C'est à cette époque que l'on rédige la première chronique officielle de l'État afghan, *Siradj al-Tâwarîkh*, avec une vision très « pachtoune » de l'histoire.

rera neutre durant le premier conflit mondial, Habiboullâh se démarquant ainsi du califat ottoman qui avait pris le parti de l'Allemagne et de l'Autriche-Hongrie.

Le 20 février 1919, Habiboullâh est assassiné lors d'une partie de chasse dans la région de Djelâlâbâd. Son frère Nasroullâh se proclame roi ; il est reconnu par les deux fils aînés d'Habiboullâh. Mais depuis Kaboul, Amânoullâh, troisième fils d'Habiboullâh, qui peut compter sur le soutien de l'armée, et qui, dira-t-on, n'est peut-être pas étranger à l'attentat qui a coûté la vie à son père, a vite fait de ramener son oncle à résipiscence.

Amânoullâh, qui a épousé la fille de Mahmoud Beg Tarzi[1], Soraya, est rempli d'ambitions modernistes pour son pays. Il rêve aussi d'un « grand Afghanistan », qui engloberait tous les territoires pachtouns situés au-delà des monts Soleïman, dans la *North-West Frontier Province* de l'empire des Indes. Il n'attend pas la réponse faite par la Grande-Bretagne à la demande de reconnaissance de la souveraineté externe de l'Afghanistan. En mai 1919, il ouvre les hostilités avec les Britanniques dans les zones frontalières, ce qui provoque l'enthousiasme en Afghanistan, où la poussée nationaliste était sensible depuis une douzaine d'années. Qualifier ce conflit de « troisième guerre anglo-afghane » paraît pourtant exagéré. Les opérations militaires sont en effet des plus limitées, et une tentative de soulèvement des populations pachtounes de Pechâwar, encouragée en sous-main par Amânoullâh, tourne court. Les Britanniques sont las : le premier conflit mondial est terminé, la Russie soviétique est en

1. En 1929, après la chute d'Amânoullâh, Mahmoud Beg Tarzi se réfugiera en Turquie, où il mourra.

proie à la guerre civile, des troubles sont fomentés en Inde par des mouvements islamistes. Ils négocient. Le 8 août, à Rawalpindi, un traité est signé, aux termes duquel l'Afghanistan retrouve sa souveraineté externe. Un second traité, précisant les relations afghano-britanniques, sera conclu en 1921. Bien entendu, Amânoullâh se voit privé en retour des subsides que versait auparavant la Couronne britannique aux émirs afghans. Le budget de son armée en fera les frais. La popularité d'Amânoullâh est à son zénith. Il n'a pourtant pas obtenu satisfaction sur un point essentiel : la « ligne Durand » reste, en effet, la frontière officielle entre l'empire des Indes et l'Afghanistan. La question du « Pachtounistan » va empoisonner les relations afghano-britanniques, puis afghano-pakistanaises jusqu'à aujourd'hui, et peut-être demain.

Amânoullâh s'empresse d'établir des relations diplomatiques avec l'URSS, la Perse, la Turquie, la France, l'Allemagne, l'Italie, la Belgique, puis l'Angleterre. Il manifeste en même temps des sentiments panislamistes. C'est ainsi qu'il soutient les mouvements musulmans indiens réclamant « le droit à l'autodétermination pour tous les peuples, et la préservation de l'autorité temporelle et spirituelle du sultan ottoman », et par conséquent de l'institution califale, « considérée comme essentielle à l'unité et au bien-être de tous les musulmans[1] ». Ce qui ne l'empêchera pas, quelques années plus tard, d'être fasciné par la politique moderniste, laïcisante et nationaliste mise en œuvre par Mustafa Kemal « Atatürk », président de la République turque depuis 1923, et qui avait aboli le califat en mars 1924.

1. Vartan Gregorian, *op. cit.*, p. 325.

Dès février 1919, Amânoullâh avait annoncé un important programme de réformes. Il le met progressivement en œuvre.

En 1921, un nouveau code de la famille est promulgué. La législation du mariage est réformée : le mariage des filles de moins de dix-huit ans est interdit, et le droit de choisir leur mari leur est désormais reconnu ; le statut des veuves, qui plaçait celles-ci sous la tutelle de leur belle-famille, est réformé. Le droit à l'éducation est reconnu aux filles, et un collège qui leur est réservé est ouvert dès 1921, placé sous le double patronage de la reine Soraya et de sa mère (dont on se rappelle qu'elle est l'épouse de Mahmoud Beg Tarzi). Amânoullâh fait appel à la coopération étrangère dans le domaine de l'éducation. En 1922, il demande au chef de la mission archéologique française, Alfred Foucher (qui fait fonction de chargé d'affaires de France), d'établir un plan de développement de l'enseignement secondaire. C'est ainsi que naît un collège franco-afghan qui deviendra le lycée Amâniya (1922) et prendra après 1930 le nom d'Esteqlâl (« Indépendance »). Suivront le lycée Habibia (1924), et le lycée Amâni qui deviendra le lycée Nedjât (« Libération ») en 1930 avec les concours respectifs de la Grande-Bretagne et de l'Allemagne, puis le lycée Ghâzi (« Victoire ») en 1928. Amânoullâh confiera en 1926 à un Français, Auguste Girard, la direction de la première école d'agriculture. Un plan de formation d'étudiants afghans à l'étranger (en Europe et en Inde) est établi ; il inclut des jeunes filles. 34 jeunes Afghans ont été admis au lycée Michelet, à Vanves, en octobre 1921.

En avril 1923, Amânoullâh rend publique une loi constitutionnelle, organisant le gouvernement et l'administration du pays. Chaque ministre, nommé par le roi [1], est responsable devant lui seul ; et, dans une curieuse distinction, si le pouvoir exécutif « appartient au gouvernement », il demeure cependant « soumis au pouvoir suprême exercé par le monarque ». Chaque année, une réunion (*durbâr*) des ministres, chefs de service et grands dignitaires du royaume est l'occasion de contrôler la gestion de chacun et d'examiner le budget préparé par le ministre des Finances. Placé au dernier rang de la hiérarchie des ministères, un conseil d'État, embryon de pouvoir législatif, est chargé de donner son avis sur toutes les questions d'administration et d'organisation judiciaire. Son président a rang de ministre et siège à ce titre au conseil du roi. Ce conseil d'État se compose de membres nommés par le roi et de membres désignés, à raison d'un par province. Une Cour des comptes (*diwân-e sandjich*) est chargée du contrôle financier des différents départements ministériels. La constitution accorde en outre aux minorités religieuses, sikhs, hindous et juifs, la protection de l'État.

Au niveau local, on distingue deux types de provinces : les unes, les « grandes provinces », sont administrées par des gouverneurs (*naïb oul-hokoumat*), les autres par de simples *hâkim*. Les gouver neurs sont assistés par des assemblées provinciales consultatives désignées suivant le mode traditionnel. Amânoullâh poursuit la politique initiée par Abdour Rahmân afin de diminuer le poids des tribus pachtounes. Pour renforcer le pouvoir central, il tente d'imposer un islam sécularisé, qui échapperait au contrôle des élites religieuses traditionnelles. Il

1. En 1926, Amânoullâh abandonnera le titre d'*émir*, en raison de sa connotation religieuse, et optera pour celui de *châh* (« roi »).

cherche ainsi à affaiblir le rôle des théologiens traditionnels formés en Inde à l'école de Déoband[1]. Selon le roi, l'islam doit quitter la sphère religieuse pour contribuer à créer un « État-nation ».

En 1924, Amânoullâh entreprend une réforme du code pénal. Ce n'est pas tant l'esprit de ce code (inspiré de la *charîa'h*, avec des modifications relativement mineures), que l'intention affichée du roi de séculariser l'institution judiciaire qui devait provoquer la colère des traditionalistes.

À l'instigation de mollahs, qui reprochent au roi son attitude laïcisante dans le domaine judiciaire au niveau central et dans les provinces, sa politique d'émancipation des femmes, l'ouverture de l'Afghanistan à des influences étrangères, une révolte des tribus pachtouns mangal et zadrani éclate en 1924 dans la région de Khost. Un fils de l'ancien émir Ya'koub Khân semble prêt à récupérer le mouvement à son profit. La réaction d'Amânoullâh est brutale. Il envoie l'armée mater les rebelles. L'ordre est difficilement rétabli en janvier 1925, et l'intervention d'avions, pilotés par des Allemands et des Soviétiques, fut probablement d'un grand secours pour les forces gouvernementales. On dénombrera environ 2 000 victimes chez les rebelles, dont 450 femmes et enfants morts de froid ou de faim, et 3 500 maisons bombardées[2]. L'affaire ne sera pas oubliée chez les Pachtouns.

De décembre 1927 à juillet 1928, Amânoullâh et son épouse effectuent un voyage officiel en Europe, en Turquie, en Perse et en Égypte. Le roi en pro-

1. La *madrassa* de Déoband a été fondée en 1867 par des musulmans orthodoxes et panislamistes. Elle a essaimé depuis lors, au Pakistan notamment. Les *oulâma* afghans sont alors presque tous issus de cette tradition.
2. Vartan Gregorian, *op. cit.*, p. 255

fite pour acheter des armes et des munitions, notamment en France et en Allemagne. À son retour, il accentue encore sa politique réformiste. Dès le mois d'août, il convoque une *loya djirgah*. Après avoir rendu compte de son voyage, et en particulier des changements qu'il a observés dans les pays musulmans, il présente une nouvelle série de réformes accentuant les précédentes, notamment pour ce qui concerne la séparation entre l'État et les autorités religieuses, ainsi que l'émancipation des femmes et l'interdiction de la polygamie. Ses projets sont très mal accueillis par les conservateurs. L'apparition, lors de cette grande assemblée, de la reine Soraya dévoilée a en outre scandalisé les religieux. Un mollah très influent, Hazrat-e Tchâhâr Bâzâr, et son neveu commencent à réunir des signatures pour protester contre la politique du roi. Ils seront emprisonnés.

Le 2 octobre, des troubles éclatent à Kaboul. Le 14 novembre, des tribus chinwaris, ultratraditionalistes et anti-occidentales, se révoltent dans la région de Djelâlâbâd. Symboliquement, les insurgés saccagent le palais du roi et le consulat britannique[1]. Dans la plaine du Koh-e Damân, au nord de Kaboul, un personnage charismatique, Habiboullâh « Kalakâni », dit *Batcha-e saqâo* (« le fils du porteur d'eau »), un Tadjik, successivement déserteur de l'armée, vendeur de thé, et surtout brigand de grand chemin, sorte de Cartouche que l'on dit compatissant envers les pauvres mais impitoyable envers les officiels et les riches, profite du mécontentement général. Il

1. Aujourd'hui encore, beaucoup d'Afghans demeurent persuadés que T.E. Lawrence, « Lawrence d'Arabie », engagé comme simple soldat dans la RAF, et alors en garnison à Miramchâh, à la frontière afghane, fut l'un des instigateurs des révoltes qui aboutirent à la chute d'Amânoullâh. Il s'agit d'une légende.

réunit des partisans, s'empare d'un poste gouvernemental à Djebel us-Seradj, et se dirige vers Kaboul. Amânoullâh tente de faire machine arrière : il annule nombre des réformes ayant provoqué l'ire de la population, les écoles de filles sont fermées, les mollahs afghans « déobandis » sont autorisés à revenir en Afghanistan...

Un mois suffira à Batcha-e saqâo pour se rendre maître de la ville le 13 janvier 1929, où ses partisans le proclament roi sous le nom d'Habiboullâh. Amânoullâh, dont les troupes mal équipées n'ont pas tenu le choc, tente de réunir une armée en pays pachtoun pour reprendre le contrôle de Kaboul, mais le clan ghilzaï, traditionnel adversaire de celui des Dourrânis, fait échouer cette tentative. Amânoullâh doit s'exiler en Inde, puis finalement en Italie où il finira ses jours en 1960. Ses cendres ont été ramenées à Djelâlâbâd, où son tombeau existe toujours.

Le premier acte de Batcha-e saqâo, devenu Habiboullâh *Ghazî* (« le Victorieux »), avec le titre de « serviteur de la religion du Prophète », consiste à abolir en bloc toutes les réformes d'Amânoullâh et à restaurer les principes du droit musulman traditionnel. Toutes les écoles sont fermées. C'est un régime de terreur qui s'abat sur la capitale. Habiboullâh gouverne avec ses partisans et quelques Pachtouns dévoyés qu'il paie à prix d'or; mais son autorité ne s'exerce guère au-delà de la région de Kaboul.

Batcha-e saqâo est tadjik. Cette situation est inacceptable pour les Pachtouns. L'ancien commandant en chef de l'armée, Nâder Khân, qu'un désaccord avec Amânoullâh avait conduit, en 1924, à accepter le poste d'ambassadeur à Paris, revient en Afghanistan via Karachi et Kandahâr. À partir de mars 1929, en compagnie de ses frères, qui avaient eux aussi été éloignés d'Afghanistan par Amânoullâh, il parcourt le pays pachtoun, où diverses assemblées (*djirgah*) sont réunies. Des troupes sont levées et placées sous le commandement d'un frère de Nâder Khân, Châh Wâli Khân. Le gouvernement britannique a pudiquement fermé les yeux lorsque Nâder Khân a recruté des « volontaires » pachtouns de l'autre côté de la frontière afghane, dans la zone tribale, parmi les Pachtouns waziris. Châh Wâli Khân progresse vers Kaboul, défait la troupe que lui oppose Batcha-e saqâo, et s'empare de la capitale par surprise le 10 octobre. Batcha-e saqâo et ses principaux conseillers sont pendus le 1er novembre[1].

Le 17 octobre 1929, Nâder Khân est accueilli au palais de Tchehel Sotoun par une foule de notables. Ils l'acclament, lui offrent le trône qu'il accepte après l'avoir refusé une première fois. Deux des fils de l'ancien émir d'Abdour Rahmân Khân, grands-oncles d'Amânoullâh, lui baisent les mains en signe d'allégeance. Nâder Khân, désormais Nâder Châh, est issu d'un haut lignage du clan des Bârakzaïs. Sa famille cousine avec celle d'Amânoullâh. Les Pachtouns ont reconquis le pouvoir en Afghanistan.

En octobre 1931, une constitution est promulguée. Elle restera en vigueur jusqu'en 1964. Directement inspiré de la constitution perse de 1906, ce texte concilie prudemment le modernisme et la tradition. L'islam est proclamé religion d'État ; la *charî'ah* devient la loi du royaume, et les décisions de justice devront être guidées par le rite hanéfite. Le pouvoir législatif appartient au Parlement, composé d'une Assemblée nationale et d'un Sénat, le pouvoir exé-

1. Pour l'épisode de Batcha-e saqâo, et la prise de Kaboul par Châh Wâli Khân, voir le récit d'Andrée Viollis, *Tourmente sur l'Afghanistan*, Paris, Librairie Valois, 1930.

cutif au roi. Celui-ci en délègue l'exercice au gouvernement, responsable devant lui et devant l'assemblée nationale *consultative*. En 1932, l'école de filles est rouverte dans l'enceinte de l'hôpital Mastourât.

Nâder Châh avait su habilement se concilier les autorités religieuses. Dès 1930, le mollah Hazrat-e Tchâhâr Bâzâr, qui vivait alors en exil en Inde, saluait l'accession au pouvoir du nouveau roi en ces termes : « Le gouvernement de Nâder Châh fait revivre les meilleures traditions de la *charî'ah*[1]. » On comprend pourquoi, en 1933, lorsque Nâder Châh sera assassiné par un isolé, aboutissement d'une vengeance familiale, un deuil de trois jours sera décrété dans les écoles religieuses à Déoband.

L'établissement d'une monarchie constitutionnelle

Le fils de Nâder Châh, Zâher (né le 15 octobre 1914), est reconnu comme nouveau roi. Il a effectué ses études secondaires en France, à Montpellier d'abord, ensuite au lycée Janson-de-Sailly. À Kaboul, son père lui avait fait suivre pendant un an les cours de l'École militaire, avant de le nommer ministre de la Guerre, puis de l'Éducation. Dès son avènement, le jeune roi est mis sous tutelle par ses oncles, Mohammed Hachîm, Premier ministre de 1933 à 1946, Châh Mahmoud, Premier ministre de 1946 à 1953, tandis que son troisième oncle, Châh Wâli Khân, qui avait commandé les opérations militaires contre Batcha-e saqâo, demeurera commandant en

1. *The Daily Chronicle* (Karachi, Bombay, Calcutta), 19 mars 1930.

chef de l'armée. Durant la Seconde Guerre mondiale, l'Afghanistan reste neutre : Mohammed Hachîm Khân a pris soin de faire convoquer à cet effet par le roi une *loya djirgah* au mois d'août 1940.

Le 15 août 1947, la partition entre l'Inde et le Pakistan devient effective. En septembre, l'Afghanistan est le seul pays à ne pas voter l'admission du Pakistan aux Nations unies, arguant du fait que les droits des Pachtouns ne sont pas respectés. Les dirigeants afghans ont la nostalgie de l'empire d'Ahmad Châh Dourrâni. Ils sont guidés, certes, par un sentiment de fraternité ethnique, mais voient à plus long terme une perspective de désenclavement du pays afin de s'assurer un accès à l'océan Indien. À la fin de 1947, un membre de la famille royale, Nadjiboullâh Khân, se rendra même à Karachi, où siège alors le gouvernement pakistanais, pour proposer la formation d'un « grand Pachtounistan », de l'Afghanistan à l'Indus : « Ses propositions furent aimablement écoutées et fermement rejetées », rapporte Fraser-Tytler, qui ajoute un commentaire acide : « Il aurait été souhaitable que le gouvernement afghan ait préalablement réfléchi et consulté des juristes de droit international avant d'agir ainsi[1]. » L'Afghanistan va alors mettre en œuvre les moyens les plus divers pour faire valoir ses thèses.

L'Union soviétique, qui soutient l'Inde contre le Pakistan, jugé trop proche des États-Unis, appuie les revendications afghanes pour que le droit à l'autodétermination des tribus pachtounes et baloutches soit reconnu. Au Pakistan même, des fonds de provenance soviétique permettent l'organisation d'assemblées tribales dans les zones pachtounes. D'avril à juin 1949, la tension entre le Pakistan et l'Afgha-

1. W.K. Fraser-Tytler, *op. cit.*, p. 308.

nistan est vive, et les incidents frontaliers sont nombreux. On verra même un chef pachtoun afridi franchir la frontière afghano-pakistanaise à deux reprises en 1950 et 1951[1] pour tenter de planter des drapeaux du Pachtounistan sur les rives de l'Indus, ce qui conduira le gouvernement pakistanais à fermer sa frontière. La situation finira par se normaliser, du moins en apparence, et les deux gouvernements échangeront des ambassadeurs en mars 1952.

Le 3 septembre 1953, le Premier ministre, Châh Mahmoud, cède la place à son neveu, le prince (*sârdâr*) Daoud, qui est non seulement le cousin germain du roi, mais aussi son beau-frère. C'est un homme de caractère. Il entend moderniser l'État, développer l'éducation, favoriser des projets de développement pour lesquels il va faire appel à des concours extérieurs, notamment aux États-Unis et à l'URSS ; il se propose en outre de substituer progressivement à la *charî'ah* une législation plus adaptée à une société en voie de modernisation, et n'y parviendra d'ailleurs que partiellement.

Daoud entend, lui aussi, obtenir la réunification de l'ethnie pachtoune sous la bannière afghane. Il réclame le droit à l'autodétermination pour les populations pachtounes et baloutches vivant en territoire pakistanais. Pour mettre en œuvre cette politique, il a nommé son propre frère, Mohammed Naïm, ministre des Affaires étrangères.

Afin d'équiper l'armée afghane, Daoud se tourne d'abord vers les États-Unis. Mais les Américains subordonnent leur aide en ce domaine, tout comme celle, pour le premier plan de développement, à l'ad-

1. Cette même année, le Premier ministre pakistanais, Liaqat Ali Khân, avait été assassiné par un exilé afghan, mais le gouvernement de Kaboul sut prouver qu'il n'était pour rien dans cet attentat.

hésion de l'Afghanistan à l'OTASE (Organisation du traité de sécurité de l'Asie du Sud-Est), auquel le Pakistan a adhéré en 1954. Arguant de l'indépendance et de la neutralité de son pays, Daoud refuse. Il s'adresse alors au « grand voisin du Nord ». À l'issue du séjour qu'effectuent Boulganine et Khrouchtchev à Kaboul, le 18 décembre 1955, les deux États concluent un pacte de non-agression, de non-ingérence réciproque dans leurs affaires internes, en même temps que la neutralité afghane est explicitement reconnue par l'URSS. Des relations de coopération économique sont établies. Le discours que prononce Boulganine à cette occasion constitue un véritable camouflet pour les Américains, en même temps qu'un chef-d'œuvre d'hypocrisie : « Nous pouvons noter avec satisfaction que le gouvernement royal de l'Afghanistan et le gouvernement soviétique ont beaucoup de points de vue concordants, tant dans l'appréciation de la situation politique internationale que relativement aux moyens de régler les problèmes internationaux non résolus [...]. L'Union soviétique a toujours édifié ses relations économiques avec les autres États sur le principe de l'égalité et de l'avantage mutuels. Dans la coopération économique, nous partons toujours du principe qu'elle doit être désintéressée et ne doit poursuivre aucune condition ou obligation politique quelconque[1]. »

Ce traité marque le début d'un lent processus d'endettement et de dépendance économique de l'Afghanistan à l'égard de l'URSS. Dès l'année suivante, l'Afghanistan contracte une dette de 25 millions de dollars pour l'achat d'avions, de chars, d'hélicoptères, de véhicules et d'armes lourdes et légères à l'URSS et aux démocraties populaires d'Europe de

1. *La Pravda*, 19 décembre 1955.

l'Est. Les Soviétiques prennent en charge la construction de trois aéroports à Mazâr-e Charîf, Begram (à 40 kilomètres au nord de Kaboul) et Chindand (près d'Hérât)[1] ; ils vont de surcroît assurer la formation des futurs officiers de l'armée afghane.

Deux plans quinquennaux seront mis en œuvre sous l'impulsion de Daoud. Ils permettront, notamment, de commencer à doter le pays des infrastructures qui lui faisaient défaut. On pourra ainsi caractériser Daoud comme un « bâtisseur ».

Cet homme à poigne a muselé toutes les oppositions, heurté les autorités religieuses et les intellectuels, marginalisé le roi Zâher Châh, et pratiquement confisqué le pouvoir à son profit et à celui de ses proches. Des voix s'élèvent pour lui reprocher d'avoir « livré son pays aux Soviétiques », mais Daoud se sent sûr de lui et de « son » armée. La question du « Pachtounistan » refait surface, et les relations avec le Pakistan vont à nouveau s'envenimer. En 1961-1963, la frontière afghano-pakistanaise est fermée pendant dix-huit mois, ce qui pénalise les activités commerciales. Le mécontentement gronde en Afghanistan. Le roi finit par demander et obtenir la démission de Daoud le 10 mars 1963. Il désigne comme Premier ministre le Dr Mohammed Youssof, qu'il charge de préparer une constitution démocratique, adaptée au monde moderne et aux exigences du développement.

Élaborée par une commission de juristes afghans formés dans les universités occidentales, et notamment en France[2], la constitution de 1964 établissait un

1. Louis Dupree, *op. cit.*, p. 522-523.

2. Contrairement à ce qui a été parfois écrit, Louis Fougère, conseiller d'État français, n'a ni inspiré ni rédigé cette constitution, il est simplement intervenu pour sa mise en forme, à la demande de la commission (témoignage de Louis Fougère aux auteurs).

exécutif bicéphale, partagé entre le roi et le gouvernement, et elle affirmait le principe de la responsabilité du gouvernement devant une Assemblée nationale élue au suffrage universel, mais non pas devant le Sénat. Sa disposition la plus originale était l'interdiction faite aux membres du clan royal d'occuper toute fonction politique. La mesure visait au premier chef Daoud et son frère Naïm. Ils sauront s'en souvenir.

Inspiré de la constitution de la Ve République, avec de larges emprunts aux institutions américaines, ce texte avait une portée morale et humaine généreuse. Son préambule en témoigne. Les constituants afghans avaient mis en avant les principes de liberté, de justice, de progrès, afin de fonder une véritable démocratie politique, économique et sociale. À bien des égards leur vocabulaire s'apparentait à celui de la philosophie des Lumières du XVIIIe siècle et à celui de la Déclaration des droits de l'homme et du citoyen. Il n'y manquait pas même l'idée de bonheur. Pour des esprits occidentaux, et même pour une grande partie de l'intelligentsia de Kaboul formée en Europe ou aux États-Unis, cette constitution incarnait le mariage heureux de la tradition afghane et de principes démocratiques universels. On annonçait la légalisation prochaine des partis politiques[1]. Quant à la justice, elle serait désormais rendue par des magistrats formés à la faculté de droit, fondée en 1938.

En réalité, les « beaux esprits » occidentaux, volontiers donneurs de leçons en matière de démocratie et de droits de l'homme, tout comme l'intelligentsia afghane soucieuse de respectabilité internationale,

1. Votée par le Parlement en mai 1966, en application de l'article 32 de la constitution, cette loi ne fut jamais promulguée.

s'étaient fourvoyés. On ne plaque pas artificiellement des institutions occidentales sur une société archaïque, pluriethnique, profondément attachée à l'islam, dans un pays « en voie de sous-développement[1] ». L'échec du système était largement prévisible. La première démonstration en fut apportée par le taux de participation aux élections législatives de septembre 1965 : entre 5 et 10 % dans les régions urbaines, moins de 5 % dans les zones rurales... Pouvait-il en être autrement dans un pays où la quasi-totalité de la population était analphabète, où la nouvelle procédure électorale allait à l'encontre de traditions séculaires, et où, le plus souvent, on ignorait jusqu'à l'existence d'une constitution et l'organisation d'élections ? L'assemblée élue dans ces conditions comprenait deux blocs politiques : d'un côté, un parti du centre, modéré, regroupant l'intelligentsia afghane, et, de l'autre, un grand parti conservateur, issu des campagnes, dominé par les chefs tribaux, les grands propriétaires et les religieux. À l'écart de ces deux factions opposées, quatre communistes avaient réussi à se faire élire — deux à Kaboul, deux à Kandahâr. La clé du bon fonctionnement des institutions nouvelles était détenue par les « centristes », mais ils étaient minoritaires et de surcroît divisés en plusieurs tendances rivales. Les élections générales d'août 1969 furent pratiquement la répétition des précédentes[2], mais avec seulement deux élus communistes dans les environs de Kaboul.

1. L'expression est du roi Zâher Châh lui-même, lors d'un entretien avec un haut diplomate français en 1972.

2. D'après le journal *Caravan* (12 septembre 1969), sur 2 millions d'inscrits en 1969 (chiffre déjà minime par rapport à la population en âge de voter), il y aurait eu au total environ 100 000 votants, dont 10 000 à Kaboul, soit une participation moyenne de 5 %.

De 1964 à 1973, cinq Premiers ministres vont se succéder : Mohammed Youssof (1963-1965 et 1965), Mohammed Hachîm Maïwandwâl (1965-1966), Nour Ahmad Etemâdi (1966-1971), Abdul Zâher (1971-1972), Moussâ Châfiq (1972-1973), sans oublier des démissions, des remaniements internes aux différents gouvernements, et des postes importants restant sans titulaire pendant des mois (comme celui de l'Éducation nationale pendant six mois, d'août 1972 à janvier 1973).

Lors de la réunion de l'assemblée, en octobre 1965, des manifestations avaient eu lieu, à l'instigation des élus communistes, provoquant trois morts, et entraînant la démission du gouvernement du Dr Youssof. En mars 1970, 118 textes proposés par l'exécutif attendaient l'approbation parlementaire. D'interminables bavardages caractérisaient les débats de l'assemblée, où le quorum nécessaire pour la validité des délibérations était rarement atteint. Quelques titres de la presse, en 1971, sont éloquents ; ils témoignent d'ailleurs du caractère libéral du régime : le satirique *Tardjomân* demande à ses lecteurs de reconsidérer la confiance qu'ils ont mise dans leurs députés (31 janvier) ; *Paktika* résume la situation avec humour : « Le gouvernement est responsable devant le Parlement mais non pas devant chacun de ses membres » (8 mai) ; *Gahiz* évoque « la futilité des députés » (12 octobre) ; le très officiel *Anis* souligne « qu'aucun progrès dans la voie du développement du pays n'est possible sans une étroite collaboration des pouvoirs » (12 décembre). Le 30 janvier 1972, *Tardjomân* récidive en stigmatisant à nouveau le travail parlementaire : « Le Parlement consacre des semaines à un débat d'investiture, mais bâcle en deux heures le vote du budget »...

Le système se déconsidérait. L'université était un

haut lieu de l'agitation, organisée par les étudiants islamistes et les proches des communistes. Le gouvernement avait été contraint de fermer l'université six mois, de juin à novembre 1968, à nouveau six mois en 1971-1972. Le mécontentement s'étendait en outre aux religieux traditionalistes, qui critiquaient vigoureusement le régime, coupable à ses yeux de former les magistrats à la faculté de droit et non plus à la faculté de théologie, de substituer des codes juridiques « modernes » à la *charî'ah* et, d'une façon générale, de favoriser l'occidentalisation des mœurs. Il est vrai, là encore, que la politique libérale du régime, qui généralisait l'accès de l'enseignement public et de l'université aux jeunes filles, ne pouvait que mécontenter les mollahs et les conservateurs.

L'administration centrale, à Kaboul, disposait d'effectifs pléthoriques ; elle était la façade bureaucratique d'un État fantasmé. La réalité provinciale était tout autre. En 1971-1972 une terrible famine avait sévi dans le Hazâradjat, dans la province de Ghor et les régions avoisinantes, provoquant, dit-on, jusqu'à 100 000 morts. Ce drame avait mis en évidence la corruption des fonctionnaires locaux, de connivence avec des spéculateurs, mais aussi l'impuissance du gouvernement, alors dirigé par Abdoul Zâher, pour faire face à une situation d'urgence.

Quant au développement, il était assuré de façon chaotique. Le financement des plans quinquennaux, établis depuis 1950, reposait essentiellement sur l'assistance étrangère. Ces plans étaient principalement l'œuvre d'équipes rivales d'experts étrangers, surtout des Soviétiques, mais aussi des Américains, des Allemands, sans oublier, bien sûr, les différents organismes des Nations unies. « Alors que le plan aurait dû être l'expression privilégiée du pouvoir économique de l'État, il en a concrétisé les faiblesses [...].

Il y a eu plan, sans véritable planification[1]. » Ajoutons à cela que l'impuissance de l'exécutif, paralysé par le législatif, donnait des pouvoirs considérables aux fonctionnaires, qui n'étaient pas forcément d'une délicatesse exemplaire dans le maniement des fonds publics. L'armée, corps organisé, discipliné et discret, apparaissait déjà comme un recours.

Si l'aide internationale (aides multilatérales incluses) avait été au total de 244,5 millions de dollars entre 1958 et 1962, et de 495,3 millions de dollars entre 1962 et 1967, elle s'était effondrée entre 1967 et 1972, passant à 295,3 millions de dollars. Les États-Unis et l'URSS, manifestant ainsi leur défiance à l'égard du régime, mais pour des raisons diamétralement opposées, avaient diminué leur aide à partir de 1967. Par rapport à la période 1962-1967, les crédits américains avaient été divisés par trois entre 1967 et 1972 (53,1 millions de dollars contre 155,7 millions de dollars) et l'aide soviétique était passée de 258,3 millions de dollars à 126,3 millions de dollars. L'augmentation de l'aide des Nations unies et de l'Allemagne fédérale, pourtant sensible, était loin de compenser la déperdition, de l'ordre de 25 % d'une période à l'autre[2]. Cet affaiblissement de l'aide internationale rendait l'Afghanistan plus dépendant, économiquement, de son grand voisin du Nord, qui demeurait, et de beaucoup, son premier bailleur de fonds, son premier client et fournisseur[3].

1. J. Mathonnat, « L'économie », in *Afghanistan, la colonisation impossible*, Cerf, 1984, p. 173.

2. Sources : Banque mondiale et PNUD. Entre 1967 et 1972, ces organismes estimaient l'aide française à 17,5 millions de dollars, soit environ 6 % du montant total de l'aide internationale.

3. Un excellent diagnostic sur le développement de l'Afghanistan à la fin des années 60 est celui de Gilbert Étienne, *Afghanistan, les aléas de la coopération*, PUF, 1972.

En juillet 1972, le secrétaire d'État américain au Trésor, John Connaly, de passage à Kaboul, déclarait assez sèchement aux officiels afghans venus l'accueillir, dans l'espoir d'obtenir des crédits de développement, que l'Afghanistan avait tout intérêt à s'aider lui-même (il faisait allusion aux travaux parlementaires) avant de demander une assistance étrangère...

Dans le domaine de l'éducation, en revanche, le régime avait effectué des progrès spectaculaires. Si l'on en croit les statistiques du ministère afghan de l'Éducation, le nombre d'enfants scolarisés dans le primaire, de 98 743 en 1951, était passé à 760 469 en 1972. On recensait 3 128 instituteurs en 1951, 21 920 en 1972. En 1970, on dénombrait 81 700 élèves dans le premier cycle du secondaire, 25 900 dans le second cycle, et 11 800 dans l'enseignement technique et professionnel. En 1974, les experts de l'Unesco estimaient que les effectifs d'enfants et d'adolescents scolarisés seraient multipliés par 2,5, et que le budget du ministère de l'Éducation serait à multiplier par 2,5 ou 3, suivant les hypothèses, dans les sept années à venir.

La coopération franco-afghane

La coopération franco-afghane procède d'un curieux concours de circonstances. En 1919, le royaume afghan, sous semi-protectorat britannique depuis près de quarante ans, retrouve sa souveraineté externe. Le jeune roi, Amânoullâh Khân, affiche des ambitions réformistes. Plutôt que de s'adresser à l'ancien « protecteur » pour l'aider à moderniser son royaume, il fait le choix des Français pour ce qui est de l'éducation. C'est ainsi que la direction du principal lycée de Kaboul, qui deviendra en 1930 le lycée Esteqlâl (« Indépendance »), est confiée à un proviseur et à des enseignants français. Ils assurent un enseignement bilingue. En 1931, le baccalauréat afghan du lycée Esteqlâl est reconnu comme équivalent du baccalauréat français. Des bourses sont accordées à de jeunes Afghans, généralement issus de familles de notables, pour effectuer des études supérieures en France. Ils deviendront professeurs, médecins, agronomes, juristes. Cette coopération culturelle se poursuivra, à un rythme modeste mais constant. Elle sera encouragée, discrètement, par le roi Zâher Châh.

En 1965, le roi se rend en visite officielle en France. Il rencontre le général de Gaulle, et leurs entretiens débouchent sur le renforcement de l'aide française à l'Afghanistan. La reconstruction du lycée Esteqlâl est décidée. En mai 1968, le Premier ministre français, Georges Pompidou, effectue en retour une visite officielle en Afghanistan ; il pose la première pierre du nouveau lycée, qui sera inauguré en 1973. À l'occasion des réunions de travail et des réceptions qui sont organisées, il va de surprise en surprise : tous ses interlocuteurs, à commencer par les membres de la famille royale, parlent un excellent français. Certes, à ce moment, Georges Pompidou a d'autres sujets de préoccupation... Mais il n'oubliera pas l'Afghanistan et ses élites francophones. Le programme de coopération est renforcé dans les mois qui suivent.

Au début des années 70, la coopération franco-afghane est à son apogée. Une trentaine d'enseignants sont détachés dans le secondaire, avec un « conseiller pédagogique » dans le primaire. Chaque année, une douzaine de bacheliers sont sélectionnés, au mérite, pour effectuer des études scientifiques en France. Le Centre culturel français est très fréquenté. Une discrète mais efficace présence française est assurée à l'Institut des femmes afghanes (sorte d'école « ménagère » et de santé publique), ainsi qu'au lycée Malalaï, réservé aux jeunes filles. À la faculté des lettres, le département de français, avec quatre enseignants détachés, forme les futurs professeurs afghans de français, parmi lesquels de jeunes femmes.

Une mission médicale française est affectée à l'hôpital universitaire 'Alî Abâd de Kaboul. Elle comprend deux professeurs agrégés de la faculté de médecine de Lyon, deux internes, deux pharmaciens, ainsi que des infirmières. De nombreuses bourses de stage sont accordées à des médecins afghans (beaucoup d'entre eux, hélas, se fixeront en France, en Europe ou aux États-Unis à l'issue de leur stage...).

Dans le domaine agricole, une mission cotonnière (Compagnie française pour le développement des fibres textiles) effectue un remarquable travail de développement dans le nord de l'Afghanistan, région particulièrement propice à cette culture. Au ministère de l'Agriculture, des spécialistes français mettent en chantier une cartographie du « tapis végétal » afghan.

La traditionnelle coopération avec la faculté de droit de Kaboul (quatre enseignants détachés), instituée en 1966, a été interrompue en 1970, mais le nombre d'étudiants afghans ayant bénéficié de bourses d'études (niveau post-licence) est important, à vrai dire trop important eu égard aux besoins réels de l'Afghanistan en ce domaine.

La prestigieuse mission archéologique (DAFA), enfin, la doyenne et le « fleuron » des missions françaises en Afghanistan, concentre ses recherches sur le site gréco-bactrien d'Aï-Khânoum, sur la rive afghane de l'Amou-Dâriâ.

Mais pourquoi former un grand nombre d'étudiants dans des disciplines éloignées des habitudes et surtout des besoins locaux, si ces étudiants ne doivent pas trouver à l'issue de leurs études un travail correspondant à leurs diplômes ? Ou bien pourquoi former, dans des disciplines scientifiques ou techniques, des spécialistes qui préféreront exercer leurs talents dans les pays développés plutôt que d'en faire bénéficier leur pays d'origine ? C'est bien là le drame de l'Afghanistan à partir des années 60, comme celui de bien des États du tiers monde.

À partir du milieu des années 50, les jeunes Afghans effectuant des études supérieures à l'étranger sont de plus en plus nombreux. À leur sortie de l'Académie militaire, les jeunes officiers effectuent des stages en Union soviétique, de même que les ingénieurs de l'École polytechnique, où l'apprentissage du russe est obligatoire. D'autres suivent des stages dans les pays d'Europe de l'Est (Tchécoslovaquie, Pologne, Roumanie). Les États-Unis, les Allemands de l'Ouest accueillent eux aussi de futurs ingénieurs, médecins ou agronomes, des fonctionnaires, des éducateurs. La France pour sa part reçoit des médecins diplômés pour des stages de spécialisation, des étudiants en agronomie, en ingéniorat, en droit, ainsi que de futurs professeurs de français.

Qu'ils reviennent d'URSS, des États-Unis ou d'Europe, les jeunes diplômés afghans ont généralement la tête farcie d'idées ou de théories fumeuses ; ils méprisent souvent leur propre pays, jugé « rétrograde » à leurs yeux. Tous veulent, à leur retour, une *position* dans la fonction publique. Ce qu'on leur propose ne convient pas forcément à leurs attentes. Nombre d'entre eux sont déçus et aigris. En revanche, ceux qui reviennent d'URSS sont assurés d'une place : d'abord, bien sûr, dans l'armée, ensuite dans les ministères techniques (Plan, services des mines et de l'industrie, etc.), voire dans les services éducatifs.

D'une façon générale, le petit fonctionnaire méprise ses administrés, qu'il considère comme incapables de progrès. Quant au fonctionnaire d'autorité, il aimera faire la morale au paysan, lui expliquant comment il doit se comporter, se présenter, parler. Les instituteurs, du moins ceux recrutés par l'État (car il y en avait d'autres, choisis et rémunérés au niveau local), sont souvent contraints d'exercer dans des écoles rurales à l'écart des villages, loin des moyens de communication ; pendant l'hiver, ils sont pratiquement coupés de tout. L'utilité de leur enseignement n'est pas forcément perçue par les paysans. Des gendarmes doivent souvent aller sermonner des pères récalcitrants qui rechignent à envoyer leurs fils régulièrement à l'école. Venus « d'ailleurs », ces instituteurs sont des étrangers pour la société dans laquelle ils se trouvent. Souvent influencés par les idées communistes ou modernistes durant leurs études, ils ne sont pas les moins arrogants à l'égard des ruraux. Au lieu d'éduquer la population, ils se comportent comme s'ils étaient en dehors d'elle. Ils rêvent de bouleverser la société sans se demander par quel miracle tout deviendrait d'un coup facile et conforme à leurs vœux.

Parmi les déçus, il faut faire une place à part aux islamistes, en particulier aux étudiants des années

FIGURE 6

Les provinces afghanes

Source : Alain Marigo.

60 et 70. Parmi eux, le Tadjik Ahmad Châh Massoud, et le Pachtoun Goulbouddîn Hekmatyâr. Eux aussi veulent tout changer, s'opposent à la monarchie, aux communistes, aux fondamentalistes ; ils veulent un État islamique moderne. Le malentendu est total. Les Pachtouns, en effet, entendent bien continuer à exercer le pouvoir et n'envisagent d'accorder, dans le régime à venir, qu'une place très limitée aux représentants d'autres ethnies.

Du coup d'État républicain au coup d'État communiste (1973-1978)

Dès les années 1950, de jeunes intellectuels avaient été séduits par l'idéologie marxiste, qui conquiert de nouveaux adeptes parmi les jeunes officiers formés en Union soviétique, les instituteurs et les enseignants. Ce n'est pourtant qu'après la mise à l'écart de Daoud, en 1963, que le mouvement communiste va se structurer autour de Nour Mohammed Taraki et de Babrak Kârmal [1]. Aux élections législatives de septembre 1965, les communistes avaient obtenu quatre élus (dont Babrak Kârmal et sa compagne Anâhitâ Râtebzâd à Kaboul) ; ils profitent de la libéralisation des institutions afghanes pour éditer un journal, *Khalq* (« Le peuple »), qui sera vite interdit en 1966. L'année suivante, une scission intervient au sein du mouvement. Les uns, autour de Kârmal, se proposent d'investir progressivement l'appareil d'État pour aboutir à l'établissement d'un régime

1. Tous deux sont pachtouns ghilzaïs. Kârmal fait partie d'une famille de notables (son père était général) où l'on parle persan ; il a effectué des études universitaires. Taraki, d'origine beaucoup plus modeste, est un autodidacte.

communiste. Taraki, au contraire, est partisan d'une prise de pouvoir grâce à des manifestations populaires. La première tendance devient le Partcham (« Le drapeau »), plutôt persanophone, le Khalq (« Le peuple ») est dirigé par Taraki, pachtoun[1].

L'Union soviétique soutient discrètement les communistes afghans. Ses efforts portent principalement sur l'armée, mais les ramifications sont multiples. Le vaste campus (on devrait dire le camp retranché) de l'ambassade soviétique à Kaboul fourmille de personnels les plus divers. On estime qu'un millier de conseillers militaires soviétiques sont présents en Afghanistan en 1973. On trouvera dans les archives du ministère des Affaires étrangères, à Paris, deux dépêches datées de 1972, l'une en forme de gros rapport technique sur l'assistance étrangère à l'Afghanistan, montrant la part croissante de l'URSS et des démocraties populaires d'Europe de l'Est, l'autre sur les progrès du mouvement communiste. Elles laissaient augurer des lendemains difficiles pour le régime afghan.

Dans la nuit du 16 au 17 juillet, tandis que le roi séjourne à Ischia, en Italie, un coup d'État a lieu. Sous la conduite d'officiers républicains et communistes, l'armée s'empare « en douceur » de tous les centres stratégiques et de décision. Les seuls combats ont lieu dans l'enceinte de l'Arg, le palais royal, où la garde résiste quelques heures. Une dizaine de morts tout au plus. Les officiers putschistes remettent le pouvoir au *sârdâr* Daoud, qui proclame la république dont il devient, par le fait même, le premier président. Il constitue un gouvernement de

1. Une troisième tendance communiste s'était regroupée autour de Tâher Badakhshi. Un petit groupe maoïste, qui éditait un journal éphémère, *Chola-e djâwid* (« La flamme éternelle »), resta toujours marginal, et disparaîtra après 1978.

quatorze membres, dont sept sont des communistes, membres du Partcham. On comprendra plus tard à quel point ce coup d'État constituait une étape dans la stratégie des communistes afghans et de l'Union soviétique.

Le changement de régime est accueilli avec indifférence. À Kaboul, le *sârdâr* Abdoul Wâli, ancien commandant de l'armée, cousin et beau-frère du roi, et par conséquent lié à Daoud par les mêmes liens de parenté, est placé en résidence surveillée ; quelques fidèles de Zâher Châh et d'anciens ministres sont emprisonnés, de hauts fonctionnaires sont révoqués. En province, les gouverneurs sont tous remplacés, le plus souvent par de jeunes officiers communistes. Quant à la population, elle ne comprend pas grand-chose à ce qui se passe. Pour elle, république (*djamourieh*) et monarchie, c'est bonnet blanc et blanc bonnet ; elle enregistre simplement, dans l'immédiat, et d'ailleurs avec une certaine satisfaction, nous en avons été les témoins, que « Daoud est le nouveau roi »... Sa réputation d'« homme à poigne » laissait en effet présager des mesures énergiques pour redresser la situation.

Dans le discours radiodiffusé qu'il prononce le 20 août 1973, Daoud dresse un réquisitoire contre le régime instauré en 1964. Il dénonce en bloc l'inflation, la faiblesse des investissements, la corruption de la fonction publique, « l'étouffement des libertés », affirme que « le Parlement s'était transformé en un organe de conseil et d'aide aux menées antinationales du pouvoir, en un appareil destiné au pillage des richesses nationales ». Il annonce la promulgation d'une constitution républicaine, une réforme agraire basée sur l'organisation de coopératives, assure que « l'État s'emploiera à sédentariser les nomades et à donner des terrains domaniaux aux paysans sans terre afin d'éliminer toute trace de vie nomade ou tribale ». Dans le domaine des relations internationales, après avoir cité, en premier lieu, « l'amitié inébranlable » liant l'Afghanistan et l'URSS, il appelle de ses vœux des relations plus étroites avec l'Iran, mais, concernant le Pakistan, il évoque « les droits inaliénables [des] frères pachtouns et baloutches », ravivant ainsi la querelle sur le « Pachtounistan ».

Un mois après ce discours, un ancien Premier ministre du roi, Mohammed Hachîm Maïwandwâl, et quelques-uns de ses amis sont arrêtés sous l'inculpation de complot. Les méthodes de Daoud sont expéditives. Après avoir signé des « aveux complets », Maïwandwâl sera retrouvé « suicidé » dans sa cellule ; ses « complices » seront exécutés en décembre.

Daoud va s'efforcer de tenir ses promesses. La tâche s'avère ardue.

Les effectifs de la fonction publique demeurent pléthoriques. Les entreprises d'État, qui représentent les deux tiers du potentiel industriel afghan, sont largement déficitaires. Plus de la moitié des exportations s'effectuent en contrebande. Le premier partenaire commercial de l'Afghanistan est l'URSS (40 % du volume total), qui importe du gaz naturel, des peaux de karakoul, en échange d'équipements militaires, de carburants, de machines et d'outillages ; le système est largement défavorable à l'Afghanistan, qui n'a guère son mot à dire dans les termes financiers de l'échange. Curieusement, si la balance des paiements reste déficitaire avec les pays de l'Est et l'URSS, elle est excédentaire avec le reste du monde, vers lequel l'Afghanistan exporte des tapis, des fruits secs, des peaux.

Dans le domaine agricole, dès 1975, un décret est promulgué, interdisant de posséder plus de 20 hectares de terres irriguées, amorce bien timide de la réforme agraire dont tout le monde ressentait la nécessité, à l'exception de grands propriétaires, qui n'étaient d'ailleurs pas si nombreux que cela.

Les besoins de financement du 7e plan de développement quinquennal (1976-1983) sont estimés à 2,4 milliards de dollars. L'apport de l'URSS et des démocraties populaires demeurera importante, mais Daoud, prenant conscience du risque de satellisation par l'URSS, va s'efforcer de diversifier les sources de financement, vers l'Arabie Saoudite et surtout l'Iran. À l'époque, le régime de Reza Châh Pahlevi, proche des États-Unis, est une sorte de « gendarme » du Golfe. Les demandes de Daoud sont d'autant mieux reçues que les ambitions soviétiques en Afghanistan constituent une menace clairement perçue par le Châh. En 1975, un accord est signé avec l'Iran, qui s'engage à financer des investissements à hauteur de 710 millions de dollars dans le domaine agricole, et en vue de la construction d'un chemin de fer « trans-afghan », reliant l'Iran au Pakistan. L'Iran en viendra à assurer près de la moitié du total des financements extérieurs du plan quinquennal 1976-1983. Quant aux États-Unis, ils demeurent présents, notamment au ministère du Plan, et, si leur aide financière s'est réduite, elle est en partie compensée par les programmes du système des Nations unies.

Dans le même état d'esprit, Daoud met un terme à ses revendications sur le « Pachtounistan » : en 1976, à la suite des visites croisées d'Ali Bhutto en Afghanistan et de Daoud au Pakistan, un grand pas en avant est fait pour que l'Afghanistan reconnaisse enfin la « ligne Durand » comme la frontière internationale. En octobre 1977, le général Ziâ ul-Haq, devenu chef du gouvernement pakistanais en juillet, après avoir renversé Mohammed Ali Bhutto, se rend à Kaboul. Il y a toujours convergence de vues sur les problèmes frontaliers, mais l'accord définitif ne sera pas signé.

En fait, la politique de Daoud ne contente personne. Des groupes islamistes, en particulier, sont actifs. On trouve parmi eux d'anciens étudiants, qui s'étaient déjà signalés à la fin des années 60 et au début des années 70 à l'université. Ahmad Châh Massoud, Goulbouddîn Hekmatyâr, et quelques d'autres qui feront parler d'eux, complotent en vue de renverser le régime. Le soulèvement général qu'ils préparent au printemps 1975 sera un échec complet. Il ne recevra un commencement d'exécution que dans le Pandjchir. L'armée n'a pas suivi, les populations citadines non plus. La répression sera impitoyable. En juillet, les principaux responsables islamistes parviendront pourtant à se réfugier au Pakistan. La leçon qu'il faut en tirer, selon O. Roy, c'est que « le mouvement politique islamiste n'est pas perçu par la population comme le rempart de l'islam, de même que le régime de Daoud n'est pas perçu comme pro-communiste [1] ».

Les conservateurs religieux, de leur côté, acceptent mal les réformes du code pénal (*Qânoun-e Djazeh*) et du code civil (*Qânoun-e Mâdâni*), promulgués respectivement en septembre et décembre 1976, et, plus généralement, les tendances laïcisantes du régime. L'armée, quant à elle, est de plus en plus tiraillée entre les communistes et les fidèles de Daoud : des troubles ont lieu en 1975-1976 ; l'ordre sera discrètement rétabli, mais le malaise subsiste.

En janvier 1977, une *loya djirgah* est réunie ; plus d'un tiers de ses membres a été directement nommé par le gouvernement, la désignation des autres délé-

1. Olivier Roy, *op. cit.*, p. 102.

gués ayant été soumise à son approbation. Elle ratifie sans difficulté le projet de constitution que lui présente Daoud, et qui établit un régime de type présidentiel, avec un parti unique, un haut conseil militaire (dont les membres seront nommés en septembre), une assemblée unique élue, dotée du pouvoir législatif ; la *loya djirgah* demeure l'instance suprême lors de circonstances exceptionnelles.

Le gouvernement nommé en 1973 comportait donc une moitié de ministres communistes, tous membres du Partcham. Daoud les avait progressivement remplacés, et il s'était efforcé de marginaliser le mouvement communiste. Ses efforts n'avaient abouti, en juillet 1977, qu'à rapprocher les deux factions rivales, « khalqis » et « partchamis », qui s'étaient réunifiées, sous la pression de l'ambassade soviétique, au sein du PDPA (Parti démocratique du peuple afghan), qui comptait alors 18 000 membres selon Kârmal, 3 000 suivant d'autres sources. L'administration, l'enseignement, l'armée étaient largement infiltrés par les communistes. En vingt ans, l'URSS ne s'était pas contentée de pousser ses pions. Les experts soviétiques étaient de plus en plus nombreux. Et surtout, depuis 1973, les conseillers militaires soviétiques intervenaient directement au niveau de chaque bataillon de l'armée afghane[1].

Les Soviétiques ont vite réalisé que Daoud n'était pas l'homme de paille qu'ils avaient espéré. En janvier 1977, Daoud se rend de nouveau à Moscou. Les discussions tournent vite à l'aigre. Quand Leonid Brejnev « lui suggère de se débarrasser de tous ses conseillers "impérialistes", Daoud réplique que s'il devait demander le départ de ses conseillers étran-

1. Étienne Gille, « Les communistes », in *Afghanistan, la colonisation impossible*, *op. cit.*, p. 188 et 190.

gers, il le ferait pour tous, sans exception [...]. Son voyage en Égypte (où il rencontre Sadate) et en Arabie renforce les craintes des Soviétiques. La décision du Kremlin est alors probablement déjà prise. Puisque les communistes n'ont pas pu prendre le pouvoir par l'intermédiaire de Daoud, ils vont le prendre contre lui[1] ».

Le 17 avril 1978, le secrétaire général du PDPA, Mir Akhbar Khayber, est assassiné « par un extrémiste musulman[2] ». Ses obsèques sont l'occasion d'une manifestation de masse violemment contestataire à l'égard du régime. Daoud réplique en faisant arrêter, le 26 avril, les dirigeants du PDPA. Hafizoullâh Amîn[3] échappe à la rafle. C'est très probablement avec l'aide de l'ambassade soviétique qu'il parvient à donner l'ordre aux officiers communistes de déclencher dès le lendemain un coup d'État, évidemment préparé de longue date.

À neuf heures du matin, le major Mohammed Aslam Watandjâr, commandant le 4e régiment blindé, annonce à ses hommes le début du soulèvement. Les combats sont violents, aussi bien autour du palais présidentiel, cible des tirs des chars, qu'autour de casernes où des unités loyalistes s'opposent aux communistes. L'aviation, contrôlée par le colonel Abdoul Qâder, fera la décision. On dénombrera 3 000 morts parmi les militaires des deux bords. Une

1. *Ibid.*, p. 189.

2. Selon une version d'origine « partchami » l'assassinat de Mir Akhbar Khayber aurait été l'aboutissement d'un conflit interne au PDPA l'opposant à Hafizoullâh Amîn (*ibid.*, p. 190-191).

3. D'origine pachtoune ghilzaï, alors proche de Taraki. Il a effectué des études supérieures aux États-Unis, d'où il est revenu sans avoir obtenu de doctorat. À son retour, il occupe des fonctions pédagogiques dans le cadre du ministère de l'Éducation (*ibid.*, p. 184).

partie de la garde pachtoune de Daoud a résisté jusqu'au bout. Lui-même, les armes à la main, trente et un membres de sa famille ou des proches, ont été massacrés. Daoud n'avait jamais envisagé que les officiers de sa garde, à commencer par leur commandant, puissent être acquis aux communistes.

Le 30 avril 1978, le pouvoir est confié par les militaires aux responsables communistes : Nour Mohammed Taraki devient président du Conseil révolutionnaire et Premier ministre, Babrak Kârmal vice-président et vice-Premier ministre, Hafizoullâh Amîn vice-Premier ministre et ministre des Affaires étrangères. Au sein du nouveau gouvernement, on dénombre douze « khalqis » et neuf « partchamis ».

À partir de ce moment, jusqu'à aujourd'hui, l'Afghanistan va périodiquement faire la une de l'actualité mondiale. Le pays sortira ruiné de plus de vingt ans d'incessants conflits.

CHAPITRE III

UNE MOSAÏQUE D'ETHNIES

Faute de recensements crédibles, le chiffre de la population afghane reste aujourd'hui un mystère. Quant à sa répartition suivant les ethnies, elle est d'autant plus difficile à établir qu'il s'agit d'un problème aux implications politiques évidentes.

Publié en 1971, un recensement effectué par sondages au 1/20e estimait la population afghane à 17 millions d'habitants, parmi lesquels 2,8 millions de nomades[1]. À l'époque, des sources autorisées considéraient que ces chiffres étaient surestimés, et surtout destinés aux organismes internationaux d'aide au développement, dont la manne était proportionnée à l'importance de la population. Selon ce recensement, trois villes comptaient alors plus de 100 000 habitants : Kaboul (513 000[2]), Kandahâr (131 000), Baghlan (103 000). À cette époque, le chif-

1. Ministry of Planning, Department of Statistics, *Survey of Progress*, 1972 ; *id.*, *Statistical Pocket Book of Afghanistan*, Ministry of Planning, 1350/1972.

2. Entre 1979 et 1989, en raison de la situation de guerre, la population de Kaboul a augmenté dans des proportions considérables. Elle aurait triplé, voire quadruplé. La guerre civile entre les factions entre 1992 et 1995 a fait de nombreux morts parmi cette population et des exodes considérables se sont produits.

fre de la population « citadine » (celle des 27 capitales provinciales) s'établissait à environ 1,2 million de personnes, soit moins de 10 % de la population totale estimée.

Un nouveau recensement fut ordonné en 1979 par le gouvernement communiste. Il ne peut être considéré comme fiable, en raison du début des révoltes dans les campagnes. Le chef de l'État, alors Nour Mohammed Taraki, avait interdit au dernier moment que l'on communique les résultats, notamment ceux de la répartition suivant les ethnies.

Deux universitaires, Alfred Janata et Erwin Orywal[1], se sont penchés sur la question à partir des données du prérecensement de 1979. Avec les nombreuses incertitudes liées à la fois aux données statistiques, aux techniques de recensement et à la complexité de la notion d'« ethnie », Janata a proposé les répartitions suivantes, qui ne tiennent pas compte des populations réfugiées au Pakistan ou en Iran à la date du prérecensement[2] :

1. Alfred Janata, « Notizen zur Bevölkerungskarte Afghanistans » *Afghanistan Journal* (Graz), 8/3, 1981 ; Erwin Orywal (éd.), *Die Ethnische Gruppen Afghanistans*, Wiesbaden, Ludwig Reichert, 1986. Cités d'après Pierre Centlivres, « La nouvelle carte ethnique de l'Afghanistan », *Les Nouvelles d'Afghanistan*, n° 47, avril 1990, p. 4-11.

2. La meilleure approche du problème des réfugiés jusqu'en 1988 est celle d'un dossier spécial des *Nouvelles d'Afghanistan* (n° 35-36, décembre 1987), préparé par Étienne Gille avec la collaboration de divers auteurs, notamment Pierre et Micheline Centlivres.

FIGURE 7

Groupes ethniques en Afghanistan

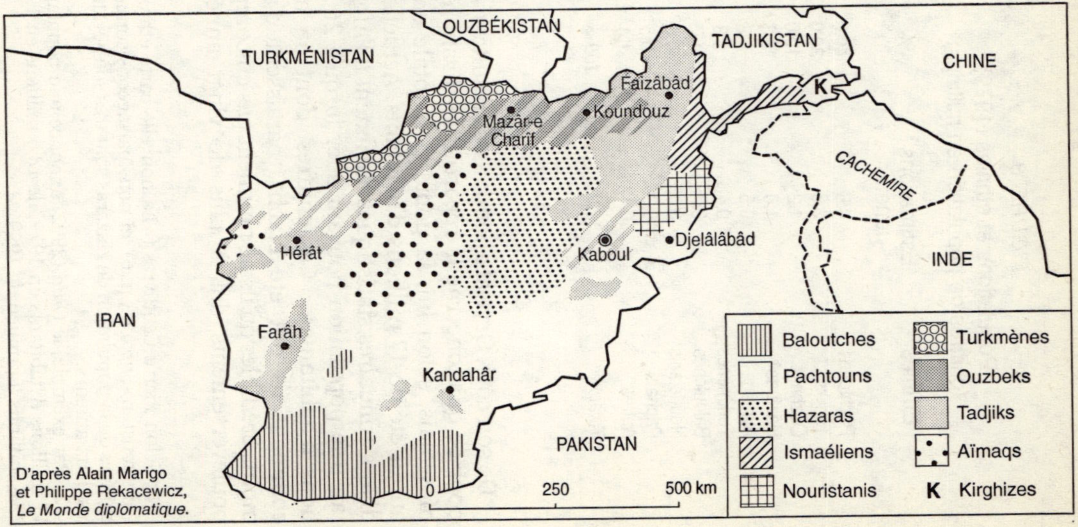

D'après Alain Marigo
et Philippe Rekacewicz,
Le Monde diplomatique.

FIGURE 8

Populations et ethnies (1979)
(chiffres de population en millions)

Ethnies	Estimations Janata	%
Pachtouns	4,8	40,0
Tadjiks	3,6	30,0
Ouzbeks	1,2	10,0
Hazâras[1]	1,0	8,3
Aymâqs	0,5	4,2
Turkmènes	0,4	3,3
Baloutches	0,2	1,7
Nouristanis	0,07	0,6
Pachaïs	0,06	0,5
Autres	0,17	1,4
Totaux	*12,0*	*100*

De son côté, Orywal aboutit à des résultats voisins pour ce qui concerne la répartition suivant les ethnies mais, selon lui, la population totale en 1979 aurait été de 17 millions d'habitants. Actuellement, divers annuaires statistiques attribuent à l'Afghanistan une population pouvant aller jusqu'à 26,2 millions d'habitants[2]... Ces chiffres, dont on ne sait comment ils ont été établis, paraissent d'autant moins crédibles qu'ils ne prennent pas en compte les bouleversements dus à plus de vingt années de

1. Selon Pierre Centlivres (« La nouvelle carte ethnique de l'Afghanistan », *op. cit.*, p. 6), et nous partageons son avis, les chiffres de la population de Hazâras sont très sous-évalués par les deux auteurs.

2. Par exemple, le *Quid* (2002) annonce une population de 17 millions d'habitants en 1979, de 18,6 millions en 1996, de 25,8 millions au milieu de 1999.

guerre (ainsi, il y en aurait eu, au total, civils et combattants, plus d'un million de morts depuis 1978) et qu'ils ne distinguent pas la population vivant à l'intérieur de l'Afghanistan et celle qui demeure réfugiée au Pakistan, en Iran ou ailleurs.

On parle en Afghanistan diverses langues. Ce multilinguisme pose d'évidents problèmes administratifs, scolaires, techniques sur lesquels il ne paraît pas utile d'insister. Il avait bien fallu faire des choix. La constitution de 1931 avait établi que deux langues auraient un statut officiel : le pachtou, langue de l'ethnie majoritaire, et le persan, qui pouvait jouer un rôle de « fédérateur » entre différentes ethnies marquées par les traditions persanes. Cette division laissait de côté les autres idiomes ou langues — notamment le turc. Mais ce choix d'un bilinguisme officiel paraissait de bon sens. Il a été maintenu dans tous les textes constitutionnels ultérieurs.

L'ethnie dominante : les Pachtouns

Guerriers et puissants, les Pachtouns parlent haut et fort, et savent se faire entendre. C'est autour d'eux que s'est constitué l'État afghan actuel, après d'autres temps où le pays était rassemblé autour d'empereurs iraniens ou de conquérants turcs.

Les Pachtouns sont répartis dans tout le sud du pays, en arc de cercle au-dessus du Pakistan, jusqu'à l'Iran. Leur répartition géographique a pourtant été profondément modifiée quand l'« émir de fer » Abdour Rahmân, après avoir pris le contrôle du nord du pays aux dépens des roitelets ouzbeks indépendants, ou semi-dépendants de l'émirat de Boukhârâ, envisage de peupler ces terres nouvelles de colons qui en assureraient la garde pour son compte. La révolte des Pachtouns de la confédération ghilzaï contre sa domination impitoyable lui en offre l'occasion en 1886-1888. Après les avoir vaincus, il les déporte en masse vers le nord de l'Afghanistan, à charge pour eux de se tailler des fiefs dans les régions conquises. Le profit est double : il affaiblit ses puissants rivaux, en même temps qu'il assied le pouvoir des Pachtouns dans ce Nord peuplé jusqu'alors de Tadjiks, d'Hazâras, d'Ouzbeks. Les Pachtouns sont ainsi faits que, toujours opposés entre eux, ils sont avant tout pachtouns ; ceux des Ghilzaïs transplantés dans le Nord se comporteront en Pachtouns vis-à-vis des occupants anciens du sol. Ils se taillent des fiefs considérables ; leurs troupeaux de moutons se multiplient dans cette région riche et sous-exploitée. Habitués au commerce et aux déplacements, ils réussissent, et expédient leurs richesses via Kaboul, dont le rôle économique se voit considérablement renforcé.

Dans les années 1940-1950, l'émigration d'une nouvelle vague de Pachtouns sans terres, paysans et pasteurs, a été fortement encouragée vers le nord de l'Afghanistan. Les villageois locaux ont été contraints de céder une partie de leurs terres de labours et de pâtures aux nouveaux arrivants. Les marécages du Koundouz, infestés de malaria à la fin du XIXe siècle, sont assainis par un gouverneur entreprenant venu de Kaboul et c'est toute une province qui s'ouvre au modernisme.

Les Pachtouns ne forment pas un ensemble homogène. Leurs deux principales confédérations, dourrâni et ghilzaï, rivales entre elles, restent fragmentées en une multitude de sous-tribus et de clans s'opposant en permanence. Rien n'a fondamentalement changé depuis le XIXe siècle, quand un biographe de Dost Mohammed observait qu'« il n'y a pas d'unité [chez les Pachtouns]. Rien n'est permanent. Chaque chose dépend du bon plaisir ou du caprice d'un certain nombre de despotes [locaux], toujours en désaccord avec les autres et dont les tribus épousent les querelles personnelles[1] ».

La confédération dourrâni comprend les tribus popalzaïs, alikozaïs, bârakzaïs, atchakzaïs, nourzaïs, alizaïs, sadozaïs; elle se répartit principalement dans la province de Kandahâr et dans le Sud. Les Ghilzaïs sont implantés plus à l'est dans la région de Djelâlâbâd et les zones frontalières du Pakistan; leur confédération inclut les Soleïmânkhêls, les Ahmadzaïs, les Tarakis, les Andars, les Hotakis, les Muzakhêls, les Kharôtis. Plus à l'est, d'autres tribus ne sont pas regroupées : les Kâkars, les Djadjis, les Touris (près de Parachinâr au Pakistan, qui sont chi'ites), les Khogianis, les Sâfis (dans les montagnes du nord de Djelâlâbâd), ainsi que les Mohmands, les Afridis, les Wâziris, les Chinwâris (qui débordent sur la région de Kandahâr).

Le pachtou

La langue pachtou est divisée entre deux groupes principaux : le dialecte dit « dur » (le poukhtou à l'est, de Qalat à Pechâwar), le dialecte dit « mou » (le pachtou, au sud-ouest, d'Hérât à Kandahâr), ce qui correspond en gros à la division principale du groupe, la confédération ghilzaï à l'est, et la confédération dourrâni à l'ouest. La langue s'écrit en caractères arabes,

1. Mohan Lal, *Life of the Amir Dost Mohammed*, Longman, 1846, vol. I, p. 170.

avec quelques caractères supplémentaires pour marquer les sons qui n'existent pas en arabe.

Tout comme le persan, le pachtou appartient à la famille des langues indo-européennes et se rattache à l'indo-iranien qui comprend — outre le pachtou — le persan et les parlers baloutches. Le pachtou est parlé dans toute la partie sud de l'Afghanistan. Il est largement répandu au-delà de la frontière pakistanaise, à l'est des monts Soleïman. Là encore, suivant les régions pachtounes, on observe de sensibles différences de prononciation. En simplifiant, on pourrait dire que le pachtou de Pechâwar et sa région est plus guttural que celui des provinces afghanes. À l'intérieur même de l'Afghanistan, le pachtou comporte de nombreuses variantes d'un endroit à l'autre.

Les origines de la langue pachtou sont aussi obscures que celles du peuple qui le parle. Cette langue a adopté, elle aussi, les caractères de l'écriture arabe ; mais de nombreux signes supplémentaires ont dû être ajoutés pour tenir compte de beaucoup de consonnes emphatiques et de prononciations particulières. Ainsi, le persan et l'arabe comportent deux variétés de « t », l'un emphatique, l'autre non ; le pachtou nécessite une lettre particulière pour une troisième forme de « t ». Il en va de même pour le « n », le « d », le « r », le « ch », etc. On a également introduit une lettre pour la voyelle « e » (prononcée comme dans « cheveu » en français) qui n'existe ni en persan ni en arabe. Notons enfin que les Pachtouns ignorent à peu près complètement la prononciation de la lettre « f ».

Le pachtou est incontestablement une langue difficile à apprendre. De surcroît, il n'offre peut-être pas toutes les finesses et les nuances du persan. Ces deux facteurs expliquent que le persan se soit imposé comme la principale langue administrative en Afghanistan.

L'un des plus anciens textes connus en pachtou est

dû au chef Youssoufzaï Cheikh Mali, qui raconte la conquête de Swât au début du XIVe siècle. La poésie pachtoune est sans doute ancienne, mais elle était éphémère, car non écrite[1]. Ce n'est qu'au XVIIe siècle que Khôchal Khân Khattaq (1613-1689), « le seigneur heureux du clan khattaq », chef d'une tribu liée aux Grands Moghols de Delhi avant de s'opposer à eux, va laisser des poèmes écrits. De toute évidence, il s'est imprégné de la culture persane à la cour des Grands Moghols ; mais son inspiration reste profondément pachtoune. Au XVIIIe siècle, Ahmad Châh Dourrâni laissera des poèmes, réunis sous le titre de *Diwân* (recueil).

Contrairement à la poésie persane, les *landay* (poème « court ») sont peu rigoureux quant aux rimes et à la métrique, même si leur rythme et leur diction sont solidement cadencés. Les thèmes principaux qui inspirent ces chants, présentés en une série de *landay* ou distiques, sont l'amour — souvent impossible, donc malheureux —, l'honneur, le courage au combat et la mort.

Dans ces *landay*, les femmes jouent un rôle essentiel. Elles chantent leur amour, encouragent les hommes au combat, à l'image de l'héroïne Malalaï dont les exhortations galvanisèrent les guerriers pachtouns lors de la bataille de Maïwand, en 1878, qui tourna au désastre pour les Britanniques. À Malalaï fait écho, en avril 1980, Nahîd, héroïne d'une marche de protestation des lycéennes de Kaboul contre l'intervention soviétique, qui interpelle un officier pachtoun communiste : « Hé ! petit lâche ! Puisque tu es incapable de défendre ton honneur, tu n'es plus un homme. Tiens, prends mon voile, mets-le sur la tête et donne-moi ton arme. Nous, les femmes, saurons défendre ce pays mieux que toi. » Les paroles de Nahîd à un Pachtoun étaient

1. Sur la poésie pachtoune en général, cf. James Darmesteter, *Chants populaires des Afghans*, Imprimerie nationale, 1880-1890, 2 vol.

la pire insulte qui se puisse dire : elles scellaient le sort de la jeune fille. Elle fut tuée. Pour un temps, elle est devenue le symbole de la résistance féminine, et de nombreux *landay* ont célébré son sacrifice.

Est pachtoun celui qui parle le pachtou et respecte les règles de la communauté. Respect des aînés et des décisions prises lors des assemblées tribales, les *djirgah,* qui se tiennent à des périodicités régulières et lorsqu'il y a des problèmes importants à régler. Respect du code coutumier, le *pachtounwâli,* et obligation d'assumer les devoirs qu'il implique : l'honneur, l'hospitalité, la vengeance et la vendetta en cas d'offense.

Le *pachtounwâli* est basé sur l'obligation de courage et de solidarité. Il régit le droit tribal, mesurant minutieusement les peines et les compensations aux offenses. La loi du talion est appliquée pour les blessures et les crimes de sang, à moins que le crime ne soit racheté par une amende, dont le taux est prévu selon la gravité de la transgression. Les atteintes à la propriété sont sanctionnées par des amendes, tandis que les atteintes à l'honneur, le vol des armes ou l'enlèvement d'une fiancée se règlent à coups de vendettas sanglantes qui peuvent se prolonger sur plusieurs générations.

Les relations entre les individus et entre les groupes pachtouns obéissent à une dualité rivalité-solidarité. Deux groupes, si petits soient-ils, ont entre eux des relations de rivalité, de concurrence et de conflits d'intérêts, mais devant un groupe étranger qui menace leurs intérêts, ils s'allient et la solidarité fondamentale est retrouvée. C'est ainsi que, lors de la guerre contre les Soviétiques, des clans normalement opposés se sont retrouvés unis pour l'essentiel contre l'étranger.

Bien que les Pachtouns soient tous musulmans, ils préfèrent régler leurs litiges entre eux selon leur code d'honneur[1], plutôt que de les porter devant le juge religieux (qui appliquera la loi musulmane, la *charî'ah*) ou devant le gouvernement, qui appliquera un code civil incompréhensible pour eux et « inspiré de l'étranger ».

On raconte souvent que les Pachtouns ne sont pas de bons agriculteurs et qu'ils préféreraient l'élevage, le commerce ou le métier des armes. Les canaux d'irrigation souterrains, ces merveilleux *karêz*, galeries drainantes qui amènent l'eau des poches d'eau accumulées en profondeur sous terre depuis les collines jusqu'aux terres cultivables des villages, sont pourtant très nombreux chez les Pachtouns. Ces *karêz* permettent l'irrigation de terres autrement arides, car situées loin des cours d'eau naturels. Ils existent sur le plateau iranien depuis au moins deux mille ans. En Afghanistan, à part ceux de l'oasis d'Hérât, les *karêz* sont situés presque exclusivement en pays pachtoun. Leur création est une merveille de talent. Elle nécessite un savoir-faire élaboré, transmis de père en fils dans les familles de puisatiers depuis des générations : certains *karêz* encore en activité remontent à quatre cents ou cinq cents ans.

D'autres Pachtouns sont des nomades. Ils étaient probablement plus d'un million et demi avant 1978, peut-être 500 000 en 1978. Combien sont-ils aujourd'hui ? On ne saurait le dire. Les dromadaires portent les bagages, les vieux, les enfants, les poules et les agneaux. Avec eux, marchent les hommes, la tête

1. Cf. chapitre IV, p. 182.

ceinte de leur turban, et, dans leur robe de broderies multicolores, les femmes qui vous regardent fièrement. Le soir, aux arrêts de parcours, les nomades dressent la grande tente noire familiale, la *khayma,* tissée par les femmes, en poils de chèvre. Ces nomades, qui se nomment eux-mêmes *mâldâr* (« possesseurs de troupeaux »), sont appelés péjorativement *koutchi* (« ceux qui se déplacent ») par les sédentaires. Les conflits d'intérêts sont fréquents entre eux. Les nomades veulent des terres de pâturage libres et le droit de se déplacer avec leurs troupeaux ; les sédentaires labourent et réclament des champs bien à eux, où les bêtes ne pénétreront pas. L'augmentation de la population agricole a exacerbé ces tensions, d'autant que bien des nomades se sont sédentarisés. Certains se reconvertissent dans le commerce ; d'autres achètent des terres agricoles, ou bien les obtiennent parfois gratuitement des gouvernements qui se méfient de ces hommes libres, voyageurs, pratiquant volontiers la contrebande dans les zones frontalières, et qui rêvent de les fixer, espérant ainsi mieux les contrôler.

Peuple turbulent, fier, orgueilleux et susceptible, ombrageux, furieusement jaloux de son honneur et de son indépendance, les Pachtouns ont combattu tous les envahisseurs successifs, au nom de leur liberté. Ils se jettent dans la guerre avec volupté, car le propre d'un homme est d'être un guerrier et de défendre l'honneur, l'indépendance et la liberté de sa famille, de son clan, de sa région et de son pays. Les défaites qu'ils ont infligées aux Anglais, de la première guerre anglo-afghane de 1841-1842 à la deuxième en 1879-1881, jusqu'à celle de 1919, ont inspiré la guerre difficile qu'ils ont livrée aux Soviétiques avec une constance, une ténacité et une bravoure admirables. Mais leur incapacité à s'unir durablement a fait leur faiblesse.

Les conquérants successifs, puis les Anglais, comme les Soviétiques, n'ont pu régner, même temporairement, qu'en attisant les rivalités tribales et en jouant les uns contre les autres.

Certains ont fait remonter la généalogie des Pachtouns jusqu'à un mystérieux « Afghânâ », officier du roi Salomon, et à la tribu des Banou Israël, que Nabuchodonosor aurait transférée de Palestine vers le pays des Mèdes. D'autres ont supposé que les ancêtres des Pachtouns seraient à rechercher parmi le mystérieux peuple des « Pactyes », mentionné par Hérodote[1]. Tout cela paraît relever de la légende. La première mention qui nous soit parvenue sur le peuple « afghan » (il faut sans doute comprendre pachtoun) ne remonte qu'à 982 de notre ère, quand l'anonyme géographe du *Houdoud al 'Alâm*[2] cite les « Afghans » en précisant qu'ils sont installés dans la région des monts Soleïman, actuellement dans la province nord-ouest du Pakistan.

Les Pachtouns apparaissent dans l'histoire aux alentours du XIVe siècle[3]. De 1451 à 1526, un de leurs clans, celui des Lôdis, occupe le sultanat de Delhi. En 1747, Ahmad Châh Dourrâni, proclamé émir, parviendra à fédérer les différents clans et tribus pour constituer un empire qui, de vicissitude en vicissitude, finira, à la fin du XIXe siècle, par donner naissance à l'Afghanistan — « le pays des Afghans ». Sa tribu, celle des Popalzaïs, gardera le pouvoir jus-

1. Hérodote, *Histoires*, III, 93 ; IV, 44 ; VII. 67. D'où le nom de la province afghane du Paktia.

2. *Houdoud al 'Alâm* (« The Regions of the World »), *An Anonymous Persian Geography* (372/982), commenté et trad. par V. Minorski, Oxford University Press, 1930.

3. Cf. Bernard Dorn, *History of the Afghans. A Translation of al-Harawî,* Tarikh-i Khân, 1re éd. Londres, 1829, rééd. Londres/Saint-Jacques-de-Compostelle, s.d. [1962].

qu'au coup d'État militaire de 1978 [1]. Du XVIIIe siècle à nos jours, les Pachtouns ont dominé la vie politique du pays. D'eux étaient issus la famille royale, les princes du sang et l'aristocratie ; les gouverneurs de province, les hauts fonctionnaires, les personnels de décision étaient choisis parmi les meilleures familles. Les officiers de l'armée et les cadres de la gendarmerie étaient en grande majorité recrutés dans les groupes pachtouns proches du pouvoir. Ainsi s'était créé un État à deux vitesses : les Pachtouns et les autres. Les notables des autres ethnies étaient même considérés un peu comme des sujets à qui l'on ne doit pas donner l'occasion de trop réclamer. Les Turcs remuants, qui s'étaient taillé des empires jusqu'au XVIIIe siècle, étaient soigneusement tenus à l'écart des décisions. Les Ghilzaïs, traditionnels rivaux des Popalzaïs issus de la confédération dourrâni, prendront leur revanche avec le coup d'État militaire du 27 avril 1978, à la suite duquel Nour Mohammed Taraki, un Ghilzaï originaire de Moqour, de la tribu taraki, prend le pouvoir. Amîn, qui le fait exécuter en septembre 1979 pour occuper sa place, est lui aussi un Ghilzaï, de la tribu kharôti, tout comme Babrak Kârmal, que les Soviétiques installeront au pouvoir le 28 décembre 1979.

Dans les rangs de la résistance, six partis étaient en majorité composés de Pachtouns, notamment le puissant Hezb-e islâmi de Goulbouddîn Hekmatyâr, qui à fait l'objet de toute la sollicitude des gouvernements pakistanais, avant que celle-ci ne se reporte sur le mouvement *tâlebân*, lui aussi d'essence pachtoune.

1. Sur les rapports entre les Dourrânis et le pouvoir, cf. Hâmed Karzaï, « Attitude of the Leadership of Afghan Tribes Towards the Regime from 1953 to 1978 », in *Afghanistan. The Last Thirty Years*, Londres, *Central Asian Survey*, vol. VII, n° 2-3, p. 33-39.

Jusqu'à la chute du régime communiste en 1992, la guerre a durement touché l'ensemble des Pachtouns. C'est par villages entiers qu'ils se sont réfugiés au Pakistan, principalement dans les zones tribales, où ils ont été bien accueillis par leurs cousins *pathans* (le nom anglais des Pachtouns). Les Soviétiques, dans leur volonté de casser la société traditionnelle, se sont acharnés sur les tribus pachtounes. Les destructions et les déplacements de populations ont été énormes (environ 600 000 habitants, pachtouns et baloutches, des régions de Kandahâr, ont été contraints de se réfugier dans les camps pakistanais de la région de Quetta, et le long de la frontière). De nombreux districts sont pourtant restés peuplés. Souvent donc, ce sont les plus pauvres, les paysans sans terre, restés en Afghanistan, qui ont supporté le poids de la guerre. Ils ont donné des martyrs, et ils se sont affirmés dans la gestion quotidienne et la conduite des combats. La structure du pouvoir en pays pachtoun s'en est trouvée profondément transformée. Les propriétaires, les notables à la barbe blanche ont été supplantés par des jeunes gens dont le mérite et la reconnaissance sociale ne venaient plus de leur naissance, mais de leur courage et de leurs capacités d'initiative et d'organisation. Le régime des *tâlebân* pachtouns a encore accentué ce phénomène, en substituant un pouvoir d'essence religieuse à celui des *khân* traditionnels.

Parmi les villageois, ce sont surtout les paysans aisés qui ont pu partir. Les déplacements coûtaient cher, et ceux qui ne disposaient pas de capital hésitaient — à moins d'y être vraiment forcés par les destructions — à se lancer sans provisions dans un pays étranger. Les propriétaires de terres ont laissé un métayer sur leurs champs et sont partis en emmenant leurs troupeaux, probablement quelque 2 millions de têtes de bétail, ce qui n'a pas été sans poser de problèmes aux Pakistanais · les alentours des camps ont été stérilisés pour longtemps ; les moutons ont détruit la moindre trace de végétation à des lieues à la ronde. Beaucoup de moutons ont été aussi vendus au Pakistan, et leurs propriétaires ont souvent acheté des camions pour devenir transporteurs. Leur puissante corporation, qui réclamait la sécurité sur les routes à l'époque de la guerre civile (1989-1994), n'a pas été étrangère à l'arrivée des *tâlebân*.

La prédominance politique des Pachtouns est aujourd'hui remise en question par les ethnies qu'ils affectaient d'ignorer. Même si l'un des leurs, Hâmed Karzaï, a été désigné comme chef du gouvernement provisoire, les autres ethnies y sont largement représentées, et elles occupent maintenant toute leur place dans l'administration et dans l'armée.

La succession des dynasties pachtounes [1]

Depuis 1747, au terme d'un accord tacite, les émirs du clan sadozaï choisissaient leurs vizirs dans la descendance de Djamal Khân, du clan bârakzaï En 1818, l'assassinat du vizir Fateh Khân Bârakzaï, sur ordre de l'émir sadozaï Mahmoud Châh, ouvre une crise sans précédent. En se proclamant émir en 1836, Dost Mohammed, du clan bârakzaï, fonde la dynastie des Mohammedzaïs, auquel le pouvoir n'échappera pratiquement pas jusqu'en 1978, avec les successions et les liens de parenté suivants :

1. D'après W.K. Fraser-Tytler, *op. cit.*, p. 332 ; G. Rossignol, *Les constitutions afghanes et le droit musulman traditionnel*, Université de Paris-I, 1974, vol. I, p. 57-60.

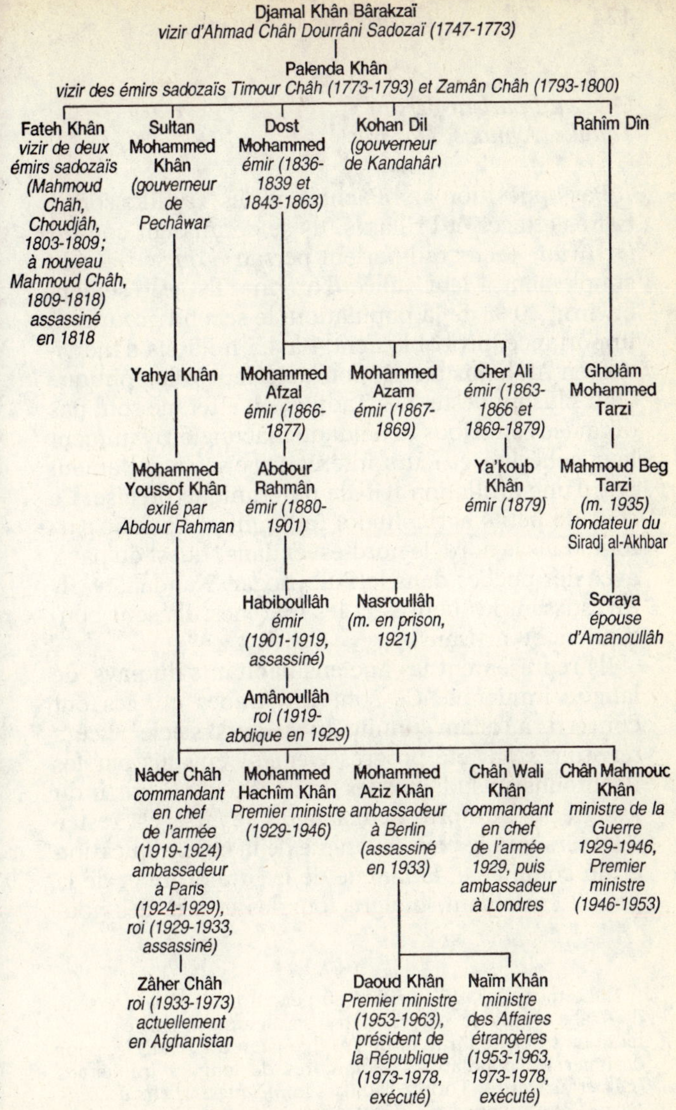
Djamal Khân Bârakzaï
vizir d'Ahmad Châh Dourrâni Sadozaï (1747-1773)
Palenda Khân
vizir des émirs sadozaïs Timour Châh (1773-1793) et Zamân Châh (1793-1800)
Fateh Khân vizir de deux émirs sadozaïs (Mahmoud Châh, Choudjâh, 1803-1809; à nouveau Mahmoud Châh, 1809-1818) assassiné en 1818
Sultan Mohammed Khân (gouverneur de Pechâwar
Dost Mohammed émir (1836-1839 et 1843-1863)
Kohan Dil (gouverneur de Kandahâr)
Rahîm Dîn
Yahya Khân
Mohammed Afzal émir (1866-1877)
Mohammed Azam émir (1867-1869)
Cher Ali émir (1863-1866 et 1869-1879)
Gholâm Mohammed Tarzi
Mohammed Youssof Khân exilé par Abdour Rahman
Abdour Rahmân émir (1880-1901)
Ya'koub Khân émir (1879)
Mahmoud Beg Tarzi (m. 1935) fondateur du Siradj al-Akhbar
Habiboullâh émir (1901-1919, assassiné)
Nasroullâh (m. en prison, 1921)
Soraya épouse d'Amanoullâh
Amânoullâh roi (1919-abdique en 1929)
Nâder Châh commandant en chef de l'armée (1919-1924) ambassadeur à Paris (1924-1929), roi (1929-1933, assassiné)
Mohammed Hachîm Khân Premier ministre (1929-1946)
Mohammed Aziz Khân ambassadeur à Berlin (assassiné en 1933)
Châh Wali Khân commandant en chef de l'armée 1929, puis ambassadeur à Londres
Châh Mahmouc Khân ministre de la Guerre 1929-1946, Premier ministre (1946-1953)
Zâher Châh roi (1933-1973) actuellement en Afghanistan
Daoud Khân Premier ministre (1953-1963), président de la République (1973-1978, exécuté)
Naïm Khân ministre des Affaires étrangères (1953-1963, 1973-1978, exécuté)

Ceux qui parlent persan : Tadjiks, Aymâqs, Hazâras

Par opposition aux Pachtouns, les **Tadjiks** sont à la fois effacés et brillants. Ils se définissent comme *farsiwân*, « ceux qui parlent persan », ou se réfèrent simplement à leur vallée d'origine. Ils représentent environ 30 % de la population, le second groupe en importance, probablement 4 à 4,5 millions d'individus en Afghanistan. Et pourtant, leur rôle politique était plus modeste. Les Tadjiks, en effet, ne sont pas organisés en tribus défendant chacune bruyamment leur cohésion et leurs intérêts ; ils ne se réclament pas d'une affiliation tribale ou ethnique précise. Ce sont de petits agriculteurs tranquilles. Ils sont partout, dans le nord, le nord-est et dans l'ouest du pays, avec des poches dans le Sud (Logar, Kandahâr). Ils investissent les bourgs et les marchés. Ils sont boutiquiers ou artisans.

Ils représentent les anciens habitants du pays, de langue iranienne. Ce sont les Arabes qui les ont convertis à l'islam sunnite du VIIe au Xe siècle [1]. Leurs territoires ont été progressivement envahis par les Pachtouns au sud, puis les groupes turcs (à partir du XVIe siècle) au nord. Leur langue, le *fârsi*, est restée à travers tout le pays la langue de la communication et du commerce, la langue de la littérature et de la poésie également, malgré tous les efforts des gou-

1. Le mot de *Tadjik*, attesté en persan ancien avec le sens d'« Arabe », puis de « musulman », sera employé par les envahisseurs turcs de l'Iran et de l'Afghanistan du XIe siècle, pour désigner les populations sédentaires de langues iraniennes (Gilbert Lazard, « Tork-o Tâdjîk », in *Mélanges offerts à Louis Bazin*, Maisonneuve, p. 37-40).

vernements pour renforcer le rôle du pachtou à partir de 1964.

Les Tadjiks sont localisés en Afghanistan dans le Laghmân, une partie du Logar et de Ghazni, dans les plaines de vignes du nord de Kaboul, dans la vallée du Pandjchir. Au nord de l'Hindou-Kouch, ils sont nombreux dans les provinces de Samangân, Balkh et Koundouz. Les Tadjiks du Badakhchân forment un groupe un peu à part. Restés longtemps isolés dans leurs vallées reculées, leur langue a conservé de si nombreux caractères archaïques que les auteurs soviétiques ont créé un groupe spécial pour eux, celui des « Tadjiks montagnards ». Les groupes tadjiks ismaéliens de la région des Pâmirs, qui ne reconnaissent que les sept premiers imams de l'islam (d'où leur nom de *haft-imâmi*, ou « septimaniens »), se réclament de l'Agha Khân. Ce sont des Tadjiks Wâkhis, Ichkâchemis ou Sanglitchis (du nom des districts correspondants).

Les Tadjiks du nord de l'Afghanistan dépendaient jusqu'au XIXe siècle des *khân* ouzbeks de Kokand ou des émirs ouzbeks de Boukhârâ ; le Rochân et le Darwâz étaient revendiqués par les deux, tandis que le Cheghnân (le long du fleuve Amou) avait réussi à préserver son indépendance jusqu'en 1860. Après cette date, tous les Tadjiks du nord de l'Amou-Dâriâ sont passés sous le pouvoir des tsars.

Agriculteurs habiles ou commerçants, rêveurs et poètes[1], souvent de tradition soufie, les Tadjiks sont calmes, presque effacés devant la volubilité toute méridionale des Pachtouns. Peuple de villageois et d'agriculteurs, les Tadjiks cachent leurs conflits et

1. En pleine guerre contre les *tâlebân*, ne voyait-on pas, dans un film de Christophe de Pontfilly, Massoud lire et commenter à ses commandants un poème composé par l'un de ses hommes ?

leurs oppositions. Le chef du village, nommé par l'administration, mais proposé par les villageois, règle les différends et sert d'intermédiaire avec le pouvoir. Les propriétaires (*arbâb*) s'entendent pour entretenir les canaux d'irrigation qui seuls permettent la vie de leurs champs et appointent collectivement un *mirâb* (chef de l'eau), chargé de la répartition des tours d'eau dans les champs de chaque propriétaire. Ceux qui ne détiennent pas de terres se font métayers, ou bien ouvriers agricoles payés à la journée. Les artisanats sont très développés : tissage, broderie (par les femmes), poterie, tapisserie, travail du métal : cuivre étamé, fonte (moulée au sable en socs d'araire ou en marmites).

Les Tadjiks des régions montagneuses vivent en hameaux ou villages, où les rapports hiérarchiques sont rigoureux. Les propriétaires terriens gardent un rôle important. Celui qui possède deux hectares est riche (surtout s'il s'agit de vignes). Ceux que l'on considère comme de « grands propriétaires » possèdent tout au plus cinq ou six hectares (ce qui, dans des régions montagneuses où les terres sont rares, les met tout de même dans une position privilégiée). Dans chaque village existe une famille dominante dont la généalogie remonte à des ancêtres lointains et qui exerce sa suprématie sur les autres. Les propriétaires donnent une partie de leurs terres à cultiver à des métayers et leur fournissent semences et instruments de culture. Ils reçoivent en échange la moitié ou les deux tiers de la récolte, et des services personnels. Il se trouve de nombreux paysans sans terre, des ouvriers agricoles qui, en hiver, doivent aller chercher du travail ailleurs.

La guerre de résistance aux communistes, aux Soviétiques et aux *tâlebân* a mis au premier plan la belle figure d'Ahmad Châh Massoud, héros du

Pandjchir[1]. L'image traditionnelle des « agriculteurs tranquilles » s'est transformée en celle de guerriers courageux, obstinés à défendre leur territoire sous la conduite d'un chef qui s'est révélé comme un stratège d'une rare habileté pour faire face aux innombrables offensives lancées contre son « fief ». Ces villageois sédentaires, n'étant pas répartis entre tribus, ne sont pas enfermés dans le jeu des interminables rivalités des Pachtouns. Ils ont, peut-être à cause de cela, et aussi parce qu'ils sont plus loin de la frontière pakistanaise, mieux résisté aux épreuves de la guerre. Ils ont été peu nombreux à se réfugier au Pakistan, et la résistance tadjik à l'envahisseur étranger, considéré comme sans religion, a été très active.

Depuis le grand poète Rudaki (mort en 940), la tradition littéraire tadjik en dari est importante. Avant la guerre, on rencontrait de nombreux groupes de musiciens ambulants, avec un chanteur s'accompagnant d'une vièle à deux cordes et des joueurs de tambour et de luth à trois cordes.

Le persan d'Afghanistan

Le *fârsi* (ou *dari,* nom officiel de la langue littéraire) est la deuxième langue importante du groupe iranien. L'appellation *fârsiwân* recouvre toutes les populations qui parlent ce persan ancien, sans qu'il s'agisse d'une ethnie véritable : s'y trouvent aussi bien les Hérâtis (habitants d'Hérât parfois chi'ites comme dans l'Iran voisin) que les anciens groupes du Nord, antérieurs

1. Sur Massoud, cf. encadré, p. 204-206.

aux vagues d'immigration des Turcs d'Asie centrale, ou que des Tadjiks du Badakhchân, au nord-est.

La langue persane est parlée par près de la moitié de la population afghane, pour laquelle elle constitue une langue maternelle. Bien que les textes officiels aient toujours recommandé le bilinguisme, le persan s'est progressivement imposé comme langue administrative parce qu'il est compris par une large fraction de la population. C'est la langue véhiculaire à Kaboul[1]. Périodiquement, d'ombrageux pachtounophones protestent contre cet état de fait. En vain. À l'exception de l'armée, de tradition pachtoune jusqu'à une date récente, la langue véhiculaire et de l'administration reste le dari, à l'exception de la période des *tâlebân* (1994-2001), qui avaient imposé l'usage exclusif du pachtou.

Le persan dérive du vieux perse, langue de l'empire achéménide. Les invasions successives, notamment celles des Parthes, font évoluer le vieux perse vers le « palhavi » ; l'écriture cunéiforme est alors remplacée par des caractères de type araméen. Avec les invasions arabes, le palhavi se transforme par de nombreux emprunts à la langue des conquérants, dont il adopte la graphie. Certaines lettres se prononcent cependant de façon différente. Mais, surtout, le persan a ajouté trois lettres faisant défaut à l'arabe : le « p », le « g » (prononcé comme dans « gens »), et le « tch ». Se forme ainsi, vers le VIIIe ou le IXe siècle de notre ère, dans le Khorâssân (nord-est de l'Iran, nord-ouest de l'Afghanistan, sud de l'Asie centrale), le persan, qui restera et s'imposera comme langue de cour et administrative dans toute la partie orientale de l'empire arabe. Le persan d'Afghanistan s'apparente toutefois plus aux parlers du Tadjikistan qu'à l'iranien.

1. Cf. Abdoul Ghaffour Rawân Farhadi, *Le persan parlé d'Afghanistan. Grammaire du kabôli*, Klincksieck, 1951.

Deux types principaux d'écriture sont en usage : le *nasr*, droite, la plus courante et classique, celle qui est utilisée pour l'imprimerie et la dactylographie ; et le *nastaliq*, beaucoup plus élégante, ornementée, véritablement dessinée. C'est le *nastaliq* qui est la base de la calligraphie — dimension importante de l'art arabo-musulman.

L'actuel Afghanistan a sans doute appartenu à des aires culturelles différentes. Mais l'influence persane y a été considérable. Qu'il s'agisse des parties occidentales, et notamment de l'ancien Khorâssân, du Nord ou du Centre, une bonne moitié, sinon les deux tiers de l'Afghanistan, se sont situés dans la mouvance persane au cours des siècles. Et peut-on oublier que Ghazni, capitale des Ghaznévides, Turcs d'origine, fut un centre de rayonnement de la culture persane aux XIe et XIIe siècles, tout comme Hérât sous la période timouride ? De la même façon, l'empire turco-mongol, fondé au XVIe siècle à partir de Kaboul par Bâbour, puis celui de ses successeurs en ligne directe, les Grands Moghols de Delhi, fut également un foyer de littérature persane. Bâbour lui-même, s'il écrivait surtout en turc, est également l'auteur de poèmes en persan.

Repliés dans leurs montagnes de l'ouest de l'Hindou-Kouch, les **Aymâqs** sont peut-être 600 000. Ils parlent un dialecte persan, bien que le terme *aymâq* soit un mot mongol qui signifie « région », « territoire ». Cinq groupes sont considérés comme Aymâqs : les Taîmouris (à l'ouest et à Hérât), les Djamchidis (au nord d'Hérât), les Taïmanis (au sud de l'Hari Rod), les Firouzkohis et les Aymâqs Hazâras (de Qala-e Nâo). À l'est, ils refusent toute subdivision et se déclarent simplement aymâqs.

Probablement issus des Ghorides (XIIe siècle), ce sont les anciens occupants de l'est du plateau iranien. Semi-sédentaires, ils ont été progressivement refoulés dans la montagne par la pression des Ouzbeks, puis récemment des Hazâras, et surtout par les nomades pachtouns dourrânis, qui se sont emparés de lieux de pâturage. Lors de la grande famine de 1971, beaucoup de petits agriculteurs aymâqs ont dû vendre leurs terres à des voisins citadins dont les revenus ne dépendaient pas des aléas climatiques, comme les Hazâras de Sar-e Poul.

Pour l'été, presque toutes les familles montent aux pâturages, les *aylâq*, dans les collines. On vit sous la yourte, ou sous une yourte d'été, plus fraîche, décorée de panneaux garnis de motifs multicolores. Éleveurs de moutons, même lorsqu'ils sont principalement agriculteurs, ils produisent d'admirables tapisseries de laine, tissées par les femmes.

Du fait de la guerre, ces Aymâqs ont dû vivre complètement en autarcie et ont été très vulnérables aux années de sécheresse. Éloignés du théâtre des opérations de la résistance, cantonnés dans une région centrale et montagneuse qui n'a guère présenté d'intérêt pour les Soviétiques, ils n'ont pas joué de rôle vraiment important dans les luttes des années noires.

La province est très pauvre et isolée. Les conditions de vie sont toujours extrêmement précaires : les cultures de blé dépendent entièrement des précipitations de printemps. S'il n'y a pas de pluie, les pâturages restent désespérément secs. Une sécheresse très grave a frappé la province entre 1971 et 1972, plus là encore que dans le reste du nord du pays. Des familles entières sont mortes de faim. Des milliers d'autres ont dû partir tenter de trouver quelque subsistance autour des villes du nord du pays, d'Hérât à Koundouz, tandis que les jeunes qui n'étaient pas encore trop affaiblis avaient dû partir travailler en Iran. En 1988, nouvelle catastrophe, autre punition inexpliquée après les contraintes de la guerre : une soudaine recrudescence de sauterelles se produit ; la disparition des campagnes d'éradication lancées autrefois en des temps, où il existait un gouvernement central, les a laissées libres de prospérer. La nouvelle sécheresse, de 1999 à 2001, a encore frappé les montagnes du centre du pays, et des dizaines de milliers d'Aymâqs ont été obligés de se réfugier, dans des conditions précaires, dans des camps aux environs d'Hérât.

Si les **Hazâras** parlent eux aussi persan, ils forment une population marginalisée en raison de leur attachement au chi'isme. À une époque indéterminée (probablement aux XIIIe et XIVe siècles), les Hazâras semblent prendre la place de certains Aymâqs dans l'Afghanistan central, au nord des montagnes de l'Hindou-Kouch, en s'installant sur les pâturages des piémonts. Travailleurs, durs à la tâche et à la peine, obstinés, d'une constance tout extrême-orientale, ils occupent l'Afghanistan central du sud de Mazâr-e Charîf au nord de Ghazni.

Mentionnés pour la première fois en Afghanistan en 1417, les Hazâras faisaient vraisemblablement partie de groupes mongols nomadisant à l'est de l'Altaï, qui se sont mis en mouvement vers l'ouest. Ils ne sont probablement pas venus avec les troupes conquérantes de Gengis Khân ou de ses successeurs du XIIIe siècle, contrairement à ce que l'étymologie « militaire » de leur nom pourrait laisser supposer : *hazâr*, en persan, veut dire mille, et *hazâran* les unités de mille. S'ils étaient descendants de soldats, les Hazâras auraient rapidement disparu en tant qu'ethnie caractérisée, car ils auraient dû prendre femmes dans des ethnies locales ; le fait que les Hazâras actuels aient conservé le plus souvent une division en tribus qui recouvrent des régions nettement délimitées (Djaghori, Daï Zangi, Daï Koundi) indique qu'ils sont venus en groupes constitués. Ils ont conservé le faciès mongol de leurs ancêtres. Ils se sont sédentarisés et habitent dans des maisons en dur et non plus sous la yourte de leurs probables origines. Ils ont adopté, au moins dès le XVIe siècle, la langue persane de leurs voisins, mais avec un accent qui les fait reconnaître et certaines particularités de vocabulaire, où l'on retrouve des mots mongols. Ce sont presque tous des chi'ites duodécimains, *douazdâh imâmi*, c'est-à-dire qui reconnaissent les douze premiers imâms. Ce rite duodécimain était « répandu dès le XIVe siècle parmi les troupes mongoles stationnées en Afghanistan », soulignait le linguiste Georges Redard [1]. À l'ouest de Dochi, un groupe hazâra est adepte de l'ismaélisme.

Le Hazâradjât, jusque-là indépendant de fait, a été conquis en 1891-1893 par le roi Abdour Rahmân, lors d'une campagne sanglante proclamée guerre sainte contre les « hérétiques hazâras chiites ». Beaucoup d'Hazâras se sont alors expatriés à Machhad en Iran et surtout à Quetta au Pakistan, où ils constituent à l'heure actuelle une importante communauté.

Depuis 1930, des Hazâras se sont établis par vagues successives à Kaboul, venant d'abord seulement pour l'hiver, puis s'installant définitivement dès qu'ils pouvaient faire venir leur famille. Petit à petit, ils ont colonisé des quartiers entiers de la capi-

1. Georges Redard, *Afghanistan*, Silva, 1974, p. 81.

tale. Ils acceptent les tâches les plus humbles, portefaix, porteurs d'eau, manœuvres ou domestiques, pour économiser avant de tenter de monter leur propre boutique. Beaucoup ont réussi, et une partie importante du commerce de détail de Kaboul est tenue par des Hazâras. En 1988, un haut fonctionnaire de Kaboul estimait que, sur une population de l'ordre de 2 millions d'habitants à Kaboul, il y avait vraisemblablement plus d'un tiers d'Hazâras. Le phénomène est le même à la périphérie du Hazâradjât : Ghazni au sud, Sar-e Poul et Mazâr-e Charîf au nord sont maintenant en partie hazâras.

Les Hazâras, qui ont fortement conscience de leurs particularités, et qui ont obtenu, à la faveur de la guerre, une autonomie de fait, ont tendance à se croire 3 ou 4 millions. Mais les zones habitables le long des vallées des montagnes de l'Hindou-Kouch sont de superficie réduite, et ils n'y sont sans doute pas plus de 2 millions

Dans leurs bastions de l'Afghanistan central, les paysans vivent d'un élevage familial de moutons et de chèvres et de la culture du blé sur les terres des vallées. L'eau est abondante mais la terre rare, malgré la multiplication des canaux d'irrigation conduisant l'eau des rivières à l'extrême limite de ce que la pente peut conduire d'eau. Les terres irriguées ne sont jamais suffisantes et les rendements toujours médiocres à cause de l'extrême rigueur du climat et de la rudesse des hivers (la plupart des villages hazâras sont recouverts de neige six mois par an : Bamyân, l'un de leurs marchés principaux, est à 2500 mètres d'altitude). Un hectare ne produit que 350 kilos de blé. Les paysans ont peu de réserves monétaires pour acheter du blé en cas de disette ou au moment de la soudure. Le Hazâradjât est en état de sous-alimentation chronique. La solution est l'émigration temporaire.

La société hazâra n'est ni égalitaire ni démocratique. Les conditions de vie sont très dures ; le système social est fortement hiérarchisé, et les inégalités sociales considérables. De gros propriétaires concentrent, par héritage ou par habileté, une partie importante des surfaces cultivables des villages, et les rapports sont assez tendus entre ces *arbâb,* les petits propriétaires et les métayers. Certains riches propriétaires possédaient des villages entiers dont les habitants travaillaient comme métayers. Le phénomène s'était considérablement accru quelques années avant la guerre, par le jeu de l'endettement et des prêts à intérêts usuraires, gagés sur la terre, dans un pays démuni de coopératives ou de système de crédit agricole. Ici le gouvernement de Taraki n'avait pas tenté d'appliquer la réforme agraire.

Au début de l'occupation soviétique, les propriétaires se sont souvent opposés à l'administration locale de la résistance, la *Choura-e Ettefâq*, dirigée par des mollahs plutôt hostiles aux grands propriétaires. Puis, à partir de 1983, face au Nasr, parti pro-iranien, pro-Khomeiny, révolutionnaire, violemment hostile aux gros propriétaires, et qui partageait les terres entre les paysans « comme les communistes », les propriétaires fonciers se sont rapprochés de la *Choura*, éteignant du même coup ses velléités réformistes. Pour la première fois dans l'histoire de l'Afghanistan, un Hazâra est devenu Premier ministre en 1981 : Sultan Ali Kechtmand a favorisé ses coreligionnaires, qui ont souvent obtenu des postes dans les ministères ou du travail dans les usines. Un régiment d'infanterie (le 520e), composé exclusivement de volontaires hazâras, avait même été créé le 1er décembre 1986, ce qui constituait une revanche sur la traditionnelle exclusion de cette ethnie dans une armée dominée par les Pachtouns, mais n'a nullement contribué au ralliement de cette ethnie au régime communiste. Sous l'impulsion de l'ayatollah Maderi, ils se sont ensuite majoritairement regroupés au sein du parti Wahdat lors de la guerre civile de 1992-1996, puis se sont violemment affrontés aux *tâlebân*.

De difficiles négociations ont permis aux Hazârâs d'obtenir une représentation convenable, mais qu'ils jugent encore insuffisante, dans le gouvernement provisoire institué en décembre 2001.

Les populations persanophones de la province de Hérât forment un cas un peu à part. Hérât, en tant que grande ville, est un creuset de populations diverses qui se nomment **Hérâtis**, originaires de Hérât. 85 % de la population y est de langue persane, mais on y rencontre aussi bien des Pachtouns que des Baloutches, des Aymâqs ou des Turkmènes (du groupe tekke). Hérât est proche de l'Iran, et a appartenu souvent à cet empire ; les traces de l'influence perse sont encore visibles dans la langue, aussi bien que dans l'architecture. Une forte minorité de citadins est chi'ite (peut-être 15 %). Hérât a été plusieurs fois détruite au cours des siècles, et tout récemment ; la population a été renouvelée. Mais ses habitants ont bien conscience d'être les « citadins de Hérât », héritiers d'une tradition bimillénaire. Au sud-est d'Hérât, quelques villages (Kundur, Kârez Mullâ, Du-Rudi) restent habités par un groupe ethnique appelé **Moghol**, qui parle encore le mongol.

Ceux qui parlent turc : Ouzbeks, Turkmènes

Les **Ouzbeks**, lointains descendants des Qiptchaks (Turcs d'Asie centrale), sont entrés en Afghanistan à partir du XVIe siècle ; ils étaient venus du nord, par l'ancien émirat de Boukhârâ, qu'ils ont contrôlé jusqu'à sa conquête par l'Armée rouge le 5 septembre 1920. Leur langue, l'ouzbek, fait partie du groupe oriental des langues turques et descend du chagatay, la langue des cours royales du Khorâssân.

Ils ont réussi à maintenir longtemps dans le nord de l'Afghanistan de petits royaumes (à Maïmana, Andkhoy, Koundouz), indépendants à la fois de la puissance de l'émir de Boukhârâ et des chefs pachtouns du Sud. Le roi ouzbek de Maïmana est battu à deux reprises par Abdour Rahmân, le fondateur de l'État afghan, en 1882 et 1884. De l'autre côté de l'Amou-Dâriâ, Samarqand et Katta-Kurgan ont été prises par les troupes tsaristes en 1868, le khânat ouzbek de Kokand en 1876. À la fin du XIXe siècle, les règnes des roitelets ouzbeks sont terminés, et les Ouzbeks se retrouvent partagés entre l'Afghanistan et l'Asie centrale russe. En Afghanistan, ils représentent 10 % de la population totale, soit 1,5 million d'individus, occupant les riches terres de lœss des plaines du nord de l'Afghanistan, de Maïmana à Khânâbâd.

Parmi les Ouzbeks du nord de l'Afghanistan, nomades ou sédentaires, peut-être la moitié d'entre eux descendent des réfugiés de l'émirat de Boukhârâ annexé par l'Union soviétique en 1920. Un petit groupe, réfugié d'URSS vers 1930, a été également installé dans le sud, près de Lachkargâh.

Les sédentaires ouzbeks vivaient en harmonie, comme dans l'admirable oasis de Tâchqurghân[1],

1. Sur Tâchqurghân, cf. Pierre Centlivres, *Un bazar d'Asie centrale. Forme et organisation du bazar de Tâchqurghân*, Reichert Verlag, 1971. Ce bazar devait faire partie du patrimoine inscrit par l'Unesco. La guerre a interrompu les démarches pour le classement. Il a ensuite été détruit.

avec les Tadjiks de la région. Ils ont souvent oublié leurs anciennes appartenances tribales (Mangits, Kipichaks, Qoungrats, Lakaîs, Qattaghans, etc.). Il subsistait pourtant, dans les contreforts des montagnes du nord de l'Afghanistan, de nombreux Ouzbeks semi-nomades (dits *koutchi*, éleveurs de moutons), quelquefois à demi sédentarisés dans les zones d'estivage, qui continuent à vivre sous la yourte, l'habitation circulaire transportable, faite d'un treillis de bois de saule recouvert de pièces de feutre de laine de mouton. Ces Ouzbeks, qui se souviennent de leurs origines tribales, élèvent les moutons et les chevaux. Ils se déplacent quatre ou cinq fois l'an, montant leurs yourtes sur les pâturages de printemps, puis l'été plus haut dans les montagnes, pour revenir à l'automne aux environs du village d'hiver.

Les Ouzbeks d'Afghanistan sont pour la plupart des cultivateurs soigneux ou des artisans minutieux. Ils cultivent le blé, le coton, le maïs, récemment introduit, sur des champs irrigués grâce à un réseau de canaux rayonnant à partir des rivières. L'été, les bergers transhument dans les collines, à un ou deux jours du village d'hiver, sur les pâturages établis autour de puits de grande profondeur, pour laisser pâturer les moutons, les fameux *karakouls* à la fourrure astrakan, les chevaux et quelques dromadaires.

Ce sont d'habiles artisans : céramique, travail de coffres en bois ou de portes et fenêtres en bois sculpté, travail du cuir. Ils sont aussi tisserands, préparant une très grande variété d'étoffes de coton et de soie pour les chemises et les manteaux. Ils élèvent les vers à soie et dévident la soie. Leurs broderies sont exceptionnellement belles. Ce sont aussi des peintres et des lettrés qui recopient les œuvres de leurs poètes préférés sur des livres en papier de soie. Les *mohâdjerin* (émigrants) ont souvent apporté un sang et une vigueur nouvelle ; ils ont monté des exploitations agricoles modernes, ou se sont lancés dans le commerce des fourrures.

Les **Turkmènes** sont au total, dans l'ex-URSS, l'Afghanistan, l'Iran et la Turquie, environ 2,5 millions. Leur langue fait partie du groupe sud-ouest des langues turques (avec l'osmanli en Turquie et l'azéri en Iran), et comporte plusieurs dialectes. Ils sont les descendants des anciens Oghuz, qui, vers le VIIe siècle, formaient une fédération de vingt-quatre clans établis en Mongolie. Au Xe siècle, les Oghuz se fixent entre la mer d'Aral et la mer Caspienne, où ils s'islamisent. À la fin du Xe siècle, une importante fraction suit les Seldjoukides : la victoire de Mantzikert sur les Byzantins en 1071 leur ouvre la région qui deviendra la Turquie. Au XVe siècle, deux confédérations turkmènes rivales, les Qara-Qoyounlous et les Aq-Qoyounlous, « ceux du mouton noir » et « ceux du mouton blanc », gouvernent Tabriz, puis la Perse. Nâder Châh (1736-1747), le fondateur de la dynastie des Afshârs, puis les Qadjars, qui règnent sur l'Iran de la fin du XVIIIe siècle jusqu'au coup d'État de Reza Châh en 1926, étaient des Turcs.

En Afghanistan, ils se sont sédentarisés au nord d'Hérât (et dans la ville même), et le long de l'Amou-Dâriâ, d'Andkhoy à Koundouz ; ils seraient 400 000. Les trois quarts d'entre eux sont venus en réfugiés, fuyant, de 1920 à 1935, les réquisitions forcées du début du régime soviétique, les collectivisations et les massacres de Staline.

Les Turkmènes d'Afghanistan ont conservé leur division en tribus, bien connues pour avoir donné leurs noms aux différents dessins de tapis : les Tekkés à Hérât, qui tissent les tapis les plus serrés et les plus beaux, les Karas à Andkhoy, les Yomouds, les

Salors, les Saryks et, les plus nombreux en Afghanistan, les Ersaris, autour d'Aqtcha, et les Qarqins.

Les femmes turkmènes gardent un certain contrôle des tapis qu'elles tissent, ce qui leur donne une importance sociale et économique : l'homme qui va vendre au marché les tapis rapporte à sa femme de ces somptueux bijoux d'argent sertis de cornalines qui sont l'apanage et la fierté des bijoutiers turkmènes installés dans les villages. Cependant, le très grand développement de la production commerciale de tapis, à partir de la conquête de Geok Tepe par les Russes en 1881, a eu pour conséquence de restreindre la grande liberté dont jouissaient autrefois les femmes turkmènes : constatant que le travail de leurs femmes est une importante source de revenus, les maris veillent à obtenir d'elles un rendement maximal, soit en moyenne un tapis tous les deux mois. Les femmes sont alors souvent contraintes à la réclusion. Qui plus est, les hommes sont parfois tentés d'épouser plusieurs femmes, dans le but d'augmenter leurs revenus.

En plus de l'agriculture, sur des terres riches qui manquent pourtant d'eau, les Turkmènes sont éleveurs de moutons karakouls. Ils confient une dizaine de moutons au berger du village qui les emmène l'été dans la steppe, à un ou deux jours de marche. Seuls quelques gros propriétaires, un ou deux par village, possèdent des troupeaux de plusieurs centaines de moutons.

Ce groupe est également renommé pour ses élevages de chevaux. Emmenés durant l'été pour pâturer dans les montagnes, ces chevaux sont extrêmement puissants, et ce sont ceux qui participent au jeu populaire du *bouzkachi*, le vendredi après-midi, dans les villes et bourgades du nord de l'Afghanistan : chaque cavalier essaie de saisir la dépouille d'une chèvre ou d'un veau décapité puis, après avoir effectué le tour du terrain, le dépose dans un cercle tracé à la chaux, aux pieds du juge-arbitre qui se tient devant les spectateurs venus assister au sport. Les champions, les *tchapandoz*, sont des professionnels, et les meilleurs étaient riches et adulés.

En plus de toutes ces activités, la plupart des Turkmènes pratiquent au printemps l'élevage des vers à soie, qu'ils nourrissent des feuilles des mûriers qui bordent les champs.

Plutôt riches, les Turkmènes n'ont pas oublié les temps de désespérance où ils avaient dû tout quitter, abandonner leurs belles maisons de terre et leurs troupeaux, pour traverser le fleuve Amou, à la nage, ou en se laissant flotter sur des outres. Beaucoup d'entre eux, du moins les plus aisés, ont entrepris un nouveau voyage vers le Pakistan. Selon les Nations unies, 55 000 Turkmènes se sont réfugiés au Pakistan.

Les **Kirghiz**, dans les Pâmirs, près de la frontière avec la Chine, étaient 3 300 en Afghanistan. La majorité des Kirghiz étaient restés en URSS (où ils sont 1,5 million) ou étaient partis se réfugier en Chine, dans la province frontalière du Sinkiang, où ils vivent encore sous leur yourte dans les pâturages. Leur langue fait partie du groupe oriental des langues turques, En Afghanistan, ils étaient caravaniers, éleveurs de yaks et de moutons, vivant toute l'année sous la yourte malgré le froid, à environ 4 000 mètres d'altitude, dans leurs vallées de montagne accessibles seulement en été. Contre la viande de leurs yaks, ils obtenaient du blé des sédentaires tadjiks du Badakhchân et du Wakhân[1]. En 1979, sous la conduite de leur chef Rahmân Qoul Khân,

1. Cf. Rémy Dor, Contribution à l'étude des Kirghiz *du Pâmir afghan*, PUF, 1975.

la presque totalité des Kirghiz d'Afghanistan a traversé la montagne pour se réfugier au nord du Pakistan. Leur exil forcé près de Chitral ne leur convenant pas, ils ont d'abord envisagé d'être envoyés en Alaska. Après la visite que leur rendit le Premier ministre turc, beaucoup ont accepté d'être réinstallés, en 1982, à l'est de la Turquie, à Karagündüz, où ils se sont très bien intégrés, grâce aux grandes facilités que leur a consenties le gouvernement turc. Certains semblent être revenus dans les Pâmirs.

Quelque 3 000 **Kazakhs** étaient venus s'installer en Afghanistan vers 1930, eux aussi à cause des troubles dus à la révolution bolchevique. Ils résidaient principalement à Hérât et à Mazâr-e Charîf, comme vendeurs de *tchapan,* ces manteaux colorés à rayures, mi-soie mi-coton, des hommes du nord de l'Afghanistan.

Les autres ethnies

Les **Nouristanis** sont réputés pour la beauté de leurs maisons de bois sculpté, accrochées à des parois escarpées. Peut-être 150 000, ils parlent rarement d'eux-mêmes comme des « Nouristanis », mais plutôt selon le nom de la vallée où ils habitent. Entre les vallées adjacentes, les guerres et les rivalités étaient, et restent, fréquentes. Leurs langues sont très anciennes et contiennent à la fois des traits iraniens et indiens, souvenir d'une ancienne langue prévédique d'antiques envahisseurs indiens. Elles sont divisées en groupe du Nord et groupe du Sud. Dans un territoire pourtant restreint, il n'y a pas d'intercompréhension entre les deux groupes de langues. La région, autrefois appelée par les musulmans

Kâfiristân (« pays des païens »), a été convertie de force à l'islam par le roi Abdour Rahmân. Les Nouristanis sont de petits agriculteurs également éleveurs de chèvres et de vaches. Leurs traditions prémusulmanes sont pratiquement perdues, à l'opposé de ce qui se passe chez leurs cousins et voisins les Kalachs, qui vivent tout près, à l'est, de l'autre côté de la frontière, au Pakistan. Une grande proportion de Nouristanis s'est réfugiée dès le début de la répression (1978) au Pakistan tout proche. La province a repris son indépendance d'autrefois peu après le coup d'État communiste.

Les **Pachaïs** vivent au sud-ouest du Nouristan dans plusieurs vallées, dont celle du Laghmân. Ils sont environ 60 000 et sont issus d'un groupe darde, indo-aryen. En raison de leur isolement dans les montagnes, leur langue a évolué au cours des siècles en plusieurs dialectes bien différenciés, raison pour laquelle, aujourd'hui, les différents groupes pachaïs ne se comprennent pas entre eux. Leur littérature orale est très riche, faite de chants d'amour, ou de guerre, ou bien d'improvisations que les chanteurs se jettent en défi lors de joutes poétiques opposant une vallée à l'autre.

Les **Baloutches** occupent l'extrême sud-ouest de l'Afghanistan, les déserts du Nimrouz, dont le Dâcht-e Margo et le sud des provinces de l'Helmand et de Kandahâr. Ils étaient 200 000, particulièrement entre la rivière Farâh et le fleuve Helmand. Les Baloutches sont de langue iranienne ancienne, parlant un dialecte qui a préservé des caractères archaïques, appartenant au groupe nord-occidental des langues iraniennes. Originaires du nord de la mer Caspienne, ils étaient installés dès le xe siècle au Seistân, sur les trois frontières actuelles, entre l'Iran, l'Afghanistan et le Pakistan. Des groupes importants se sont sédentarisés autour d'Hérât et dans tout le nord de l'Afghanistan. Le plus souvent nomades, ils élèvent moutons et dromadaires, recherchant les points d'eau au milieu d'un paysage minéral, aride et torride. Leurs femmes tissent des tapis à fond sombre, noir ou bleu, radicalement différents de ceux d'autres régions. Les Baloutches d'Afghanistan ont conservé une organisation encore très marquée par tribus. Chassés par les bombardements soviétiques et les attaques des campements, la grande majorité d'entre eux a rejoint les camps du Pakistan, entre la zone des trois frontières et Quetta, où ils se trouvent en concurrence avec les Pachtouns du sud de l'Afghanistan, également réfugiés en masse. Reviendront-ils dans leurs territoires traditionnels ?

Les **Brâhouis** sont installés dans le sud-ouest de l'Afghanistan, de part et d'autre du fleuve Helmand et dans le sud du désert du Registân. Ils représentent les restes d'une très ancienne occupation pré-aryenne, parlant une langue dravidienne, apparentée aux anciennes langues de l'Inde du Sud, du Dekkan et du nord de Ceylan. Rois du désert, éleveurs nomades de dromadaires et de chèvres, ils ont pu survivre parce qu'ils savent creuser des puits très profonds, jusqu'à 60 mètres. Les chefs tribaux, les *sârdâr,* possèdent des dromadaires de course, les *chotor bâdi,* qui peuvent porter un homme plus de 70 kilomètres par jour à travers les dunes du désert. Les femmes tissent des *gilim*, tapisseries de laine à dessins géométriques. Presque tous les Brâhouis ont dû se réfugier au Pakistan, pour éviter bombardements et représailles soviétiques.

Des **Arabes qoreychs**, qui parlent encore l'arabe (quelque peu mélangé de mots persans) résident dans quatre villages de l'ancienne Bactriane, au nord de l'Afghanistan. Ils étaient environ 3 000 à 5 000. Descendants de la grande tribu des Qoreychs d'Arabie — la tribu du Prophète —, ils sont venus probablement de Syrie ou d'Iraq, en conquérants, avec Tamerlan qui venait de s'emparer de Bagdad (1358). Fiers de leur origine, qui ne leur vaut plus d'ailleurs aucun avantage ni aucune considération particulière, ils affectent de pratiquer l'islam dans sa pureté originelle et ne mêlent que rarement leur sang à celui d'autres ethnies. Arrivés en guerriers, les Arabes d'Afghanistan avaient reçu, en récompense de leurs services, des terres dans les régions conquises. Pasteurs d'origine, ils ont élevé des moutons. Aujourd'hui, ils n'ont plus grand-chose, car la richesse est devenue la terre irriguée. Ils n'ont que la steppe aride et sont pauvres. D'autres Arabes, qui ont oublié leur langue sémitique d'origine, ne parlent plus que le persan avec des mots empruntés aux langues turques de la région ; ils sont nombreux dans le nord de l'Afghanistan, de Cheberghân à Fayzâbâd. Éleveurs de moutons semi-nomades, ils ont assimilé les traditions turques, qu'ils ont mieux gardées que ne l'ont fait les Ouzbeks.

La principale communauté non musulmane était constituée par des **Hindous** et des **Sikhs** vivant dans les villes de l'est de l'Afghanistan, Kaboul, Djelâlâbâd, Khost, Kandahâr, Gardez et Koundouz. Leur nombre était estimé à une trentaine de milliers. Ils étaient commerçants et dominaient en particulier dans le textile et la droguerie, avec leurs propres quartiers, leurs lieux de culte. Beaucoup avaient la nationalité afghane, mais ils continuaient à pratiquer des langues indiennes. Ils tenaient le marché au change, en pleine capitale, le long de la rivière Kaboul. Les persécutions ont fini par les contraindre à l'exil. En avril 1994, il ne restait à Djelâlâbâd que cinq familles d'Hindous et entre 100 et 200 familles sikhs. Les *tâlebân* restaureront, à la grande fureur des Occidentaux, l'obligation du port de vêtements jaunes, comme au XIXe siècle, pour les Hindous.

Des **Juifs** (*yahoudi*) étaient présents, surtout à Hérât et à Kaboul, et également dans quelques villes du Nord. Des inscriptions hébraïques ont été retrouvées dans le Firouz Koh. Elles transcrivaient des phrases en persan (XIVe siècle ?). À la sortie sud d'Hérât existe encore un cimetière juif avec des tombes presque millénaires. À une époque plus récente, d'autres groupes sont venus de Machhad et de Boukhârâ. Cette communauté juive a prospéré en Afghanistan, où elle effectuait notamment le commerce des plantes médicinales. À Hérât, le quartier juif restait très important ; des étoiles de David sculptées sur le portail d'entrée signalaient leurs belles demeures. Dans les années 70, leur communauté a commencé à se restreindre, les jeunes, les spécialistes et les personnes éduquées partant pour Jérusalem. En 1980, ils étaient encore 300. Ils sont pratiquement tous partis pour Israël aujourd'hui. À Hérât, deux belles synagogues mériteraient d'être restaurées.

L'hôte, le messager de Dieu

En dépit de la diversité des ethnies, des langues, des coutumes, les Afghans sont unis par leur attachement à l'islam, leur volonté de vivre indépendants ; d'une région à l'autre, on retrouve des comportements identiques, qui mêlent tout à la fois l'humilité et la fierté, la susceptibilité et la générosité.

À l'exception des déserts du Sud, on n'est jamais seul en Afghanistan. Quelle que soit la vallée ou la steppe dans laquelle on se trouve, dans les endroits les plus reculés il y a toujours quelqu'un — un enfant, un berger, un paysan — pour vous adresser une salutation, un compliment, s'inquiéter de savoir qui vous êtes, ce que vous faites, d'où vous venez, où vous allez. On croise aussi des jeunes filles timides et effarouchées allant à une fontaine, ou bien une femme ployant sous un fagot. Parfois, on rencontre une caravane de chameaux bâtés, escortés par des hommes à cheval : une image venue du fond de l'histoire des steppes.

Couleurs des vêtements, yeux noirs profonds soulignés de khôl, têtes nobles et burinées. Sous les turbans multicolores, noblesse des gestes et vivacité des attitudes, nous sommes dans un monde soucieux de la tradition et de l'ordre, mais un monde vivant et en évolution. On saute d'un taxi conduit le pied au plancher, le coude dehors, pour se voir offrir dans un village de la montagne un plateau de noix ou de mûres sèches, présenté avec l'exquise dignité et retenue de l'hospitalité traditionnelle. En Afghanistan, l'homme est un homme, un individu et non pas un numéro. Arrivez quelque part, et vous serez observé. Selon votre comportement, vous serez accepté comme l'un des leurs, ou bien considéré avec indifférence ou avec un léger dédain à peine poli. C'est vous qui êtes là, en tant que personne, et non pas un quelconque anonyme.

L'homme, dans cette nature tantôt torride tantôt glaciale, n'est pas grand-chose, et il le sait. Tout le caractère de l'Afghan s'est formé au contact de cette nature qu'il observe avec admiration. Dur à ta tâche, travailleur minutieux, recommençant sans cesse les travaux de l'agriculture et de l'irrigation, courageux parce que sa survie est en jeu, mais aussi dur, impitoyable, tendu par le désir de conserver sa terre et ses troupeaux, querelleur quand il s'agit de défendre son bon droit et sa liberté. Ouvert vers les grands espaces, l'Afghan tient farouchement à sa terre et à son indépendance. Tout ce qu'il a, c'est grâce au travail acharné des générations de ses pères. Il le sait, ne veut rien perdre, veut le garder et l'étendre ; il se fera tuer pour le défendre, car, en cette terre de combats, la propriété privée est la valeur suprême. Âpre au gain, revendicatif, sur la défensive, maladivement jaloux de ce qu'il possède, de ses droits personnels et de son honneur, voilà cet Afghan qui peut se montrer extraordinairement généreux quand on l'accepte, quand on le respecte, quand il sait que l'on ne tentera pas de lui imposer une loi.

Recevoir un hôte est un honneur pour cet Afghan, car l'hôte est l'envoyé de Dieu ; devant l'invité respectueux des biens et des coutumes, l'Afghan se montrera sous son meilleur jour, attentionné, prodigue même. Ce que l'on a, on l'offre, car celui qui possède doit donner pour être reconnu partout comme un homme achevé et sûr de lui. C'est un pur, en harmonie avec la nature, Dieu et les hommes, sûr de sa place dans la société. Dans quel autre pays le paysan rencontré se nommera-t-il « terre », par exemple *Khâk Mohammed*, « Mohammed la poussière » ? L'homme n'est que terre dans l'immensité de ce cosmos créé par Dieu. Cette humilité cache pourtant un immense orgueil, mais un orgueil justifié car l'homme se sait en harmonie avec les éléments, en règle avec la société comme avec la nature.

Que ce soit dans sa maison ou dans son village,

l'homme cherchera à montrer qu'il craint Dieu et les hommes, soumis en même temps que fier de ce que ses ancêtres ont réalisé. Par les chemins et les pistes, ce sont des hommes que l'on rencontre, avec leur immense fierté et leur orgueil, avec leurs peines, leur labeur, leurs espoirs, leurs chants, leur vie, leur certitude d'être les vrais fidèles de la loi de Dieu.

Bercé durant toute son enfance par les psalmodies du saint Coran appris par cœur, chanté interminablement, l'Afghan garde la farouche conscience d'avoir conservé la vraie foi. Il s'habille comme le Prophète le faisait, du moins le croit-il : il porte la barbe des hommes sages, et sa tête est ceinte du turban, car la tête est le siège de l'Esprit, et c'est par cette tête que Dieu descend en l'homme. L'Afghan veut agir en et par Dieu, et il n'est pas bon de lui soutenir le contraire. Le Disciple, c'est lui. Fidèle et violent à la fois. La communauté idéale, il l'a déjà réalisée, du moins théoriquement. Les « barbes blanches » du village se réunissent à la mosquée, après la prière du vendredi, et débattent des affaires du village. Chacun défend âprement ses intérêts, mais après discussion, la raison l'emporte. Les anciens ont appelé la morale à leur secours et chacun cède une part de sa souveraineté pour le bien public. « Où est l'islam ? » entend-on partout, en toutes circonstances ; l'homme est égoïste et dissolu, mais, après réflexion, quand ses passions seront apaisées, il se ralliera à l'intérêt général.

L'Afghan fait partie d'une collectivité, il n'est jamais seul. Il est fils, père, époux. Il est surtout membre d'une communauté territoriale, paysan ou pasteur, et le bien commun doit finir par prévaloir.

L'homme veut être un « esclave » (*gholâm*) du Prophète ; et même avec ses vices de pouvoir et d'argent, il sait qu'il reste dans la main de Dieu.

L'ouvrier agricole est là pour travailler, mais au moins le contrat sera-t-il respecté. Le métayer garde une part trop faible de la récolte, mais il ne cherche pas à tricher. Il est admis à la table du maître, qui prend le même repas que ses employés, avec eux et en même temps qu'eux, même si chacun reste à sa place. Il n'y a pas ici l'attitude hautaine et méprisante d'autres propriétaires terriens, en d'autres pays, qui regardent leurs sujets de haut. Le pauvre est une créature de Dieu, à qui est dû un respect minimum. Dans beaucoup de régions d'Afghanistan, le propriétaire le plus riche du village ne possède guère que 10 hectares, ce qui est peu face aux normes occidentales. Il habite dans le village et concourt à faire vivre ceux qui ont eu moins de chance. Le riche doit redistribuer une partie de ses biens ; sinon il passe pour avare. Il doit donner régulièrement des fêtes et nourrir les gens du village. Il tient table ouverte, pour entretenir ses voisins comme ses hôtes. Partager la nourriture disponible est la justification de l'existence des propriétaires.

La petite communauté regroupée autour d'une mosquée de village établit un tour de garde. Chaque soir, à tour de rôle, c'est à un propriétaire différent que reviendra le coûteux honneur de nourrir les voyageurs qui se seront arrêtés dans la mosquée pour y dormir[1]. L'invité, l'hôte (*mehmân*) est sacré. Le voyageur reste un messager de Dieu, qu'il faut traiter en tant que tel. Il apporte les nouvelles de l'extérieur, il vient distraire les longues veillées. Il raconte ce qu'il a vu ailleurs, dans une autre vallée, dans un autre monde. Un enfant du maître de mai-

1. Les contes des *Mille et Une Nuits* en portent déjà le témoignage. On y voit un Abou Hassan attendre à l'entrée de Bagdad les voyageurs pour les inviter à souper et à passer la nuit chez lui (« Histoire du dormeur éveillé »).

son lave cérémonieusement les mains de l'invité avec l'eau versée d'une aiguière ; et l'on dispose devant lui la nappe de laine, sur laquelle seront offerts les plats que les femmes ont pu préparer, suivant la richesse de l'hôte, et suivant que l'invitation était prévue ou non. Le maître de maison, souvent, ne mange pas avec son invité : il reste debout, attentionné, pour prévenir ses besoins et ses désirs, pour aller chercher les mets à la maison des femmes.

L'invité ne reste jamais seul, car il pourrait avoir besoin de quelque chose. La nuit, les enfants du maître dorment à côté de lui, sur les matelas déroulés et les édredons étendus. Mais l'étranger restera toujours étranger, source possible de perturbation, élément inconnu tout près de cet espace clos qu'est la maison. Il doit rester discret, et ne pas outrepasser ses droits. Le respect dû à l'hôte est essentiel. Le visiteur ne doit pas le contredire, parler haut en sa présence. Il ne doit pas trahir l'hospitalité en s'opposant à lui devant les autres : les conflits se régleront dehors. L'invité doit en tout respecter l'honneur de son hôte, ne pas abuser de son intrusion dans la maison pour lui porter atteinte en quoi que ce soit. Susceptible et irascible, l'Afghan veut être respecté et reconnu.

Tels sont les Afghans, des durs au cœur tendre, indifférents à la douleur, et sensibles aux blessures du cœur et de l'amour-propre. Fiers, ils ne tolèrent pas la moindre atteinte à leur honneur. Ces durs ont toujours la peur de manquer, qui leur vient du fond des âges, des famines, des disettes et des massacres de l'histoire. Tout se fait avec démesure : on tient trop à son honneur ; on mange trop, parce que personne ne peut prévoir quand Dieu vous accordera un nouveau repas ; le thé est trop sucré, car le sucre est cher et boire un thé sirupeux donne la satisfaction de savoir, et de montrer, qu'on peut se le permettre. On a peur de manquer, alors on accumule.

Panique dès que le soir approche, car alors on risque d'arriver au village trop tard pour le repas servi à la tombée du soleil. La nuit fait encore peur, car elle est le temps des mauvaises rencontres et des fantômes. Dès que le coucher du soleil s'annonce, plus rien n'est possible, chacun veut rentrer chez soi.

Images d'un monde violent et attachant, où les conditions de vie sont si dures, le poids de l'histoire si pesant. Là, l'homme sait encore qu'il se trouve dans la main de Dieu, qu'il n'est que peu de chose sur terre, un peu de poussière...

CHAPITRE IV

LE POIDS DE L'ISLAM

L'Afghanistan a été progressivement converti à l'islam à partir du VIIe siècle. Sa partie occidentale, limitrophe de l'Iran, l'a sans doute été peu après les premières conquêtes arabes ; la partie orientale, au contraire, tenue par les « Kaboulchâhs », bouddhistes puis hindouistes, ne s'islamisera que très tard, à partir de 871 et avec les conquêtes ghaznévides entre 977 et 1018. L'actuel Nouristan, au nord-est de l'Afghanistan, ne sera islamisé qu'à la fin du XIXe siècle par l'émir Abdour Rahmân.

Les Afghans sont profondément religieux. Ils pensent sincèrement observer le mieux possible les anciennes prescriptions laissées par le Prophète Mohammed. Leur religion, la dernière révélée, complète selon eux et affine les autres religions révélées (judaïsme, christianisme). L'islam imprègne les esprits, marque tous les actes de la vie quotidienne et a été le ciment de la résistance au gouvernement communiste athée, d'abord, à l'invasion soviétique ensuite. Quant à la « greffe » imposée par les *tâlebân*, elle a été rejetée par la plupart, car les principes de vie que voulaient ces fondamentalistes allaient à l'encontre des traditions afghanes et des habitudes de la vie quotidienne.

Sunnites et chi'ites

« L'islam est essentiellement, pour ceux qui le professent, la soumission (*taslîm*) à Dieu et l'imitation (*taqlîd*) du prophète Mohammad, ainsi que le proclame la profession de foi (*chahâda*) qui fait entrer dans la communauté des croyants : « *Il n'y a d'autre dieu que Dieu et Mohammad est l'envoyé de Dieu.* » Il consiste, en d'autres termes, dans l'acception totale du Coran que Dieu a fait "descendre" à son Prophète et dans la *Sunna* de ce Prophète, c'est-à-dire dans son comportement comme le révèlent ses paroles et ses actes[1]. »

Cinq obligations rituelles en découlent : les prières quotidiennes, au nombre de cinq, le respect du jeûne du mois de ramadân, l'obligation de l'aumône (*zakâ't*), la *djihâd* (« guerre sainte ») et le pèlerinage à La Mecque (*hadj*).

Les cinq prières de la journée rythment la vie du musulman. Le vendredi, la grande prière du milieu de la journée à la mosquée est l'occasion pour tout le village de se retrouver. Les hommes s'attardent après la prière et discutent des affaires du village. Dans les villes, les fidèles, suivant leurs moyens, donnent quelques piécettes aux mendiants. La religion ici est affaire collective et renforce l'unité.

La *djihâd*, contrairement à ce que l'on pense généralement, n'est pas seulement la « guerre sainte », obligatoire pour tout musulman lorsque la communauté musulmane est menacée. C'est aussi un effort personnel pour aller vers Dieu, pour s'amender, pour mettre sa vie et ses actes en conformité avec les préceptes divins.

1. Henri Laoust, *op. cit.*, p. 383.

Quant au pèlerinage à La Mecque, dont le coût est inaccessible à la plupart des Afghans [1], ce n'est pas à proprement parler une obligation, mais il reste le rêve de tout musulman pieux. Tout homme qui ne serait pas en mesure de laisser à sa famille les moyens de subsister pendant six mois en est automatiquement dispensé. Le départ et le retour de ceux qui ont la chance de pouvoir effectuer le voyage est un événement familial, voire villageois. À son retour, le pèlerin est paré du titre de *hadji*, qui inspire respect et envie ; le *hadji* est toujours traité avec déférence par sa famille, ses amis et ses connaissances.

Les mollahs ont reçu une éducation élémentaire dans le cadre d'une mosquée, après quoi il ont étudié sous l'autorité d'un « maître » qui leur décerne, lorsqu'il les estime suffisamment instruits, une « autorisation » leur conférant la qualité de mollah. Dans un village, le mollah administre la mosquée, conduit la prière du vendredi, participe à toutes les cérémonies familiales où son office est requis. Il est aussi maître d'école (si le village dispose d'un instituteur, le mollah se contente d'enseigner les prières et quelques versets du Coran aux enfants), juge de paix pour les cas mineurs, guérisseur. Il participe à l'assemblée des « barbes blanches » (*rich-e safid*) — le conseil des anciens. Ses avis sont écoutés, c'est un personnage clé, une autorité morale considérable dans le village dont il est souvent issu.

Les *oulâmâ* (terme arabe, ou *maolawi*, mot persan) ont effectué, dans la majeure partie des cas, un cursus beaucoup plus complet, dans le cadre d'une *madrassa* appartenant le plus souvent au réseau de Déoband, voire à El-Azhar, au Caire. Ils y reçoivent,

1. Aujourd'hui, de l'ordre de 1 500 à 2 000 euros (10 000 à 15 000 francs environ).

en arabe, l'enseignement islamique le plus orthodoxe. La qualité de *'alîm* leur est reconnue à la fin de leurs études qui durent neuf ans. Tant qu'ils étaient seuls à disposer d'une instruction suffisante, ils ont fait partie de l'appareil judiciaire. Les choses ont commencé à changer quand sont fondées, en 1938, la faculté de droit et, en 1951, la faculté de théologie où les enseignants étaient de plus en plus issus d'El-Azhar, commencèrent à assurer la formation des magistrats et des juristes, et que les gouvernements successifs firent évoluer la législation. Dans les années 60, les derniers *oulâmâ* « déobandis » quittèrent l'enseignement et la magistrature.

L'immense majorité des Afghans est attachée au rite sunnite ; 15 % d'entre eux sont pourtant chi'ites. La rivalité, sinon la haine tenace, qui oppose sunnites et chi'ites remonte aux problèmes de la succession de 'Alî, quatrième calife, gendre et cousin du Prophète, assassiné par un khâredjite à Koufa en 661. Mo'âwiya s'était proclamé calife et avait obtenu, par la suite, que Hasan, fils de 'Alî, renonce à ses droits en sa faveur. À la mort de Hasan, son frère, Hossein, refuse de reconnaître Mo'âwiya. À Kerbelâ, le 10 octobre 680 (10 moharram 61 de l'Hégire), des troupes du calife Yazîd, successeur de Mo'âwiya, mort la même année, rencontrent un groupe armé à la tête duquel se trouve Hossein. Celui-ci est tué dans le combat, et son frère Abbâs et d'autres membres de leur famille sont exécutés. Pour les chi'ites (de *Chi'at-e 'Alî*, « le parti de 'Alî »), l'assassinat des petits-fils du Prophète est un acte inqualifiable, et, depuis toujours, l'un des moments les plus importants du rituel religieux chi'ite est la célébration de l'anniversaire du 10 moharram.

Pour les chi'ites, les imâms, dans la lignée de 'Alî, poursuivent l'œuvre du Prophète ; ils sont réputés infaillibles, seuls gardiens et interprètes autorisés des textes coraniques ; les duodécimains en reconnaissent douze, les septimaniens (ou ismaéliens, du nom du septième imâm, Ismâël) sept. En matière de théologie, des différences notables opposent chi'ites et sunnites. Les chi'ites considèrent que si le Coran a un sens apparent, il a aussi un sens caché (*bâtin*), que chacun doit s'efforcer de le découvrir par un effort personnel et par la méditation. Dans le domaine du droit, contrairement aux sunnites, qui pratiquent un raisonnement analogique (*qiyâs*), les chi'ites donnent leur préférence à une méthode plus évolutive (*'aql*) faisant appel à l'interprétation personnelle du Coran et des *ahâdîth*. Enfin, ils attendent le retour de l'« imâm caché », le *mahdî*, issu de la famille du Prophète, qui réapparaîtra pour annoncer l'instauration d'un ordre de justice, préludant au Jugement dernier.

En Afghanistan, l'ethnie hazâra adhère en totalité au chi'isme, raison pour laquelle, en dehors de leur province, on trouve d'importants foyers chi'ites parmi les communautés hazâras installées à Mazâr-e Charîf et à Kaboul. Les Qizilbâchs (« têtes rouges », par référence au bonnet qu'ils avaient coutume de porter), Turcs descendant des troupes du conquérant persan Nâder Châh, sont également chi'ites. Ils forment de petites communautés, dans la capitale ainsi qu'à Hérât. Les chi'ites septimaniens, ou ismaéliens, quant à eux, sont très minoritaires ; ils ne sont guère représentés que parmi quelques groupes tadjiks des Pâmirs afghans et dans la région de Doâb.

Une vision particulière de l'islam

Au-delà des rites traditionnels de l'islam, qu'ils respectent scrupuleusement, les Afghans sont attachés à un certain nombre de pratiques, de coutumes, que les *tâlebân*, à partir de 1994, interdiront au nom de leur orthodoxie fondamentaliste. Ce sera l'une des causes de leur rejet progressif par une grande partie de la population.

À côté des grandes fêtes traditionnelles que l'on retrouve dans tout le monde islamique, chaque ville possède un lieu de pèlerinage, en général la tombe d'un saint homme, où les femmes et les hommes, séparément, peuvent venir trouver assistance dans la prière et rompre la monotonie des jours. Ainsi se perpétue le culte de disparus dont on a souvent oublié les faits et gestes. Les monuments funéraires, ou *zyârat*, sont parfois décorés dans le nord de l'Afghanistan de cornes de bélier ou de mouflon, symbole de force ; à Hérât, on y trouve aussi des fers à cheval cloués sur la porte d'entrée de ces mausolées. À Kaboul, Ghazni, Hérât, particulièrement dans l'enceinte des lieux de pèlerinage réputés, existent de nombreuses tombes garnies à la tête et aux pieds d'une stèle de marbre, où sont inscrits le nom du mort et des sourates du Coran. Il n'est pas rare que certaines sources ou points d'eau soient appelés *zyarât*. Ils deviennent dès lors « intouchables » et personne n'osera les capter ou en détourner le cours ; la source restera ainsi la propriété de tous.

Dans le Sud, ces lieux de pèlerinage sont signalés par un grand nombre d'oriflammes au sommet de grands piquets, quelquefois surmontés d'une main de métal. On y vient implorer le saint, on lui demande une faveur. Dans ce cas, on laisse accroché en ex-voto un chiffon aux branches d'un des arbres qui poussent près de la tombe. Quelquefois, comme à Bamyân, on considère qu'une écharde d'un de ces arbres, ou même la poussière des pierres qui entourent la tombe, possèdent des vertus d'exorcisme, le pouvoir de guérir certaines maladies.

Aujourd'hui, se dressent de façon obsédante, par tout le pays, des grands mâts garnis d'oriflammes multicolores. Ces mâts de la grâce signalent la tombe d'un martyr, mort au combat, qui repose maintenant, apaisé, dans le paradis de Dieu. Les passants n'omettent jamais une prière pour le repos du saint défunt.

À Kandahâr, le sanctuaire Kherga-e Charîf, ou Kherga-e Mobârak (près du tombeau d'Ahmad Châh, mort en 1773), contient un manteau saint, supposé avoir appartenu au Prophète. C'est ce manteau dont s'est revêtu le mollah Omar le 4 avril 1996, lorsqu'il fut proclamé *âmîr al-mo'minîn*. Avant l'arrivée des *tâlebân*, les femmes fréquentaient ce mausolée les jeudi matin. À Andkhoy, les femmes se rendent au sanctuaire de Châh-e Mardan le mercredi, durant les quarante premiers jours de l'année (début du printemps). À celui de Khodjâ Sâhib, à Aqtcha, les femmes viennent le jour de la fin du jeûne, et celui de la fête du sacrifice.

En Afghanistan, diverses légendes se rapportent à 'Alî. L'une elles, que l'on ne s'étonnera pas de trouver dans une région acquise au chi'isme, lui attribue la construction d'une série de barrages qui aboutit à former les célèbres lacs suspendus de Band-e Âmîr[1] dans le Hazâradjât. À la suite de ce « miracle », qui rappelle les travaux d'Hercule, le roi Zoulfikar, « ado-

1. Littéralement, « le barrage de l'émir ». Dans un paysage montagneux, à peu près désertique, ces successions de lacs, à l'eau d'un bleu profond contrastant avec les sols ocre ou rougeâtres, constituent un ensemble d'une beauté stupéfiante. La légende de l'origine de ces « barrages » a été recueillie par Ria Hackin et Ahmad 'Alî Kohzâd avant 1940, et publiée dans *Légendes et coutumes d'Afghanistan*, PUF, 1953.

rateur du feu », qui aurait alors régné sur Balkh et sur Bamyân, se serait converti à l'islam. À Band-e Âmîr, une petite mosquée avait été édifiée sur les lieux mêmes où 'Alî aurait prié.

La mosquée de Mazâr-e Charîf est réputée abriter le tombeau de 'Alî. Une chronique rapporte en effet qu'en 1480, l'on découvrit « dans un village, à trois farsakhs de Balkh, nommé Khadjeh Khaïr Khâna », une stèle sur laquelle était gravée l'inscription suivante : « Ce tombeau est celui du lion de Dieu, 'Alî, le saint de Dieu, compagnon du Prophète. » On y construisit aussitôt une mosquée, qui devait donner naissance à la ville de Mazâr-e Charîf (« le tombeau du Charîf », *i.e.* 'Alî). Ce mausolée est l'objet d'une grande vénération de la part des Afghans chi'ites, mais aussi sunnites. Chaque année, le jour du nouvel an (*Nâo rouz*), le 21 mars, une foule considérable s'y retrouvait, à l'occasion d'une fête dévote et pittoresque[1]. La guerre, puis les interdictions des *tâlebân* ont interrompu cette fête coutumière. Elle a repris le 21 mars 2002.

Les rites funéraires en Afghanistan trouvent leurs sources dans un lointain passé. Les tombes des défunts peuvent être très simples, un monticule de terre garni d'une pierre dressée à l'emplacement de la tête. Les tombes d'hommes sont marquées par une pierre dressée, celles des femmes par une pierre couchée. Mais il existe aussi une architecture funéraire, faite de briques recouvertes de torchis. Une plate-forme rectangulaire supporte une construction allongée, qui se termine à la tête en une

1. La fête de l'« élévation du mât » (*djanda bâlâ kardân*). Un mât comportant un drapeau est hissé devant la foule. Chacun essaie de s'en approcher, de les toucher pour bénéficier des bénédictions de Dieu, et l'on se procure des étoffes préalablement frottées sur ce mât.

façade carrée, creusée d'une ou trois niches où l'on place une lampe à huile que l'on allume en l'honneur du mort en récitant une prière. Quelquefois, l'emplacement du corps est entouré d'un mur, avec une façade triangulaire à la tête, garnie de niches. Autrefois, dans le nord de l'Afghanistan, les tombes se présentaient comme des monticules de terre sur lesquels se trouvait fichée une perche, en haut de laquelle on attachait des tissus de couleur. Ces hauts tertres prolongeaient la tradition des monticules funéraires, *qurghân* (en particulier des anciens Scythes) où les chefs étaient enterrés avec chevaux et serviteurs. Du côté de Poul-e Khumri, dans le Nord, on peut encore rencontrer l'ancienne coutume de l'Asie centrale qui consiste à placer le berceau de l'enfant mort sur sa tombe, ou d'enterrer le berceau avec le petit mort, le sommet du berceau dépassant de terre. Dans l'immédiat nord de Kaboul et près de Tchagha Saraï, à l'est, se trouvent encore des tombes entourées d'une grille de bois, ou ornées d'un coffrage de bois sculpté à dessins de rosaces, tout comme les poteaux à la tête et aux pieds. La coutume de placer le mort dans une niche latérale recreusée au flanc de la fosse est une survivance de rituels disparus que les archéologues, tel J.-F. Jarrige, ont retrouvée dans des tombes préhistoriques du Pakistan.

Deux fêtes collectives sont particulièrement importantes. La fête du sacrifice pour les sunnites, l'*achoura* pour les chi'ites.

Le *Aïd-e qorbân* [1], fête du sacrifice, qui commémore le geste d'Abraham prêt à sacrifier son fils (Ismâël selon la tradition orientale) pour obéir à la volonté de Dieu, est l'occasion de rassembler toute

1. Appelée dans les pays arabes *Aïd el-Kebir*.

la communauté pour un repas de mouton pris en commun. Ceux qui le peuvent achètent un mouton, le sacrifient et le partagent le soir entre les membres de leur famille et tous les voisins qui entrent dans la maison. Ce geste annuel est l'occasion de réaffirmer l'unité du groupe et d'honorer les morts : on réserve la part des morts de la famille pour les associer aux vivants. Le matin, après la prière à la mosquée, où les hommes se rendent vêtus de vêtements neufs, la paume de la main teinte au henné de rouge (couleur de fertilité), on se partage des beignets frits. Puis les vieux, les notables, les lettrés, les *hadji* vont visiter les maisons des morts de l'année : après la bénédiction, ils récitent un texte du Coran en l'honneur du mort. L'après-midi, les femmes se rendent au cimetière du village. Elles restent jusqu'au soir, à manger, à se divertir entre amies. Il y a des musiciens et des colporteurs qui proposent leurs marchandises à l'entrée. La fête dure trois jours, à se rendre visite en famille, à réciter des prières pour les morts. À Kandahâr, ce jour-là, 10 000 personnes se rendaient dans le désert pour prier, car elles ne trouvaient plus de place dans la mosquée.

Les musulmans chiites célèbrent, durant le mois lunaire de moharram, l'*achoura*, la commémoration de l'assassinat d'Hossein. Les neuf premiers jours, les fidèles s'assemblent à Kaboul, Poul-e Khoumri, Mazâr-e Charîf, Sar-e Poul, dans les *takia khâna*, lieux de prière, pour y écouter des prêches et réciter des litanies. Des prédicateurs se rendent dans les villages pour y réciter en pleurant la geste tragique de la mort de Hossein, percé de flèches par les troupes du gouverneur de Bassorah, sur ordre du calife Yazîd. Le dixième jour est celui de l'*achoura*. Les fidèles se réunissent pour écouter à nouveau la narration bouleversante. Au comble de l'émotion et de la douleur, certains hommes et jeunes gens se frappent la poitrine nue de la main droite, de plus en plus fort. D'autres se saisissent d'une discipline de chaînes de fer avec laquelle ils se frappent en cadence ; sur certaines sont attachés des couteaux effilés qui lacèrent les crânes et les dos. Selon la bonne volonté des gouverneurs, une procession dans les rues peut être autorisée, comme à Mazâr-e Charîf ou Kaboul : les hommes défilent en pleurant et en se lamentant, derrière les bannières et les étendards noirs du deuil. Chez les sunnites, l'*achoura* est simplement un jour de recueillement et de deuil ; les femmes se rendent sur les tombes de leur famille.

Un autre aspect original de l'islam afghan est l'existence de confréries soufies. On pourrait définir le soufisme comme l'ensemble des efforts personnels pour aboutir à la connaissance de Dieu et à l'accomplissement de soi dans l'œuvre divine. Le soufisme est tourné vers la contemplation, la recherche des « voies vers Dieu » et l'extase mystique. Les soufis se regroupent en confréries qui ont leurs rites particuliers. La recherche des soufis a souvent été mise en accusation par les purs sunnites qui leur reprochaient de détourner la révélation coranique en y recherchant un sens caché.

Tel n'est pas le cas en Afghanistan, où les soufis, qui exercent le plus souvent une activité professionnelle, sont parfaitement intégrés à la société : « Incarné essentiellement par trois ordres (*Naqchbandîya, Qâderîya, Tchechtîya*, par ordre d'importance), le soufisme est très vivace dans la société afghane et touche surtout les classes moyennes des villes et des bourgs, particulièrement dans la région de Kaboul, au nord du pays, et surtout dans la province de Hérât. Un certain nombre d'intellectuels et de hauts fonctionnaires en étaient des membres discrets mais fervents. En Afghanistan, contrairement à beaucoup d'autres pays musulmans, les *oulâma* ne manifestaient pas d'hostilité à l'égard du soufisme[1] », dont certains leaders ont toujours été considérés comme des maîtres (comme par exemple Hazrat-e Tchâhâr Bâzâr).

La résistance afghane au pouvoir communiste a vu s'engager les confréries soufies à ses côtés. Pir Ahmad Gailani, chef de la Qâderîya, a fondé le mouvement Mahaz-e Melli pachtoun et royaliste. La *Naqchbandîya*, traditionnellement attachée à la famille Modjaddedi, a été particulièrement atteinte par les représailles. Déjà dans les années 50, Daoud avait emprisonné son représentant le plus éminent. En 1978, la famille Modjaddedi a été massacrée par les communistes : 200 membres de la famille ont été ainsi sommairement et secrètement exécutés. La *Tchechtîya*, enfin, dans la région de Hérât et de Tchecht-e Charîf a joué son rôle dans la résistance. De nombreux soufis se sont également engagés dans la *Djamî'at-e islâmi*.

Le statut traditionnel des femmes

Évoquer la condition des femmes en Afghanistan nécessite quelques préalables. Il importe d'abord de ne pas confondre la société rurale traditionnelle, à laquelle on assimilera la majorité des familles citadines, avec une frange beaucoup plus étroite de la population, éduquée, ayant souvent vécu à l'étranger, et appartenant à des catégories sociales généralement aisées. Ensuite, de ne pas aborder ce pro-

1. Olivier Roy, *Afghanistan. Islam et modernité politique*, Le Seuil, 1985. (L'ouvrage le plus complet sur le sujet.)

blème avec des références et des yeux d'Occidentaux, mais du point de vue d'une société archaïque, attachée à ses traditions et coutumes, brisée par un quart de siècle de conflits qui ont abouti, entre autres, à une singulière régression de la condition des femmes.

Après les échecs des réformes du roi Amânoullâh en faveur de l'émancipation des femmes, la nouvelle monarchie a fait preuve de prudence. Ce n'est qu'en 1959 que le roi Zâher Châh, lors du 40e anniversaire de l'indépendance, a manifesté son libéralisme en promulguant un décret rendant facultatif le port du *tchâderi*. À partir des années 60, la monarchie a favorisé prudemment, mais sans ambiguïté, l'éducation des jeunes filles, dans le cadre des écoles primaires, des lycées, d'où elles sortaient, bruissantes, à visage découvert, la tête recouverte d'une légère écharpe blanche. En 1965, pour la première fois, une femme, Mme Kobra Nourzaï, se voyait confier un portefeuille ministériel dans le gouvernement Maïwandwâl. À l'université, les jeunes filles formaient environ un tiers des effectifs au début des années 70. Elles accédaient relativement facilement à diverses activités professionnelles, dans l'enseignement, la fonction publique, la santé, etc. En outre, diverses institutions, comme l'Institut des femmes afghanes, permettaient à des femmes adultes de se perfectionner dans diverses métiers artisanaux, ou de s'initier à la prévention des maladies infantiles. Les mariages étaient de plus en plus souvent librement choisis, du moins dans les villes. L'évolution était sensible, mais limitée principalement à la capitale.

En voulant précipiter le mouvement d'émancipation des femmes, les communistes, à partir de 1978, ont accumulé les erreurs, aussi bien à Kaboul, où la grande majorité de la population, hommes et femmes, contrainte de se taire, se montrait choquée de voir des jeunes filles ou des jeunes femmes en minijupes qui n'étaient pas loin de passer pour des prostituées... Quant à la réforme des coutumes ancestrales se rattachant au mariage (limitation des dépenses pour les cérémonies, suppression de la dot ou « compensation matrimoniale », etc.), ainsi que l'obligation faite dans les campagnes aux jeunes filles d'assister à des cours d'alphabétisation, ou plutôt d'endoctrinement, en compagnie d'hommes mûrs ou franchement âgés, elles ont été très mal perçues.

Le haut prix demandé par les pères pour la « compensation matrimoniale » avant de céder leur fille représentait une lourde charge. Les familles s'endettaient plus de dix ans pour marier leur garçon. Ou bien les jeunes gens partaient quatre ou cinq ans dans la capitale, en Iran ou dans les pays du Golfe, afin de réunir la somme nécessaire à leur mariage. Cette « compensation matrimoniale » a été réduite à 300 afghanis (à l'époque l'équivalent d'à peine cinq euros) par un décret pris par le gouvernement communiste le 17 octobre 1978, afin d'« assurer les droits démocratiques des femmes ». La nouvelle, annoncée à la radio, s'est alors répandue comme une traînée de poudre dans toutes les provinces d'Afghanistan. « Les femmes sont désormais gratuites ! » répétait-on partout... Les hommes ont réagi très vivement. Ils ont considéré que le prix de 300 afghanis — autant dire rien — constituait une insulte à leurs femmes et à leurs filles. Ils ont compris ces mesures comme une dévalorisation du statut des femmes. Les femmes ne seraient plus considérées ni respectées. N'importe qui pouvait désormais faire des promesses à une femme ou à ses parents, l'épouser puis s'en débarrasser ensuite au gré de sa fantaisie, la laissant sans ressources.

On ne peut sous-estimer l'impact de cette réforme sur la prise de conscience de la paysannerie rurale contre le nouveau régime communiste révolutionnaire afghan. 300 Afghanis, nous dit-on à Ghazni, «*yek do kilo-e goucht na micha !*» («Cela ne fait pas un ou deux kilos de viande !»...). «C'est à ce moment, nous dit-on, que les gens ont compris le danger des réformes imposées, à quel point les activités des révolutionnaires étaient mauvaises. C'est là que tout le monde a compris que le nouveau gouvernement était fou !»

L'institution de la compensation matrimoniale était perçue, en Afghanistan, comme la reconnaissance de l'importance des femmes. C'était, pour un paysan, montrer de la considération et du respect envers sa fille et envers soi-même, que de ne pas vouloir la donner pour rien à n'importe qui, sans que son avenir soit assuré. Dans cette société traditionnelle, le gouvernement pouvait limiter le montant de la dot et celui des frais de prestige, comme les grandes réceptions à l'occasion des mariages. Mais non pas toucher au douaire, *mahr* en Afghanistan, ce qui signifiait abaisser le statut de la femme en lui ôtant tout recours contre le possible arbitraire ou la mauvaise foi de son époux. Selon les lois de l'islam, ce douaire appartient à la jeune femme, quoi qu'il arrive, même en cas de divorce ou de veuvage. La femme veuve ou abandonnée ne se retrouve pas sans rien. Il lui reste une certaine sécurité financière, donc une indépendance reconnue par la société.

En réaction contre ces tentatives «révolutionnaires» de réformes inconsidérées, les paysans, par réaction, exigeaient désormais des sommes démesurées pour marier leurs filles. La compensation matrimoniale demandée s'est multipliée par six ou sept, passant souvent à l'équivalent de deux ans d'un bon salaire. Certains commandants de la résistance ont tenté d'inciter les pères à revenir aux traditions d'avant la guerre. Mais ceux-ci supportent mal l'intrusion d'une autorité, quelle qu'elle soit, dans leurs affaires privées. Dans le camp de la résistance, seul le commandant Ahmad Châh Massoud avait pu, semble-t-il, imposer dans son fief du Pandjchir une réduction drastique du prix de la fiancée.

D'autres partis de la résistance, tel le Hezb-e Islami de Goulbouddîn Hekmatyâr, se montraient réticents, sinon hostiles, à toute entreprise d'émancipation des femmes et des jeunes filles. Jusqu'en 1996, à Kaboul, les jeunes filles étaient cependant en majorité à l'université, les garçons étant engagés dans les combats ou réfugiés à l'étranger. Mais que valait cette université, en pleine guerre civile, tantôt fermée, tantôt bombardée ? Lors de féroces affrontements entre factions dans Kaboul et dans les quartiers périphériques, de nombreuses femmes, notamment hazâras, seront violées par des *modjaheddîn* d'une ethnie opposée...

Part la suite, l'aversion occidentale à l'égard du régime des *tâlebân* a laissé supposer qu'ils avaient, d'un seul coup, imposé le port du voile intégral, du *tchâderi* (appelé *burqa* par les Pakistanais), à toutes les femmes. Certes. Mais l'immense majorité des femmes afghanes portait habituellement le voile en public. Il y avait pire : l'aspect le plus rétrograde, le plus inadmissible de l'« ordre » imposé par les *tâlebân,* c'était leur conception même du rôle des femmes dans la société. Ils les ont privées de tout, des droits les plus élémentaires de la personne humaine.

Aujourd'hui, il faut apprécier les choses avec

nuance. Des femmes, notamment à Kaboul, souhaitent s'affirmer, s'affranchir du *tchâderi* ; elles ont raison, mais elles ne seront que tolérées. D'autres, par tradition, par pudeur, et aussi, ce que l'on comprend mal en Occident, pour préserver leur anonymat dans leurs promenades ou leurs courses dans les bazars, conserveront cette habitude, ce qui ne signifie pas pour autant qu'elles soient « soumises ». L'actuel gouvernement afghan a nettement précisé ses intentions en faveur des jeunes filles et des femmes. Les Occidentaux seraient bien inspirés de ne pas prôner une *révolution* en ce domaine, mais de laisser faire, ou de faciliter une *évolution*. Quant aux femmes des provinces et des campagnes, qu'on le déplore ou non, leur statut traditionnel[1], subsistera longtemps encore.

À la campagne, les femmes travaillent dur. Mais quel peut être le sort d'une femme d'un pays du tiers monde, agricole et pauvre ? Les paysannes, partout, sont contraintes de travailler de l'aube au crépuscule, dans des conditions souvent pénibles. « Dans la communauté pachtoune [...] la condition féminine est particulièrement dure [...]. Dans un tel environnement, virilisé à l'extrême, pieux et fanatique à sa façon, la femme subit une double oppression, physique et morale », commentait le doyen Madjrouh[2].

1. « Employez vos richesses à vous procurer des épouses chastes et vertueuses. Évitez la débauche. Donnez à celles dont vous avez joui la dot promise, suivant la loi [...] Les hommes ont autorité sur les femmes, du fait qu'Allah a préféré certains d'entre vous à d'autres [...]. Celles dont vous craignez l'indocilité, admonestez-les, reléguez-les dans les lieux où elles couchent, frappez-les ! Si elles vous obéissent, ne cherchez plus contre elles de voie [de contrainte]. Si vous établissez la concorde et si vous êtes pieux, Allah le saura » (Coran, IV, 28, 38, 127).

2. Sayyed Bahouddîn Madjrouh, *Le suicide et le chant*, Les Cahiers des Brisants, 1988, p. 16.

Les maris sont quelquefois absents, ou bien violents. Ce qui se passe à l'intérieur de la maison ne regarde personne, aucune autorité ; et parfois, certains hommes abusent de leur position dominante, traitant les femmes comme des êtres à leur service exclusif.

Des femmes travaillant dans les champs, sous le soleil ardent, constituent un spectacle peu fréquent en Afghanistan. Seules celles du Nouristan, et dans certaines régions du Centre et du Nord, doivent s'acquitter des travaux agricoles de plein air. Les femmes restent plutôt à la maison ; ce sont des ménagères, des mères de famille, à qui sont confiées l'éducation des enfants et les tâches domestiques. Levées à l'aube, les femmes des campagnes vont chercher l'eau au puits collectif, au bassin ou à la rivière. Elles reviennent cuire le pain sur une plaque de fer posée sur le feu de buissons, ou dans le *tandour,* le four semi-enterré, sur les parois duquel elles plaquent les fines galettes de farine non levée. Elles préparent le thé du matin pour les maîtres et les travailleurs. Le jour, le soin des animaux de la ferme est leur domaine ; elles nourrissent les bêtes, traient les vaches, transforment le lait en yaourt qui, suspendu dans une toile fine pour laisser s'égoutter le petit-lait, donnera les fromages séchés. Elles préparent les repas et tiennent en ordre la maison. L'après-midi, les tâches ménagères terminées, elles continuent de travailler ; dans le Nord, elles nouent les tapis, tissent les *gilim* (tapisseries de laine). Dans le Sud, elles brodent les bonnets et les chemises blanches, qu'elles iront vendre au marché elles-mêmes si elles sont pauvres, ou qu'elles confieront à un garçon si elles sont plus aisées. Le soir, à la lampe, elles seront encore là, entre elles, à permettre que la vie tourne.

Entre femmes, les rires et les plaisanteries fusent. Entre soi, plus de retenue, une grande complicité réunit souvent les femmes, dans la gaieté. Entre elles, les femmes sont le plus souvent solidaires contre l'étranger maladroit : l'homme. Aimé, désiré ou subi avec plus ou moins de patience, l'homme reste un étranger à ce monde. Dans la maison des femmes, il ne fait que passer, il est juste toléré. Debout à l'aube pour ses prières, il n'est pas toujours le bienvenu avant le soir dans les quartiers secrets.

Les Afghans parlent pourtant de leur « maison » avec ravissement. Parti trop longtemps de chez lui, un vrai Afghan se lamente et s'étiole, Dans ses yeux, des lueurs de nostalgie, un manque, une tendresse profonde qui n'ose s'avouer. Plaisanteries inlassables et secrètes entre hommes qui se connaissent bien : « Il s'ennuie de sa femme », lance-t-on entre intimes, à l'adresse d'un homme dont le regard, le soir, se voile de tristesse.

Soi-disant dominateur, l'homme afghan est dominé. Doit-il partir en voyage ? Il va demander discrètement la permission « à la maison ». Et il n'oublie jamais de rapporter un cadeau de ses séjours ailleurs. Offrez une montre dorée à un Afghan, il vous dira : « Je te remercie de me donner ce cadeau pour ma mère », mais chacun sait bien à qui il est destiné. Les jeunes gens rougissent, deviennent gauches et timides quand ils vont retrouver leur jeune femme. Un cœur tendre derrière une image farouche.

Dans la vie de tous les jours, c'est bien souvent la mère qui gère l'argent du foyer. La mère, respectée, serre les billets dans ses coffres, et ne les redistribuera que parcimonieusement au mari, et contre justification. Les femmes se gardent leur petit trésor, le produit de ce qui sort de leur maison, lait, fromages, broderies, tapis et tapisseries. Elles conservent par-devers elles le produit des ventes et thésaurisent souvent sous forme de bijoux (autrefois en argent, maintenant, et comme partout, de préférence en or). Sécurité pour l'avenir et l'inconnu, les bijoux des femmes afghanes font leur bonheur. Gestionnaires habiles, elles ne sont pas démunies devant le malheur qui peut toujours frapper. « L'attitude décidée des femmes suggère le pouvoir et l'importance qu'elles peuvent détenir », résumait une doctoresse française.

La polygamie existe en Afghanistan[1], bien qu'elle ne soit pas courante partout. L'usage n'est pas de répudier les femmes. Elles restent à la maison, dans la grande famille. Nos divorces à répétition choquent les Afghans : « Chez nous, disent-ils, quelles que soient les difficultés de la vie, nous ne nous séparons jamais de notre femme. » Simplement, il arrive qu'un homme mûr soit attiré par quelque jeunesse et obtienne le consentement de sa femme pour l'épouser. La première femme ne voit pas toujours d'un mauvais œil la venue d'une co-épouse dans son foyer. Les fêtes seront prétexte à distractions. Mais surtout, la nouvelle venue représente une aide appréciable dans la tenue du ménage, d'autant que, devant une femme mûre à laquelle elle doit le respect, la nouvelle épousée doit se charger plus que sa part des travaux les plus durs, comme la cuisson du pain qui oblige à passer le bras dans le four brûlant dès l'aurore.

La stérilité est aussi une cause fréquente de deuxième mariage. L'honneur de l'homme interdit de penser qu'il puisse être incapable de tenir son

1. « N'épousez que deux, trois ou quatre femmes. Choisissez celles qui vous auront plu. Si vous craignez de ne pas être équitable, n'en prenez qu'une [...]. Donnez-leur la dot dont vous serez convenus » (Coran, IV, 3).

rôle : « Le motif de consultation le plus important, après les problèmes d'ordre général, était la plainte de stérilité. Dans un couple sans enfant, c'est la femme qui est tenue responsable de la stérilité. Elle peut alors être répudiée, ou bien l'homme est en droit de prendre une seconde épouse. La stérilité est un véritable drame dans la vie de ces femmes[1] ».

La prospérité d'une famille se mesure au nombre de ses enfants, qui fourniront des bras pour les gros travaux. Une nouvelle femme représente la possibilité de nouveaux enfants qui prendront soin des personnes âgées, le moment venu. C'est pour cela qu'une famille réclame beaucoup d'enfants : pour la sécurité des vieux jours, pour le travail de l'agriculture, et pour étendre le réseau de connaissances et de relations.

Les femmes doivent respecter les traditions de retenue et de pudeur. Elles ne doivent pas se manifester en présence d'étrangers. Elles ne doivent pas parler trop haut, ni rire trop fort. Elles ne doivent pas passer devant les hommes, car ce serait « marcher sur leur tête ». Elles prennent leur repas après les hommes, et hors de leur présence. Les hommes doivent montrer de la discrétion dans leurs relations avec les femmes. Pas de gestes de tendresse devant des tiers.

Les femmes sont considérées comme le trésor de la maison, trésor que les hommes gardent avec un goût prononcé du secret. Il est même presque inconvenant de prononcer le mot de « femme ». On ne cite pas leur nom, on ne fait pas allusion à elles, on ne demande des nouvelles que de la « maison ». La naissance des filles n'est pas déclarée au gouvernement.

1. Anaïk Pellenec, « Les femmes de Bamyân », dossier spécial des *Nouvelles d'Afghanistan*, n° 29-30, octobre 1986, p. 17-19.

Naturellement, les recenseurs du régime communiste, en 1978-1979, ne pouvaient montrer aucune curiosité déplacée à l'égard du nombre de femmes et de filles dans une maison.

Pudeur exacerbée ? Peur du « qu'en-dira-t-on » ? Les femmes sont invisibles, mais elles sont partout. On les devine silencieuses et omniprésentes : autour de la maison des invités, où l'hôte est consigné, une envolée précipitée de voiles quand celui-ci sort contempler les étoiles sans se faire accompagner; un chuchotement qui prévient le maître de maison que le repas est prêt; une main chargée de bagues qui entrebâille la porte pour déposer à terre l'aiguière; un appel de la mère dont on devine les ordres, loin dans la maison, juste à côté; vénération de la mère, la femme digne et courageuse qui vous a enfanté, qui vous accompagne depuis à toutes les étapes de votre vie. Elle dirige la maison, mais de loin, sans se montrer.

Les rapports complexes entre l'islam et l'État

Tous les pays musulmans, à un moment ou à un autre de leur évolution, se sont trouvés confrontés au problème de l'adaptation de la loi islamique traditionnelle aux exigences d'un monde en pleine évolution. Certains ont opté pour son abandon progressif, en adoptant prudemment des codes juridiques d'inspiration moderniste, sinon occidentale, sans pour autant heurter de front les sensibilités religieuses et en respectant des pratiques coutumières ancestrales. D'autres, au contraire, sont allés plus loin dans la voie de la laïcisation totale de la Justice. Certains, enfin, ont conservé les principes de la stricte application de la *charî'ah* ou y sont revenus.

Le fait que ces pays aient connu une colonisation, un régime de protectorat, ou, à l'inverse, aient toujours conservé leur indépendance ou leur autonomie interne, a joué dans l'évolution du droit un rôle non négligeable, dans un sens ou dans un autre. Le cas de l'Afghanistan est, à cet égard, exemplaire. Le protectorat britannique ne s'appliquait en effet, de 1880 à 1919, qu'à la seule souveraineté externe de l'État afghan ; la souveraineté interne demeurait totale.

À partir de 1880, l'émir Abdour Rahmân établit les bases d'une administration moderne dans le royaume. Il va mettre en place un système judiciaire à trois niveaux, dans lequel les décisions sont rendues suivant les préceptes de la *charî'ah*. Le premier niveau est celui des *mahkama-e charî'ah*, tribunaux des *qâzî*, assistés par un certain nombre de juges religieux. Au second niveau, celui des provinces, le gouverneur (*hâkim*), assisté par des *oulâma*, préside la cour provinciale, ou *mahkama-e hâkim*. Au sommet, l'émir et son conseil constituent la juridiction suprême ; elle juge en appel, mais aussi, en premier et dernier ressort, les crimes de trahison, de complot contre la sûreté de l'État, de détournement de fonds publics, etc. Lorsque les *qâzî* se trouvent en désaccord, ou bien souhaitent éclaircir un point de droit, ils en réfèrent, à Kaboul, à l'autorité religieuse suprême, le *khân-e mollah* ; et si ce dernier ne peut pas trancher, la décision finale appartient à l'émir. Pour harmoniser les procédures, Abdour Rahmân avait fait rédiger deux codes, l'un destiné aux cours supérieures (*ketâbcha-e hokoumati*), l'autre à l'intention des *qâzî* (*assâs al-kouzât*). L'émir s'était montré habile. En donnant une place considérable aux mollahs dans l'ordre judiciaire, avec mission d'appliquer la *charî'ah*, il en faisait en même temps des agents de son pouvoir. Son successeur, Habiboullâh, maintiendra ce système. Mais Amânoullâh, qui accède au pouvoir en 1919, voudra, dans un souci moderniste, bouleverser l'ordre établi, dans le domaine judiciaire comme dans d'autres.

Il existe quatre principales écoles juridiques dans les pays musulmans. En schématisant, les principales différences entre elles proviennent de la part de liberté d'appréciation, d'interprétation, d'innovation qui peut être laissée aux juges dans l'application de la *charî'ah*. Le rite hanéfite, du nom de l'imâm Abou Hanîfah (v. 696-v. 767), avait été adopté par les Turcs seldjoukides puis par le califat ottoman, et, en général, par les pays musulmans non arabes, dont l'Afghanistan. L'école hanéfite est réputée la plus libérale, car elle se montre très prudente quant à l'authenticité des *ahadith*[1], fait une large part à la libre opinion (*râ'y*) et à l'appréciation personnelle du juge (*istihsân*).

À titre d'exemple, la jurisprudence hanéfite accorde aux *dhimmi*, non-musulmans vivant dans un État musulman, pleine et entière protection, à condition qu'ils acquittent un impôt particulier (*djazîat*). La jurisprudence hanéfite va même jusqu'à prévoir, entre autres, que le musulman meurtrier d'un non-musulman protégé sera puni de mort, ou que les conflits particuliers entre *dhimmi* seront résolus par eux-mêmes, suivant leurs lois ou coutumes. C'est bien dans cet esprit qu'une *fatwâ* sera promulguée le 14 avril 1920 en Afghanistan, déclarant contraires à la *charî'ah* les agressions ou les discriminations envers les Qizilbâchs sous prétexte qu'ils sont chi'ites, ce qui revient à leur reconnaître les même droits qu'aux sunnites. (Plus tard, les *tâlebân* déclareront les chi'ites étrangers à l'islam.)

1. Sur Abou Hanîfah, cf. Henri Laoust, *op. cit.*, p. 86-92 et 311-315; et 'Allâmah Chiblî Nu'mânî, *Sirat al-Nu'mân*, trad. angl. M. Hadi Hussein, *Imâm Abû Hanîfah. Life and Works*, Institute of Islamic Culture, 1972.

La vigne et le vin

La vinification des raisins était fréquente déjà au moins à l'ère bouddhique. Kautilya (IIIe siècle de notre ère) cite deux variétés de vin d'Afghanistan, produits dans le Kapissa (ancienne province dont la capitale était Begram) et le Hârahûraka. La grammaire sanscrite de Pânini (v. Ve-VIe siècle) citait le raisin (ou le vin) du Kapissa. La vigne et le vin de raisin restent mentionnés sous l'empire kouchan, et aux époques goupta et post-goupta. Au VIIe siècle, Hiouen-Tsang, le pèlerin bouddhique chinois, signale d'importantes vignes sur le versant sud de l'Hindou-Kouch.

Maçoudi, qui écrit au milieu du Xe siècle, raconte la légende de l'apparition de la vigne et de la fabrication du vin dans le Seistân et l'Arachosie (Kandahâr). Il conclut ainsi : « Le roi ordonna de multiplier les plants de vigne, ce qui fut exécuté ; mais il interdit au peuple de boire du vin [...]. Il en but lui-même toute sa vie. Plus tard, la consommation de vin se répandit dans toutes les classes[1] »... Le miniaturistes persans et hérâtis des XVe et XVIe siècles représentent non seulement des hommes mais aussi des femmes, dans des scènes bucoliques, presque galantes, dans lesquelles on aperçoit nettement des carafes de vin. Les soirées poétiques de la cour timouride à Hérât, aux XVe et XVIe siècles, étaient arrosées d'un vin abondant qui inspirait les poètes et les princes.

1. *Le livre des prairies d'or et des pierres précieuses* (*Ketâb Maroudj al-Zahab)*, trad. Barbet de Meynard et Pavet de Courteille, Imprimerie nationale, 1869-1874, vol. II, chap. XVIII.

Bâbour le Conquérant organise en 1526 une fête de victoire arrosée du chargement de « plusieurs dromadaires du vin de Ghazni » et ses Mémoires évoquent souvent ses tentations et ses abus en ce domaine. À Kandahâr, le vin était distillé à partir des raisins secs.

Au XVIIe siècle, le voyageur Chardin rapporte que les Persans « font débauche de boissons fortes ».

Au moment du siège de la ville par les armées persanes en 1837-1838, les vins d'Hérât étaient fabriqués et vendus par les juifs de la ville. À la même époque, à Kaboul, le vin était obtenu à partir des raisins de la plaine viticole qui s'étend au nord de la capitale.

« La tradition de vinification persiste au XXe siècle. Sous le règne d'Amânoullâh (1919-1928), les villageois du Kohestân, au nord de la capitale, et singulièrement les habitants des « quatre villages » (*tchahâr deh*) du Koh-e Dâman, non seulement fabriquaient du vin mais en apportaient fréquemment dans la capitale, dans des cruchons de grès, simplement dissimulés sous de la crème par concession au rigorisme officiel. Leur clientèle se recrutait dans l'aristocratie de la ville » (Xavier de Planhol). Dans les années 70, on produisait toujours du vin et de l'alcool à Kaboul dans une fabrique italienne (Castellino) ; les étrangers pouvaient s'y approvisionner, mais aussi les restaurants « reconnus ». Les communistes afghans, à partir de 1978, ne se cachaient plus pour consommer de la vodka, dont ils étaient abondamment pourvus par les Soviétiques.

On voit ainsi, contrairement à ce que l'on pourrait supposer, qu'en dépit des interdits de l'islam, une grande tolérance régnait jusqu'à une période récente en matière de fabrication et de consommation de vin, aussi bien en Iran qu'en Afghanistan.

La première constitution d'Amânoullâh de 1923 s'inspire de cet esprit libéral. Son article 2 proclame l'islam religion d'État, mais précise que « les adeptes d'autres religions, comme les juifs et les hindous résidant en Afghanistan, sont placés sous l'entière protection de l'État, à la condition de ne pas troubler l'ordre public ». Le 28 janvier 1925, sous la pression d'une *loya djirgah* dominée par les religieux traditionnels, un amendement constitutionnel sera adopté. Il précise, d'une part, que « le rite religieux officiel est le sublime rite hanéfite », et, d'autre part que « hindous et juifs doivent payer une taxe spéciale et porter des vêtements distincts »... Les religieux avaient également obtenu du roi qu'à l'article 24, prévoyant l'abolition de la torture et l'interdiction de toute punition non prévue par le code pénal ou le code de justice militaire, on ajoute : « excepté les châtiments conformes aux principes de la *charî'ah* et aux autres lois de l'État, ces dernières étant établies en accord avec les principes de la *charî'ah* ».

On voit ainsi, derrière des textes constitutionnels, se profiler deux conceptions de l'État et de la justice : celle du monarque, moderniste et libérale, et celle des mollahs conservateurs. Ces derniers entendaient bien, certes, s'en tenir au rite hanéfite, mais l'appliquer de la façon la plus restrictive qui soit, à l'image des principes inculqués à nombre d'entre eux à la *madrassa* de Déoband, en Inde. Or les mollahs, qui avaient toujours été proches du pouvoir, en sont progressivement éloignés. Ils se sentent brimés par Amânoullâh, qui interdit aux étudiants afghans en religion de s'instruire à la *madrassa* de Déoband, et contraint les futurs juges à subir des examens de qualification. Les prémices d'une laïcisation de l'État les inquiètent. La querelle entre les autorités religieuses et le roi tournera, comme on le sait, au détriment de ce dernier.

La constitution promulguée en 1931 va rassurer les mollahs. Sans surprise, l'article 1er proclame l'islam religion d'État et précise que son rite officiel est le « très excellent rite hanéfite », que « les religions des Indiens et des Hébreux qui se trouvent en Afghanistan sont protégées, à condition qu'elles ne contreviennent pas à l'ordre public et aux coutumes publiques ». Mais l'article 5 va plus loin : « Le roi [...] gouverne le pays en se conformant aux prescriptions des docteurs de la loi et de la sainte *charî'ah* émanée du Prophète, et à la religion hanéfite purificatrice. » Les articles 7, 15, 16, 19, 87, 88 et 90 précisent en outre que les lois de l'Afghanistan sont celles de la *charî'ah*, sauf vote contraire du Parlement. Autre concession aux autorités religieuses : l'article 21 stipule que l'enseignement des sciences islamiques est libre. Chacun est donc libre d'ouvrir une école coranique, voire une *madrassa*, en dehors du système gouvernemental.

L'année suivant la promulgation de la constitution, Nâder Châh crée un conseil religieux de vingt membres (*djamî'at oul-oulâma*) chargé d'une part de veiller à ce que les décisions de justice et, d'une façon plus générale, les lois et règlements, soient en conformité avec la *charî'ah*, d'autre part de superviser les tribunaux provinciaux. L'existence de cette assemblée, dont les membres étaient choisis par cooptation, ne pouvait que rassurer les autorités religieuses, et cela d'autant plus qu'elle devait être consultée par le roi sur des sujets plus politiques (notamment la question du Pachtounistan). Nâder Châh rétablit la police religieuse, supprimée par Amânoullâh, avec des « surveillants » (*mohtaseb*) chargés de veiller au respect des « bonnes mœurs » (obligation du port du voile pour les femmes, interdiction de consommer de l'alcool, tenue convenable pour les hommes, propreté de la cité, etc.), eux-mêmes placés sous l'autorité du département de la police religieuse (*istisah*) ; la fonction de *mohtaseb* tombera en désuétude vingt ans plus tard, mais on la verra réapparaître, sous une autre forme, avec le régime des *tâlebân*. Décrivant l'influence des mollahs dans l'Afghanistan au début des années 50, un observateur bien renseigné peut écrire, à propos de la *djamî'at oul-oulâma* : « Il n'est pas exagéré de dire que c'est le rouage essentiel du système gouvernemental afghan[1] ».

Avec la nomination, en 1953, de Mohammed Daoud comme Premier ministre, l'appareil d'État va progressivement se laïciser.

Le premier code juridique avait été promulgué en Afghanistan sous le roi Amânoullâh : il s'agissait d'un code civil, directement inspiré de la *charî'ah*. Divers textes sont promulgués pendant le règne du roi Zâher Châh : code du commerce, loi sur la procédure pénale, loi sur l'organisation des tribunaux ; diverses réglementations sont adoptées sur des sujets essentiellement économiques (assurances, coopératives, mines, etc.). En 1975, un nouveau code civil et pénal est élaboré : il est inspiré par la *charî'ah*, mais marque sur certains points un net effort d'adaptation. Ce code a été maintenu par le pouvoir communiste.

Mais ce serait sans doute une erreur d'imaginer que le droit, en Afghanistan, soit appliqué partout, dans toutes les circonstances, de façon uniforme. Pour les affaires civiles, c'est en général un système

1. Jacques Bourgouin, « Le rôle des mollahs dans la vie publique de l'Afghanistan », inédit, daté « Caboul, 1951 », 57 ff.

traditionnel coutumier qui prévaut : chaque région, chaque village a ses coutumes, sa justice de fait pour résoudre les litiges pouvant survenir et que l'on n'imaginerait pas devoir porter devant une cour siégeant à Kaboul, Koundouz, Hérât ou Kandahâr. Chaque village dispose en effet, de façon traditionnelle, de sa propre structure judiciaire informelle : ce peut être, suivant les cas, le mollah, le conseil des anciens, voire une *djirgah*. Toute décision judiciaire dans ces « microcosmes » s'inspire de la *charî'ah* ou bien des coutumes.

Les tribus pachtounes se conforment au *pachtounwâli*, terme que l'on traduit généralement par « code de l'honneur ». Si la *charî'ah*, loi divine révélée, a une portée universelle, le *pachtounwâli*, tout en s'y conformant sur l'essentiel, maintient la tradition d'une ethnie particulière et la cohésion du système tribal. Il s'agit en réalité d'une véritable « constitution » non écrite qui régit à la fois les rapports entre les tribus, les mécanismes de prise de décision, et le règlement des conflits de toute nature (propriété et exploitation de la terre, crimes et délits, etc.). Tout Pachtoun ne respectant pas le *pachtounwâli* s'exclut lui-même de la communauté.

Ainsi pour certaines affaires judiciaires. Dans le cas d'un meurtre, ou d'un crime, les proches du mort, ou de l'offensé, doivent réclamer la réparation de l'offense (*badal*) ; s'ils ne le font pas, ils encourent le mépris, la honte (*peghar*) et sont pratiquement rejetés de la communauté. Le coupable peut demander directement son pardon (*nanawâti)* aux offensés. On peut solliciter un pardon pour tous les crimes, y compris les crimes de sang, mais jamais pour un viol ou un accaparement de terres. Une famille peut demander le « prix du sang » pour le meurtre de l'un des siens. La réparation peut devenir financière (*nik* ou *saz*). Si aucun accord ne s'avère possible, la justice coutumière suivra son cours devant une *djirgah*, composée des anciens, des hommes respectables, connus pour leur connaissance de la loi coutumière des peines (*narkh*, aussi les appelle-t-on les *narkheyân*) : la peine proprement dite, le prix à payer (*tawân*), est tarifé, depuis toujours, comme la loi du talion. Mais aussi la vengeance est admise par le *pachtounwâli*, d'où des vendettas d'une génération à l'autre, l'honneur d'une famille étant en jeu : « La pierre de la vengeance ne pourrit pas dans l'eau », dit un proverbe pachtoun.

Chez les Pachtouns, tout le système de prise de décision repose sur l'organisation de *djirgah* (« assemblées ») à différents niveaux (confédération des tribus, tribu, clan, village, famille). Il existe en fait deux sortes de *djirgah* : la première, ou *maraka*, règle les problèmes mineurs ; la *djirgah* proprement dite doit résoudre les plus importants au niveau auquel elle se situe. Les décisions prises en commun dans une *djirgah* sont sans appel : les participants jurent, sur le sel, l'épée et le Coran, qu'ils les respecteront. Au sommet de cette pyramide, la *loya djirgah* regroupe l'ensemble des confédérations. Cette institution pachtoune s'est intégrée à la tradition politique afghane. Depuis la constitution de 1931, la *loya djirgah* est en effet une sorte de « super-parlement » : on lui soumet les décisions majeures engageant l'État tout entier : projet et ratification de constitution, déclaration de guerre (le cas ne s'est jamais produit) ou de neutralité dans un conflit, approbation de traité, etc. Le mode de désignation de la *loya djirgah*, assez complexe, mêle l'élection, la désignation par les différentes régions, voire la nomination. Ce système original a recueilli l'approbation de l'ensemble des Afghans, dans la mesure où cette « grande assemblée » respecte les équilibres ethniques ; elle est, en quelque sorte, la *vox populi*, et, pourrait-on dire, l'incarnation de la communauté musulmane (*'oumma*) et de l'unité nationale afghane.

La *loya djirgah* est une institution typiquement pachtoune. C'est pourquoi certains persanophones souhaitaient qu'on lui substitue le terme *choura,* qui désigne la même chose — mais en persan. C'est dire que les attributions de cette « grande assemblée » et son mode de désignation correspondent à des traditions désormais solidement ancrées dans les pratiques politiques de la société afghane.

CHAPITRE V

DE LA RÉSISTANCE AU COMMUNISME À LA GUERRE CIVILE

La « Révolution de Saur », suivant la terminologie communiste (en référence au mois du calendrier afghan durant lequel a eu lieu le sanglant coup d'État du 27 avril 1978), devait ouvrir une ère nouvelle dans l'histoire de l'Afghanistan : les dirigeants parchamis et khalqis avaient, « du passé, fait table rase » ; avec l'appui fraternel du « grand voisin du Nord », ils entendaient construire une société nouvelle à coups de réformes radicales. On reste aujourd'hui confondu devant le degré d'utopie de ces intellectuels dogmatiques. Croyaient-ils réellement qu'en prenant le contrôle de l'appareil d'État, si frêle et concentré dans la capitale, ils pourraient imposer leurs idéaux à une population essentiellement rurale, archaïque, pluri-ethnique, tribale, et profondément attachée aux valeurs de l'islam ? Ces citadins, en majorité d'origine pachtoune, étaient-ils à ce point ignorants de l'histoire de leur propre pays et des réalités de la société afghane ? Aveuglés par leurs illusions, accumulant les maladresses, empêtrés dans leurs contradictions internes, déchirés entre eux, conduisant une sanglante politique de répression, les communistes afghans et leurs alliés soviétiques allaient en réalité plonger le pays dans la guerre et le chaos, et faire voler en éclats la fragile unité nationale péniblement réalisée depuis le règne d'Abdour Rahmân. Le martyre des populations afghanes allait durer vingt-quatre ans.

Les contradictions du régime communiste

Le 30 juin 1978, le gouvernement annonce un vaste programme radical de réformes en trente points. Première erreur : les décisions sont prises « d'en haut », les réformes sont imposées, sans concertation préalable, sans discussion avec les assemblées traditionnelles pachtounes.

Quant à l'administration locale, dont le principe de fonctionnement avait toujours été, justement, d'être à la fois un agent du pouvoir central et un médiateur avec les populations, elle est investie par de jeunes intellectuels marxistes, inexpérimentés, athées, doctrinaires et cassants. Dans une société villageoise hiérarchisée, fondée sur l'expérience et les réseaux de relations que procure l'âge, un jeune homme ne peut pas s'imposer. Ces jeunes instituteurs communistes inconnus de la population, habillés « comme des citadins », ne manquent pas de morgue, et entendent tout bouleverser. Ils organisent des réunions publiques où ils font le procès des mollahs, des propriétaires, de l'« ancien régime » ; ils invitent des métayers à défiler en criant des slogans hostiles aux propriétaires et aux « agents de l'impérialisme américain » ; ils proclament leur intention de réformer la législation du mariage. Leur vocabulaire est complètement étranger aux villageois, qui perçoivent les actes du gouvernement et les discours qu'on leur tient comme autant d'agressions contre un système de valeurs auquel ils sont profondément attachés. Et que dire des cours d'alphabétisation (pour lesquels le gouvernement prévoit de former près de 20 000 instituteurs) ? Obligatoires, ils humilient les anciens ; mixtes, ils choquent les mœurs traditionnelles (y compris chez les femmes) ; quant aux manuels utilisés, subventionnés par le bureau de l'Unesco à Kaboul, ils ne sont rien d'autre que des supports de la propagande gouvernementale. Et puis, les nouvelles vont vite en Afghanistan, on apprend les massacres perpétrés à Kaboul ; des mollahs sont partis pour la capitale et n'en sont pas revenus.

Ainsi naissent les premières révoltes paysannes. Il s'agit d'abord de « jacqueries ». Mais, dès le printemps 1979, le mouvement prend de l'ampleur et s'organise. D'antiques pétoires (nous avons vu des fusils français datant de 1878 être utilisés lors de ces révoltes...) font parler la poudre, seule réponse concevable à cette série d'agressions. Des armes « modernes » sont récupérées auprès de gendarmes ralliés.

Conformément à la tradition d'indépendance armée, les premières rébellions contre le régime issu du coup d'État militaire d'avril 1978 ont eu lieu au Nouristan. En juin, une assemblée d'environ 2 500 habitants de la vallée de Waïgal s'est réunie pour demander la libération d'officiers de l'armée et d'intellectuels nouristanis arrêtés préventivement à Kaboul. Ne l'ayant pas obtenue, les Nouristanis, aidés de quelques Pachtouns, attaquent, le 10 juillet, le poste gouvernemental de Manougi, au pied du Nouristan, dans la vallée du Petch, et le prennent d'assaut après trois jours de combats. La garnison d'Asmar, dans la province du Kounar, au pied du Nouristan, se rebelle. Au même moment, des conseillers militaires soviétiques sont tués à Djelâlâbâd. La répression s'étend sur une partie de la région, de nombreux villages sont incendiés, et, dès la fin mars 1979, les soldats gouvernementaux se replient tous sur les postes de la vallée de la Kounar. Le Nouristan restera libre tout le temps de la présence soviétique (une « République du Nouristan » sera même proclamée autour de Barg-e Matâl). La région ne participera donc pas aux combats. Des colonnes d'hommes à pied, à cheval, à dos d'âne la traverseront de manière presque ininterrompue, apportant le ravitaillement en armes aux résistants du nord du pays.

Face aux mouvements spontanés qui se multiplient, le gouvernement de Kaboul répond par l'envoi de troupes et de blindés. D'abord étonnés par ces mastodontes, les paysans vont se ruer sur eux et comprendront rapidement le danger : « Nous étions des hommes des montagnes, dira l'un des rescapés, de simples bergers qui n'avaient jamais rien vu. » Ils vont apprendre à combattre, à utiliser à leur profit le terrain, à se dérober quand il faut. De jeunes intellectuels islamistes, à la conscience politique déjà formée, souvent issus du même milieu « révolutionnaire » de l'université de Kaboul que leurs adversaires communistes, vont jouer un rôle déterminant dans l'organisation d'une révolte qui s'appellera désormais la résistance.

De juin à décembre 1978, l'insurrection gagne la moitié nord du pays ; elle s'étendra au sud dans le courant de 1979. Le gouvernement communiste chancelle. Le 13 février 1979, les conseillers soviétiques laissent assassiner l'ambassadeur américain, Adolphe Dubbs, retenu en otage à l'hôtel Kaboul, établissement réquisitionné en totalité à l'usage exclusif des Soviétiques... Les États-Unis cessent toute aide au régime (ils avaient encore accordé

15 millions de dollars en 1978). Les Soviétiques sont désormais seuls en Afghanistan. En mars 1979, l'aviation communiste, appuyée par des appareils soviétiques, intervient pour réprimer le soulèvement à Hérât : on évaluera le nombre des morts à 50 000.

À partir d'octobre 1978, les arrestations et les exécutions sommaires se sont multipliées à Kaboul : partisans de Daoud, figures de l'ancien régime monarchique, hauts fonctionnaires, autorités religieuses, professeurs d'université, étudiants islamistes, membres de tendances communistes rivales. « Les motifs des arrestations ne sont pas indiqués, les familles ne sont pas informées. Pas d'avocat, pas de procès. Tandis que l'on pousse les jeunes et les fonctionnaires à la délation, les exécutions d'opposants et de simples suspects prennent un caractère massif. Il est difficile d'évaluer le nombre total des victimes de la répression. Le Parti démocratique du peuple afghan (PDPA) lui-même évaluera en 1980, pour les dix-huit premiers mois de la "révolution", à 50 000 le nombre de personnes disparues, sans compter les victimes de bombardements[1]. » Parmi les groupes particulièrement visés figurent 200 membres de la famille Modjaddedi, l'une des plus respectées d'Afghanistan pour ses traditions de piété et de savoir religieux. Le gouvernement s'en prend aussi à divers groupes chi'ites, car il craint que l'arrivée au pouvoir de l'ayatollah Khomeiny en Iran, le 1er février 1979, ne provoque une fièvre communicative dans les milieux chi'ites afghans.

Il aura suffi de quelques mois pour que la belle façade unitaire des communistes afghans se fissure. Partchamis et khalqis se déchirent. La traditionnelle

1. Étienne Gille, *op. cit.*, p. 199.

animosité entre Pachtouns et non-Pachtouns se double d'une lutte interne pour le contrôle de l'appareil d'État. En juillet 1978, Nour Mohammed Taraki, partisan de réformes radicales pour asseoir le régime, éloigne les principaux dirigeants de la tendance partchami, à commencer par Babrak Kârmal, qui apparaissaient plus prudents, sinon plus modérés. Il les nomme ambassadeurs. Le général Abdoul Qâder, principal artisan du coup d'État, Sultan 'Alî Keshtmand, un Hazâra, et quelques autres dirigeants communistes sont arrêtés le 16 août. Le Khalq pachtoun investit tous les secteurs de l'administration. « On est confondu de la rapidité et de la facilité de cette élimination, qui manifeste la faiblesse réelle du Partcham, en particulier dans les secteurs clés de l'armée et de la police[1]. »

Même s'il a éloigné les dirigeants partchamis du gouvernement et des postes clés de l'administration et de l'armée, Taraki n'est pas pour autant maître du jeu. Hafizoullâh Amîn, numéro deux du régime, devenu ministre de la Défense, conteste son autorité et ses méthodes. Chacun rend l'autre responsable des échecs du régime. Avec Assadoullah Sarwâri, chef des services secrets, le colonel Aslam Watândjar, ministre de l'Intérieur, Mohammed Goulâbzoy, ministre des Communications, et Cher Djân Mazdouryâr, ministre des Affaires étrangères, Taraki organise alors un complot contre Amîn. Le 10 septembre 1979, à son retour de La Havane, où il a participé à la 6e Conférence des pays non alignés, Taraki fait escale à Moscou, où il s'entretient avec Leonid Brejnev, qui paraît avoir entériné la décision d'éliminer Hafizoullâh Amîn. Le plan était simple : des hommes de la police secrète devaient exécuter

[1]. *Ibid.*, p.198.

Amîn lorsque celui-ci serait venu accueillir Taraki à l'aéroport. Le complot est éventé : au dernier moment, Amîn fait remplacer les hommes des services secrets par des troupes de l'armée.

Le 14 septembre, l'ambassadeur soviétique, Alexandre Pouzanov, s'efforce de réconcilier les deux hommes. Il organise au palais présidentiel une rencontre entre les deux adversaires. On admettait généralement que Taraki avait été tué à l'issue d'un échange de coups de pistolet lors de son entretien avec Amîn. Le témoignage d'un garde de la Révolution[1] donne une version différente : « Le 14 septembre, Amîn a décidé d'aller voir Taraki. Il est monté sans armes à la Goul Khanah [« véranda »], mais Sayed Daoud Taroun [chef de la garde de la Révolution, chargé de la sécurité de Taraki, mais secrètement partisan d'Amîn], l'a précédé dans le bureau. La porte à peine franchie, il a été abattu au revolver par les gens de Taraki qui croyaient que c'était Amîn qui entrait. Alexandre Pouzanov [...] était présent dans le bureau de Taraki [...] Amîn a pu s'enfuir à son bureau du ministère de la Défense [...] Il a aussitôt demandé à ses soldats d'encercler la maison du peuple [l'ancien palais royal]. Les gardes de la Révolution qui la défendaient n'étaient pas très nombreux, et Amîn avait plus d'hommes que nous qui devions défendre Taraki. Nous n'avons pas tiré, nous ne nous sommes pas défendus, et, au bout de vingt-quatre heures, Taraki a été pris sans lutte avec ses partisans. » Selon cette version, Taraki restera prisonnier une semaine, puis il sera étranglé dans sa cellule au ministère de la Défense. Le 16 septembre, Amîn annonce que Taraki a demandé à être relevé de ses fonctions en raison de son état de santé,

1. Recueilli près d'Andhoy, le 6 novembre 1983.

et que lui-même a été « élu » président du Conseil révolutionnaire, Premier ministre et secrétaire général du Parti. Le 6 octobre, Amîn demande le rappel de l'ambassadeur Pouzanov à Moscou. Ce n'est que le mardi 9 octobre que le *Kabul New Times* annoncera le décès de Taraki « à la suite de la sérieuse maladie dont il souffrait depuis quelque temps ». Brejnev et Kossyguine, qui avaient pourtant adressé un message de félicitations à Amîn à l'occasion de sa prise de pouvoir, n'oublieront pas le meurtre de Taraki et de ses partisans.

Amîn tente de discréditer son prédécesseur en lui faisant porter la responsabilité de 12 000 exécutions sommaires. À grand renfort de publicité, il fait libérer de nombreux prisonniers politiques, dont la place est aussitôt prise par des ministres et d'autres partisans de Taraki. Mais, en vérité, le régime craque de tous les côtés.

Les Soviétiques décident d'agir. Ils proposent à Amîn de signer un « appel » à l'URSS, ce qui sauvegarderait les apparences afin de justifier une intervention militaire de leur part. Amîn refuse. Les Soviétiques ont déjà déplacé des troupes vers Tachkent. Le 15 décembre 1979, un régiment parachutiste vient renforcer la base aérienne militaire de Begram, à une quarantaine de kilomètres au nord de Kaboul. Le 18, un autre bataillon de parachutistes soviétiques est envoyé « protéger » le palais de Dar oul-Amân, à 10 kilomètres au sud-ouest de Kaboul, où s'est installé Amîn de préférence à l'ancien palais royal. Les 23 et 24 décembre, deux bataillons soviétiques occupent l'aéroport de Kaboul. Dans la nuit du 25 au 26 décembre, une division soviétique y est aéroportée avec un imposant matériel. Le 26, un bataillon de commandos soviétiques portant des uniformes afghans s'installe dans une garnison située à trois kilomètres du palais de Dar oul-Amân. Le 27, à dix-neuf heures trente, une explosion détruit le central de communications de Kaboul. C'est le signal d'une attaque simultanée contre le palais d'Amîn et l'immeuble de la radio-télévision. En dépit d'une résistance vigoureuse des gardes du palais, la résidence d'Amîn est investie vers une heure du matin. Deux de ses fils et une de ses filles (épouse du vice-Premier ministre) seront tués. Amîn, blessé, sera sans doute achevé sur place.

Dès vingt heures trente, une puissante radio, émettant de Tachkent sur une fréquence voisine de celle Radio-Afghanistan, avait diffusé un discours de Babrak Kârmal, présenté comme le nouveau secrétaire général du Comité central du PDPA. À partir de trois heures du matin, quand la mort d'Amîn est certaine, ce discours est rediffusé sur les antennes de Radio-Afghanistan à Kaboul :

« Le régime fasciste d'Hafizoullâh Amîn, ce traître au peuple et à notre cher pays, l'Afghanistan, est tombé, et la férule de ses partisans criminels a pris fin.

« Au nom de Dieu, le Compatissant, le Miséricordieux,

« Moi, Babrak Kârmal, de la part du Comité central de l'unique parti démocratique du peuple d'Afghanistan, du Conseil présidentiel de la République d'Afghanistan et du gouvernement de la République démocratique d'Afghanistan, je vous salue et je vous félicite — compatriotes opprimés, musulmans appauvris d'Afghanistan, sunnites ou chi'ites, savants de la religion et chefs du pays, purs et pieux, soldats et officiers héroïques de la patrie, commerçants et citoyens de la capitale, propriétaires terriens patriotiques, artisans durs à la tâche, clans et tribus courageux d'Afghanistan, bergers et nomades de la patrie, contraints à la fuite, officiels du gouvernements, intellectuels de l'avant-garde, ainsi que les jeunes, les travailleurs, hommes et femmes, les paysans, hommes et femmes, les pères, les mères, les frères et sœurs qui sont restés jusqu'à aujourd'hui sous le joug de l'homme de corde le plus hypocrite de l'histoire, Hafizoullâh Amîn, et de ses partisans — à l'occasion de l'écroulement total du régime fasciste d'Hafizoullâh Amîn, cet agent assoiffé de sang de l'impérialisme américain, ce dictateur tyrannique et démagogique.

« Ainsi, je proclame aux peuples du monde que le dernier maillon de la chaîne d'oppression et de l'administration coloniale fasciste d'Amîn et de ses partisans a été brisé au cœur de l'Asie, et que le drapeau national de l'Afghanistan libre et indépendant, l'unique étendard de nos peuples fraternels, tels les Pachtouns, les Tadjiks, les Hazâras, les Ouzbeks, les Turkmènes, les Baloutches, les Nouristanis, les gens du Badakhchân et les autres compatriotes vivant en Afghanistan, a été dressé une fois de plus en une marche triomphante et glorieuse. »

La radio annonce également que, sur décision du tribunal révolutionnaire, Amîn a été condamné à la peine capitale et la sentence immédiatement exécutée[1]. Au sein du gouvernement qu'il forme, Babrak Kârmal s'efforce d'équilibrer les postes entre khalqis et partchamis. En juin, Sultan 'Alî Keshtmand est nommé Premier ministre ; pour la première fois dans l'histoire de l'Afghanistan, un Hazâra occupe une haute fonction gouvernementale.

1. Au début de l'année 1980, 24 dirigeants khalqis seront jugés et condamnés à mort. 11 sentences seront exécutées, 13 commuées en peines de vingt ans d'emprisonnement.

Les Occidentaux ont été pris de court[1]. Mis devant le fait accompli, ils ne réagissent guère.

L'intervention soviétique était-elle prévisible ? Oui, répondent certains, se référant non seulement à l'histoire des relations afghano-soviétiques, mais à l'histoire de l'expansion russe en Asie centrale. Pour ceux-là l'URSS poursuit un dessein politique séculaire consistant à se ménager un accès vers les mers chaudes. Et l'URSS ne pouvait plus, au point où en étaient les choses, laisser le régime communiste de Kaboul s'effondrer, au risque de voir apparaître en Afghanistan un pouvoir « islamiste » dont la propagande aurait risqué de s'étendre aux républiques soviétiques musulmanes d'Asie centrale. Ces explications sont sans doute les plus plausibles, car l'intérêt des Soviétiques pour le gaz naturel afghan et l'éventuelle découverte de gisements pétroliers ne suffisaient pas à justifier une décision qui risquait de rouvrir une période de « guerre froide ».

Selon Boris Ponomarev, secrétaire du Comité central du Parti communiste soviétique, les troupes soviétiques ont occupé l'Afghanistan, parce que « les États-Unis et leurs acolytes avaient nettement l'intention d'utiliser ce pays pour des aventures militaires et des provocations contre l'URSS et d'y installer leurs bases ».

Le 11 janvier 1980, en direct de Moscou, sur TF 1, Georges Marchais, premier secrétaire du Parti communiste français, déclare que les Soviétiques sont intervenus pour mettre fin au « féodalisme » et au « droit de cuissage » qui séviraient, selon lui, en

1. Louis Dupree, dont les avis étaient très sollicités et écoutés par différentes autorités américaines, reconnaîtra une erreur d'appréciation : « *I am among those who thought the Russians would not invade Afghanistan* » (*op. cit.*, 1980, p. 769).

Afghanistan[1]. Trois jours après, l'Assemblée générale des Nations unies demande « le retrait immédiat, inconditionnel et total des troupes étrangères ». Quelques jours plus tard, une motion identique sera votée par les ministres des affaires étrangères de la Conférence des États islamiques. Le 20 janvier, le président américain, Jimmy Carter, avait appelé au boycott des Jeux olympiques de Moscou. Il sera peu entendu. Le 4 avril, le président du Soviet suprême de l'URSS ratifie un « accord » entre le gouvernement soviétique et le gouvernement afghan sur les conditions de la « présence temporaire du contingent limité » des troupes soviétiques sur le territoire afghan. Valéry Giscard d'Estaing déclarera à la presse que Brejnev lui a promis, lors de leur rencontre à Varsovie, le 18 mai 1980, de retirer prochainement une partie de ses forces militaires d'Afghanistan. Il y gagnera le surnom de « petit télégraphiste ». En réalité, les Occidentaux se résignent à l'annexion[2]. Le politologue Gérard Chaliand, en 1983, exprimera bien l'opinion commune : « Les troupes soviétiques ne se retireront pas d'un pays considéré comme faisant partie de l'aire géostratégique de l'URSS[3] ».

Le protectorat soviétique et l'organisation de la résistance

L'invasion soviétique contribue à marginaliser un peu plus le gouvernement afghan. À tous les niveaux

1. *L'Humanité*, 12 janvier 1980.
2. Les mesures d'embargo prises le 4 janvier 1980 sur 17 millions de tonnes de céréales américaines à destination de l'URSS seront levées le 24 avril 1981.
3. Gérard Chaliand et Jean-Pierre Ragean, *Atlas stratégique*, Fayard, 1983, p. 134.

de l'État et de l'administration, des « conseillers » soviétiques sont en effet installés. Militairement, les Soviétiques agissent de façon autonome et les troupes du régime, du moins celles qui lui sont fidèles, apparaissent comme de dociles auxiliaires. Cette situation de protectorat va définitivement radicaliser la population ; elle est ressentie comme l'invasion d'étrangers, athées, venus s'attaquer aux seules richesses afghanes, la liberté et la religion.

Les bombardements soviétiques sont systématiques pour dégager les principaux axes de circulation, les environs des villes, les zones où la résistance s'affirme : une véritable guerre de désertification est menée. Des régions entières se dépeuplent, les populations se réfugient au Pakistan ou en Iran. À l'intérieur, chaque vallée devient un lieu où l'on s'organise, plus ou moins bien, avec plus ou moins de succès. De la sorte, la résistance va se structurer à deux niveaux : les états-majors des principaux partis sont à Pechâwar, ou à Quetta, au Pakistan ; dans le pays même, des « commandants » organisent des groupes de résistance, parfois des « fronts » unissant différents partis. De véritables chefs émergent : Zabioullâh, dans la région de Mazâr-e Charîf, où il sera victime d'un attentat en 1986 ; Ahmad Châh Massoud, commandant de la vallée du Pandjchir, qui étendra son influence sur le nord et une partie du Badakhchân ; Ismâël Khân, à Hérât et dans l'ouest de l'Afghanistan, autour de la province d'Hérât ; Abdoul Haq, dans la région de Paghmân, dominant Kaboul, etc.

Les Soviétiques, officiellement, sont là pour aider et assister l'armée afghane. Celle-ci est peu fiable. Elle compte sur le papier 90 000 hommes, mais le système du service militaire obligatoire fonctionne mal : les désertions sont nombreuses, à ce point que, bientôt, la résistance n'admettra plus les déserteurs que munis de leurs armes. Les jeunes gens appelés fuient le service militaire et disparaissent dans les campagnes, ou bien s'exilent pour échapper à la conscription. À certaines époques, les effectifs totaux de l'armée gouvernementale n'excédaient pas 45 000 hommes. De surcroît, ces troupes, si l'on excepte quelques unités de miliciens prêts à tout et des officiers communistes, sont peu fiables ; elles n'ont nulle envie de se battre, sur l'ordre des Soviétiques, contre leurs frères. Et il est notoire que l'armée, y compris au plus haut niveau, est infiltrée par la résistance, qui dispose ainsi d'yeux et d'oreilles qui seront précieux à Massoud, par exemple, averti par avance des attaques contre le Pandjchir.

L'armée afghane, dans les attaques auxquelles elle participe, est poussée en avant par les Soviétiques (c'était déjà la tactique utilisée par Gengis Khân avec les « autochtones » enrôlés de force dans ses armées). Quant à l'armée de l'air, les rares pilotes afghans — ils le diront — se sentent mis à l'écart par les Soviétiques. Bref, la confiance ne règne pas, et les Soviétiques ont la pleine responsabilité des opérations militaires. Ils seront bientôt 150 000 en Afghanistan, sans compter les troupes basées en Union soviétique, prêtes à intervenir dans le Nord ou à l'occasion d'opérations héliportées. En Afghanistan même, 600 appareils de toute nature sont stationnés en permanence[1], sans compter les réserves placées dans les républiques soviétiques musulmanes commandées depuis Tachkent. Bientôt, des compagnies d'élites,

1. Très exactement 257 avions de combat, 245 hélicoptères d'attaque, 80 hélicoptères de reconnaissance et de transport, sans compter les avions de transport (cf. Gilles Rossignol, « Armée rouge : les mensonges », *Les Nouvelles d'Afghanistan*, n° 32, mars 1987, p. 22-23).

les *Spetznatz*, effectueront des opérations de commando redoutables.

Les Soviétiques lanceront de grandes offensives, suivant un scénario à peu près immuable : une centaine de transports de troupes blindés, des camions, encadrés par une cinquantaine de chars, protégés par une vingtaine d'hélicoptères de combat. Ces convois, précédés par des bombardements aériens et des tirs d'artillerie lourde, s'engagent dans les campagnes. Ils ravagent tout : maisons, champs, arbres fruitiers, canaux d'irrigation, bétail. Ils peuvent ainsi faire le vide dans une région, ou autour d'un aéroport, « nettoyer » les axes de communication, desserrer l'étau autour d'un poste gouvernemental ou soviétique. Ils relèvent les garnisons, les ravitaillent, puis repartent. Ils ne peuvent pourtant ni tenir le pays, ni s'y implanter. Dans les zones montagneuses, les convois soviétiques sont harcelés et souvent bloqués. Le spectacle de carcasses de chars et de blindés dans différentes vallées témoignera de la violence des combats.

À proximité de leurs bases, les Soviétiques menacent les villages de représailles si l'on y laisse passer les résistants. Les villageois deviennent alors parfois, sous la contrainte, miliciens du gouvernement et reçoivent un salaire (à l'époque environ 30 euros par mois, ce qui est beaucoup pour le pays...), un fusil anglais à 6 coups et 100 cartouches, renouvelables sur justification. Ils ne disposent d'aucun armement lourd, car on se méfie d'eux. Si bien que lorsque les résistants reviennent en force, ces miliciens passent de leur côté avec leurs armes.

Chaque offensive, chaque bombardement provoque un afflux de volontaires dans les rangs de la résistance. Ils n'ont plus rien à perdre et sont prêts à combattre et à mourir pour gagner le paradis de l'au-delà. « Les Russes ont réveillé le nid d'abeilles, nous ne les laisserons plus en paix », explique un jeune *modjahed*. On se bat pour sa foi, pour sa liberté, pour se venger. Les combattants de la résistance se professionnalisent. Ils vivent en groupes, auprès des *markaz*, ces bases de la résistance. Ils ne participent pratiquement plus aux travaux des champs, à moins qu'un « tour de rôle » ne soit organisé pour assurer ces tâches familiales. Mais l'agriculture est gravement perturbée. Outre les flots ininterrompus de réfugiés, qui seront 5 millions à la fin de la guerre, et qui ont abandonné leurs terres pour partir au Pakistan ou en Iran, parfois dans des circonstances atroces tout le long du trajet, les exils se font plus nombreux vers les villes. Dans les zones encore peuplées, les villageois arrivent quand même à subsister. Dans une plaine comme celle de Ghazni, que les chars et les hélicoptères peuvent atteindre en quelques minutes depuis Kaboul, un équilibre s'établit entre la résistance et « les autres ». La résistance est contrainte de mener la guerre à l'économie : par manque d'armements lourds et de munitions, pour éviter des combats qui lui seraient évidemment défavorables en rase campagne, mais aussi pour préserver, dans toute la mesure du possible, les populations. Sans elles, la résistance n'existerait plus.

Les résistances afghanes sont nées spontanément dans les campagnes (même si les villes ont pris leur part dans les protestations). Les populations se sont choisi des chefs et des organisateurs. Pour la première fois, les ruraux ne sont pas encadrés par des fonctionnaires hautains. Seuls les deux partis du Hezb-e islâmi et la Djamî'at-e islâmi ont pu organiser des fronts commandés par de jeunes intellectuels venus, ou plutôt revenus de la ville dans leur région d'origine. Les nouveaux responsables, pour se faire obéir, doivent d'abord écouter. Ils prennent les avis des anciens, de la communauté. Ils vivent en véritable symbiose avec les populations. Le plus souvent, leurs maisons ont été détruites ; leur mobilité au sein de la population est un atout.

L'organisation de la résistance s'effectue selon un schéma simple et presque toujours le même. Un commandant s'occupe des affaires militaires ; les affaires civiles sont du ressort d'un émir, le plus souvent un notable ou un religieux, un homme de « relations » qui dispose d'une solide implantation sociale. Celui-ci reçoit les plaintes et doléances, perçoit annuellement l'impôt islamique, la *zakâ't*, représentant 10 % des revenus de chacun, dont le produit est reversé au comité local, au profit des pauvres, des veuves, des orphelins ; les finances du comité permettent souvent d'entretenir un réseau scolaire, d'organiser l'esquisse d'un dispensaire. La justice est rendue par des mollahs ou bien, suivant les zones, par une *djirgah* pachtoune. Le comité assure évidemment l'approvisionnement des combattants, ou *modjaheddîn* (« combattants de la foi »).

Les résistants actifs sont des villageois de la région. Ils continuent pourtant de participer aux travaux des champs, venant, à tour de rôle, prendre leur service au comité local où ils sont nourris et logés pour participer aux opérations militaires. Ils ne sont pas payés, sauf dans le cas du Hezb-e islâmi, financé par le Pakistan. La guerre permet aux jeunes de s'affirmer. Originaires de localités ou de familles autrefois rivales, ils découvrent de nouvelles solidarités. L'échelle des valeurs est bouleversée dans une société désormais tournée vers la guerre : la hiérarchie du courage remplace celle du sang, de l'âge ou de la propriété. Tout homme bien se doit de posséder une belle arme pour marquer son rang. Le chef en porte une, même s'il ne l'utilise pas. La possession d'une kalachnikov prise sur l'ennemi confère à son détenteur un prestige inégalable ; elle est le rêve des combattants prêts à tous les risques pour s'en procurer une. Les propriétaires terriens sont à la disposition du comité de résistance, qui leur demande de les soutenir financièrement. De toute façon, personne ne peut plus être riche dans une économie bouleversée, d'autant que la richesse reposait plus sur le commerce que sur l'agriculture.

Même si, dans certaines zones, un commandement fédéré a pu être établi, la résistance reste en général éparpillée, ce qui constitue souvent un avantage dans ce type de guerre. Les groupes comptent entre 100 et 300 combattants, parfois un millier. Chaque chef est responsable d'une vallée, de la zone d'influence traditionnelle d'une tribu. Et si des moyens en armes et en hommes sont parfois regroupés pour d'importantes offensives, chacun reste maître chez lui. La question essentielle est toujours l'approvisionnement en armes et en munitions : c'est là que les états-majors des partis à Pechâwar jouent un rôle essentiel. Il n'est pas rare qu'un commandant passe d'un parti à un autre, pour la simple raison que le nouveau lui procurera une meilleure ou plus abondante logistique.

Ainsi la résistance apparaît-elle comme divisée. Cette fragmentation, réelle, correspond à une réalité sociale, faite d'ethnies, de villages et de districts bien distincts. Si l'on se réclame d'un parti, c'est souvent pour se différencier d'un groupe avec lequel on a d'anciennes relations d'hostilité ; et bien des combats internes à la résistance n'auront d'autre but que de s'emparer de terres agricoles.

La ligion a pourtant unifié des ensembles disparates et souvent concurrents. Elle a donné la force et le courage aux combattants, l'assurance d'avoir raison, la certitude d'être né et de mourir pour une cause juste, celle de Dieu. La religion procure une consolation aux douleurs et à la mort, mais ce n'est pas pour elle que les Afghans ont combattu. C'est pour l'indépendance de leurs terres, et le droit de vivre libres, au nom de leurs traditions.

Ismâël Khân commandant de la résistance à Hérât[1]

Originaire de Chindand, à une centaine de kilomètres au sud d'Hérât, Ismâël Khân est né en 1946. À dix-huit ans, ce Tadjik entre à l'académie militaire de Kaboul. Lors du coup d'État communiste de 1978, il est capitaine à Hérât — tout comme son futur adjoint, Allaouddin Khân, alors capitaine dans les transmissions. En mars 1979, Ismâël Khân prend la tête du soulèvement de l'armée à Hérât, soutenant la révolte des habitants — pachtouns — du village de Salimi à l'est d'Hérât. Il s'agit de la première révolte de l'armée contre le pouvoir communiste.

Cette révolte échoue, car l'aviation soviétique est intervenue directement depuis l'URSS en bombardant les faubourgs de Hérât, tandis que des troupes venues de Kandahâr, fidèles au régime, occupaient la ville. Répression, bombardements aériens et terrestres feront 50 000 morts.

Ismâël Khân quitte Hérât après avoir détruit les

1. D'après Stéphane Thiollier (dont nous saluons la mémoire), Patrice Faivre et Gilles Dorronsoro.

armements de la garnison. Il s'exile en Iran, puis au Pakistan, où il prend contact avec Borhânouddin Rabbâni, chef du Djamï'at-e islâmi. Celui-ci en fait son représentant à Hérât. Ismâël Khân y organise la résistance et occupe une partie des faubourgs. La situation devient critique pour lui en 1985-1986. Il se maintient cependant miraculeusement. En 1987, l'arrivée de missiles Stinger lui permet de tenir à distance l'aviation soviétique. Il sait que sa tête est mise à prix pour l'équivalent d'un million de francs. Deux fois blessé, il échappe miraculeusement à un attentat monté par le *Khâd* en septembre 1988, tandis qu'il circule avec deux Français envoyés par une association humanitaire française, Stéphane Thiollier et Patrice Faivre.

Sachant écouter, Ismâël Khân s'impose à ses interlocuteurs par sa vivacité d'esprit et sa vision politique. Remarquable organisateur, soucieux des populations civiles qu'il administre, Ismâël Khân contrôlait, début 1989, la majeure partie de la province d'Hérât et d'importants territoires aux alentours. Nationaliste et islamiste intransigeant, il s'oppose à la fois aux Soviétiques, aux communistes, mais aussi aux visées hégémoniques de l'Iran et de certains groupes arabes wahhâbites.

Ahmad Châh Massoud, « le Lion du Pandjchir »

Le Pandjchir a été organisé par Ahmad Châh Massoud. Né en 1953, fils d'un colonel tadjik de l'armée afghane, il est élève au lycée franco-afghan Esteqlâl avant d'étudier à la faculté polytechnique. C'est à cette époque qu'il rejoint le mouvement des étudiants islamiques, fondé par Borhânouddîn Rabbâni. Il est déjà l'un des responsables du soulèvement manqué de l'été 1975, à la suite duquel il avait dû chercher refuge au Pakistan. Revenu dans sa vallée du Pandjchir, il est devenu ensuite le symbole de la résistance afghane aux Soviétiques, et plus tard aux *tâlebân*. Les remarquables reportages réalisés sur lui par Christophe de Pontfilly n'y ont pas peu contribué.

Cultivé, amateur de poésie, admirateur du général de Gaulle, Massoud a été tout à la fois un remarquable chef de guerre et un excellent administrateur. Il a organisé la population civile, sans la coopération de laquelle il n'y aurait pas eu de résistance, créant divers comités s'occupant aussi bien de la justice que de l'éducation, de l'économie ou du ravitaillement. Ses commandos, professionnalisés, ont détruit à plusieurs reprises des avions à Begram, coupé des ponts sur la route du nord, et attaqué régulièrement les convois dans le Salang.

La capacité de lutte de la vallée du Pandjchir a tenu pour une part non négligeable aux taxes prélevées sur l'exploitation des émeraudes dans les vallées de Khendj, de Safid-e Chir et de Dâcht-e Riwat, ainsi que sur la taxe de 5 % de la valeur des marchandises pour le passage des caravanes emportant les lapis-lazulis du Badakhchân pour les vendre au Pakistan.

À partir de 1979, l'état-major soviétique a lancé une dizaine d'offensives majeures pour tenter de reprendre le contrôle de la vallée symbole. Sa conquête, annoncée triomphalement à plusieurs reprises, n'a jamais pu être consolidée, Du haut de la montagne, les commandos pandjchiris lançaient des attaques surprises qui causaient des pertes importantes parmi les garnisons soviétiques ou afghanes. Les parachutistes soviétiques lancés sur les arrières des groupes mobiles de la résistance se trouvaient abandonnés dans la montagne et ne pouvaient se maintenir.

Au printemps 1984, la vallée a été entièrement rasée. D'abord par bombardements à haute altitude, puis par des commandos aéroportés qui ont dynamité jusqu'aux fondations de chaque maison. La population de la vallée s'est entièrement dispersée, beaucoup à Kaboul, très peu au Pakistan : les 40 000 habitants qui restaient au pays avant l'offensive de 1984 se sont plutôt réfugiés dans les vallées plus au nord, et surtout dans la région de Khost-e Fereng, où ils ont pu survivre grâce à la solidarité des populations locales, et aussi grâce à une importante aide humanitaire internationale.

Massoud s'est ensuite retiré de la vallée, mais pour porter sa science de l'organisation civile et militaire plus au nord, dans les provinces de Baghlân et de Takhâr. Dans le Pandjchir, il ne restait plus rien, qu'une base soviétique dans le bas de la vallée, et plusieurs garnisons afghanes qui ont continué à être régulièrement attaquées jusqu'en 1988, date à laquelle elle ont toutes été retirées. Nous dirons plus loin les autres combats d'Ahmad Châh Massoud.

C'est naturellement à Pechâwar que se sont installés, dès le coup d'État communiste, les premiers exilés et, parmi eux, les embryons d'une organisation de la résistance afghane. Les mouvements ou les « partis » qui vont se créer le seront en fonction d'affinités tout à la fois ethniques, religieuses, régionales et politiques : c'est dire que, dès le départ, les choses n'étaient pas simples. Le tableau ci-dessous en témoigne.

Les partis de la résistance afghane

Sunnites

Partis et dirigeants	***Tendances***	***Ethnies concernées***
Hezb-e islâmi («Parti islamique») *Goulbouddîn Hekmatyâr*	En général, des intellectuels. Une tendance dure de l'islam. Un projet d'État islamique fondé sur la stricte observance de la loi musulmane. Une structure très organisée et hiérarchisée fondée sur l'élection à tous les niveaux de «comités».	Surtout des Pachtouns du Nord-Est, mais aussi régions de Kaboul, Ghor, Koundouz, etc.
Hezb-e islâmi («Parti islamique») *Younôs Khalès*	Une scission du précédent (1979). Au contraire du «Hezb Hekmatyâr», dont les cadres sont issus de l'enseignement public, le	Pachtouns du Nangarhâr et du Paktia, des environs de Kaboul.

	« Hezb Khalès » est plutôt proche de l'enseignement traditionnel religieux (école de Déoband).	
Djamî'at-e islâmi (« Société islamique ») *Borhânouddîn Rabbâni*	Pendant toute la durée de la guerre, l'influence de la Djamî'at n'a fait que croître. De tendance modérée, le parti est connu en Europe par la renommée de deux de ses commandants, Ahmad Châh Massoud et Ismâël Khân. S'est affirmé comme le premier parti de la résistance, car bien organisé.	Persanophones, toutes les régions d'Afghanistan.
Harakât-e enqelâb-e islâmi (« Mouvement de la Révolution islamique ») *Nabi Mohammedi*	Parti religieux traditionaliste. S'affaiblit au profit du Djamî'at.	Pachtouns, Ouzbeks et Turkmènes.
Djabha-e nedjât-e melli (« Front de libération nationale ») *Sebghatoullâh Modjaddedi*	Parti issu de la confrérie des soufis Naqchbandi et de la famille Modjaddedi, en grande partie massacrée en 1978 et 1979 par les communistes.	Pachtouns du Sud.

Mahaz-e Melli-e islâmi (« Front national islamique ») *Pir Sayyed Ahmad Gaïlâni*	Ce parti pachtoun, royaliste, s'est regroupé autour de l'héritier spirituel d'Abdoul Qâder Gaïlâni, fondateur de la confrérie soufie des Qâderîya au xve siècle.	Pachtouns du Nord et du Sud.
Ettehad-e islâmi (« Alliance islamique ») *Abdoul Rassoul Sayyaf*	Fondamentaliste, proche de l'Arabie Saoudite et du wahhâbisme.	Pachtouns du Nangarhâr, de Paghmân, du nord et du sud de Kaboul.

Chi'ites[1]

Choura-e ettefâq (« Conseil de l'unité islamique ») *Sayyed 'Ali Behechti*	A regroupé à partir de septembre 1979 les Hazâras autour des mollahs.	Hazâras.
Harakât-e islâmi (« Mouvement islamique ») *Ayatollâh M. Mohseni*	Essentiellement des intellectuels modérés éduqués dans les grandes villes.	Hazâras.

1. À partir de 1988, les partis chi'ites hazâras influencés par l'Iran se sont regroupés sous le nom de *Wahdat*.

Sâzmân-e Nasr-e djihad (« Organisation des gardiens de la guerre sainte »)	Proche de l'Iran. La plupart de ses membres avaient été formés en Iran, pays qui a largement financé ce parti et l'a encouragé à utiliser des méthodes comparables à celles de l'Iran khomeinyste.	Hazâras.
Sepâh-e pasdarân (« La voie des soldats [de l'islam] »	A progressivement remplacé le Nasr. Proche de l'Iran, de tendance khomeinyste dure.	Hazâras.

Une chronologie de cette guerre n'aurait pas grande signification. L'histoire de la résistance est celle de chacun de ses groupes dans chacune des régions. Dans un premier temps, les résistants se sont « servis » sur l'armée afghane gouvernementale et parfois sur les Soviétiques. Mais cela ne suffisait pas. Les sources d'approvisionnement en armes se sont diversifiées : elles venaient, via le Pakistan, de Chine, d'Égypte, d'Europe centrale, d'un peu partout en fait, grâce à des dons importants (États-Unis, Arabie Saoudite et émirats, en particulier).

Au fur et à mesure de l'implication des États-Unis et de l'Arabie Saoudite dans le conflit (surtout à partir de 1983, quand les États-Unis se sont avisés que les Afghans étaient capables d'affaiblir les Soviétiques), les missiles SAM 6 et SAM 7 ont fait leur apparition, puis les BM 13, lance-roquettes multiples, de fabrication chinoise, à 7 kilomètres de portée ; les groupes de résistants sont équipés de kalachnikovs et de mitrailleuses lourdes, les *dachakas*. Mais cela ne pèse guère contre la formidable armée soviétique dotée de matériels sophistiqués : chars T72, hélicoptères d'assaut blindés MI 25, chasseurs-bombardiers MIG 25, MIG 27 et MIG 29, le redoutable avion d'attaque Sukhoï 25, les bombardiers TU 16. Les bombes sont « variées » : bombes au magnésium, à parachute stabilisateur, et aussi ces bombes gigognes dont chacune contient trente ou quarante petites bombes de 10 kilos qui tuent tout dans un rayon de 10 kilomètres carrés, sans parler de gaz toxiques incapacitants, dont l'utilisation fut limitée, probablement en raison de la présence de témoins potentiels, les nombreux envoyés d'associations médicales françaises. Il y a enfin ces horribles petites mines antipersonnel, que l'on a parfois confondues avec des jouets piégés, en plastique vert. Elles sont la cause de milliers d'amputations sur des femmes, des vieillards, des enfants. La nuit, les chars et blindés utilisent des lunettes de visées à infrarouge (celles-là mêmes qui ont permis la capture du journaliste Jacques Abouchar, juste après qu'il eut franchi la frontière : son équipe avait été trahie ; les Soviétiques attendaient, de nuit, le passage des véhicules).

Longtemps, les exactions de l'armée soviétique ne seront pas reconnues. Amnesty International se contente des assurances reçues en février 1980 du président Babrak Kârmal, promettant d'abolir la torture. En 1985, Amnesty International parle toujours de « guerre civile » pour qualifier le conflit afghan, d'« insurgés islamiques », de « rebelles », et d'« allégations » quant aux massacres de populations civiles perpétrés par les troupes soviétiques. À cette époque, le rapport à l'ONU du professeur Ermacora mentionnait pourtant le chiffre de 50 000 prisonniers politiques en Afghanistan. Amnesty ne citait pas cette estimation. Durant toute la présence soviétique, Amnesty n'enverra pas d'enquêteur en Afghanistan occupé. Et ce n'est qu'en 1987 qu'elle lancera une campagne contre la torture des prisonniers à Kaboul. La Fédération internationale des droits de l'homme avait su, elle, déléguer des enquêteurs dans les camps de réfugiés au Pakistan, et, clandestinement, dès 1982, en Afghanistan.

Les choses auraient pu durer longtemps ainsi, dans l'indifférence de l'opinion publique internationale. Juliette Fournot, de MSF, et bien d'autres envoyés d'associations humanitaires, le plus souvent des Français, revenaient de l'intérieur avec d'irréfutables témoignages sur d'abominables massacres de civils. On ne les croyait pas. Il n'y avait pas assez d'« images »... Rares furent les reportages télévisés, avec de notables exceptions : Christophe de Pontfilly (Interscoop), Jérôme Bony (Antenne 2), notre ami Châh Basgar qu'Anne Sinclair invita sur TF 1, et Bernard Pivot sur Antenne 2 [1], et quelques autres...

1. Cf. Mohammed Châh Basgar, *Afghanistan, la résistance au cœur,* Laffont, 1987. Châh Basgar a été assassiné en 1989, dans la région de Kandahâr, par des miliciens communistes. À son souvenir, on associera celui de son ami Thierry Niquet, envoyé bénévole d'Afrane et de « Solidarités », assassiné dans la région de Balkh en 1986, vraisemblablement sur ordre d'un commandant du Hezb-e islâmi (Hekmatyâr), Zâbet Toufân, ultérieurement passé du côté des *tâlebân*. Nous n'oublions pas non plus Hâbiboullâh Rostâm, brilllant ancien élève du lycée Esteqlâl de Kaboul, assassiné en 1984 dans le Hazâradjât, où il avait ouvert un dispensaire.

FIGURE 9

Les réfugiés afghans au Pakistan entre 1979 et 1987

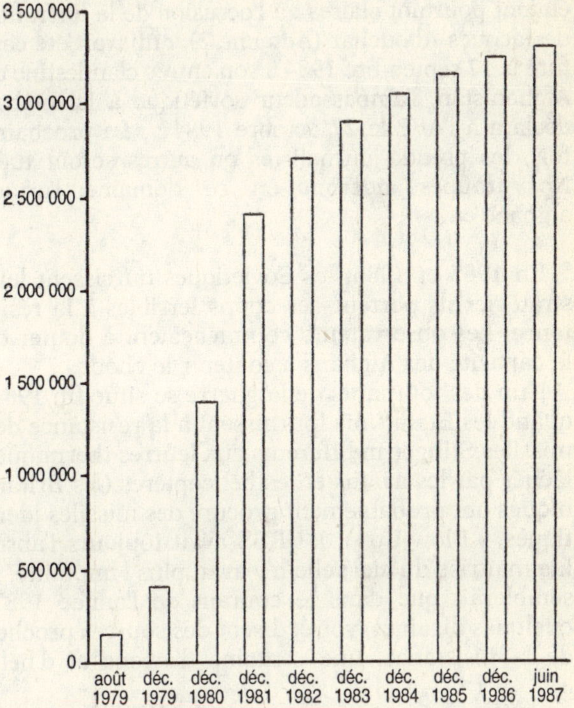

Source : *Les Nouvelles d'Afghanistan*, n° 35-36, décembre 1987.

En juin 1987 : environ 2,9 millions régulièrement inscrits, 0,4 million non inscrits. Sans compter les enfants nés sur place. À la même époque, on estime à 2,2 millions le nombre de réfugiés en Iran, dont 650 000 peuvent être considérés comme réfugiés, les autres travaillant et étant relativement intégrés et acceptés par les autorités iraniennes.

De longues négociations permirent au gouvernement français de faire libérer un médecin d'Aide médicale internationale (Philippe Augoyard), ainsi qu'un reporter indépendant (Alain Guillo). Les menaces à l'intention des éventuels « témoins » étaient pourtant claires : à l'occasion de la libération de Jacques Abouchar (Antenne 2), qui avait été capturé le 17 septembre 1984 à son entrée clandestine en Afghanistan, l'ambassadeur soviétique à Islamabad déclara à l'AFP le 27 octobre 1984 : « La prochaine fois, les pseudo-journalistes ou autres seront tués. Nos troupes aideront en ce domaine l'armée afghane[1] »...

En 1985 et 1986, les Soviétiques durcissent leur stratégie ; ils portent des coups terribles à la résistance. Les observateurs commençaient à douter de la capacité des Afghans à soutenir le choc.

L'un des tournants de la guerre se situe fin 1986, quand les États-Unis fournissent à la résistance des missiles Stinger indifférents aux leurres thermiques lâchés par les avions et les hélicoptères (les Britanniques ont probablement procuré des missiles identiques, « Blow-Up »). L'URSS avait toujours l'absolue maîtrise du ciel ; elle n'y avait plus l'impunité. Il semblerait que dans le courant de l'année 1987, quelques dizaines, voire, disent des sources proches de la résistance, une centaine d'avions et d'héli-

1. Cf. *Dans la cage de l'ours* (Balland, 1985), où Jacques Abouchar retrace les épisodes de sa capture, de sa captivité, de son procès et de sa libération. Jean-François Deniau raconte dans quelles circonstances fut rapporté l'avertissement de l'ambassadeur soviétique à Islamabad (*Deux heures après minuit*, Grasset, 1985, p. 17-18). La même menace avait été proférée à la fin de 1982 (cf. Christophe de Pontfilly, *Le clandestin dans la guerre des résistants afghans*, Laffont, 1985, p. 96).

coptères, aient été abattus. La situation devenait plus que préoccupante pour l'URSS, empêtrée dans une guerre qui n'en finissait pas, traînant comme un boulet une image dégradée dans le tiers monde, portant à bout de bras un régime discrédité, compromettant le processus *glasnost-perestroïka* initié par Gorbatchev, arrivé au pouvoir le 11 mars 1985. Il fallait en finir.

L'aide humanitaire

Aujourd'hui, l'aide humanitaire à des populations éprouvées par des guerres, quelles qu'en soient la nature ou l'origine, paraît naturelle. Bernard Kouchner a même fait admettre par l'ONU le concept de « droit d'ingérence humanitaire », ce qui constituait une petite révolution dans le domaine du droit international. Tel n'était pas le cas en 1980. MSF (Médecins sans frontières) était créée depuis 1968 ; d'une scission avec MSF est née Médecins du Monde (MDM) en 1979.

Les premières missions d'aide humanitaire en Afghanistan ont été l'œuvre de Français dès le printemps 1980. Beaucoup d'entre eux y avaient séjourné ou vécu. Ils aimaient ce pays, à l'équilibre fragile mais réel. Ils se souvenaient de l'hospitalité qu'ils y avaient reçue. C'étaient MSF et AMI (Aide médicale internationale, les premiers à intervenir auprès du commandant Ahmad Châh Massoud), Afrane (Amitié franco-afghane), la Guilde du Raid (qui devait donner naissance à « Solidarités »). Par la suite d'autres associations caritatives les ont rejointes : MDM, Action contre la faim, Madera, etc., associations suédoises, danoises et britanniques, qui devaient effectuer un remarquable travail. D'autres œuvraient à Pechâwar en faveur des réfugiés. Toutes ces organisations médicales ou non étaient généralement désignées sous le vocable de *French Doctors*[1].

Les missions médicales œuvraient, souvent dans des conditions difficiles, bloquées plusieurs mois durant l'hiver. Quant aux organisations humanitaires non médicales, elles ont tout de suite réalisé que l'acheminement de vivres, de denrées de première nécessité, de vêtements, d'équipements scolaires, etc., nécessitait une énorme logistique, totalement inadaptée à la situation de guerre. Elles ont donc choisi une autre méthode, consistant à recueillir des fonds en France et en Europe, à les convertir en afghanis (la monnaie afghane) à Pechâwar, et à assurer clandestinement le transport des fonds dans les zones contrôlées par la résistance. Ces sommes étaient distribuées publiquement dans les villages, sous le contrôle des conseils d'anciens et des commandants locaux. La débrouillardise des Afghans pour se procurer des vivres, des semences ou des matériaux faisait le reste.

Un autre type d'action a consisté, dès 1983, à financer des projets de développement local (recherche d'eau potable, systèmes d'irrigation, achat de pompes à eau et de groupes électrogènes, fournitures de tracteurs, d'engrais et de semences sélectionnées adaptées au climat, reconstruction de maisons, d'écoles et de mosquées, etc.). C'était une façon de contrer la stratégie du gouvernement communiste et des Soviétiques, qui consistait à vider les zones rurales de leurs populations afin d'asphyxier les groupes de résistance.

Combien de fois les envoyés bénévoles ont-ils

1. Cf., à ce sujet, le livre d'Olivier Weber : *French Doctors*, Laffont, 1995, p. 244-284 et 349-384.

entendu : « Avec ou sans argent pour nous aider, tu seras toujours le bienvenu » ? Par la force des choses, ayant vu ce qu'ils avaient vu, ces bénévoles témoignaient à leur retour d'Afghanistan, essayaient de se faire entendre des médias, de leurs gouvernements. Ils n'étaient que rarement écoutés. Ils prenaient pourtant quelques risques...

Bien évidemment, les bénévoles continuaient. Les fonds qu'ils collectaient en Europe étaient insuffisants eu égard à la profonde détresse des civils afghans. Les aides publiques, notamment celles du gouvernement français, étaient dérisoires. MSF (où œuvraient des médecins et infirmières de toutes nationalités, principalement français, belges, britanniques, etc.) et AMI avaient montré la voie : les ONG se sont tournées vers les États-Unis. Leurs demandes y ont été d'autant mieux reçues que le gouvernement américain, pour des raisons d'évidence, ne voulait à aucun prix qu'un seul citoyen américain mette les pieds en Afghanistan. L'aide humanitaire non médicale « française » a été dès lors assurée pour les deux tiers au moins par des fonds américains et toujours acheminée par des bénévoles... Les « humanitaires » n'avaient pas d'états d'âme : ils aidaient les populations civiles et ils continuaient à témoigner. Mais ils n'avaient pas suffisamment d'« images » pour intéresser les médias et par conséquent leurs gouvernements. Les photos ne suffisaient pas.

Les programmes d'urgence, de développement, d'aide médicale ou vétérinaire ont envoyé plus d'un millier de volontaires français en Afghanistan, dans des conditions difficiles et dangereuses. Sans oublier les programmes suédois, britanniques, danois, etc. Toutes les provinces afghanes ont pu ainsi être visitées.

L'objectif soviétique était alors de consolider le régime de Babrak Kârmal aux yeux de l'opinion publique internationale, en prouvant, d'une part, que l'armée soviéto-afghane maîtrisait la situation sur le terrain, d'autre part, que la légitimité populaire était bien du côté du régime communiste de Kaboul. Dans ce contexte, le rapport du juriste autrichien Felix Ermacora, adopté le 13 mars 1985 par la Commission des droits de l'homme des Nations unies, fait l'effet d'une bombe. Il démontre en effet qu'outre d'innombrables violations des droits de l'homme et la poursuite d'une guerre qui provoque l'exil constant des populations, le régime de Babrak Kârmal n'avait pas de légitimité : « Les parties en conflit, à savoir le parti au pouvoir et les divers mouvements d'opposition, devraient se réunir pour former une assemblée représentative des divers secteurs de la société afghane, ayant pour mission d'instituer une *loya djirgah*, ou son équivalent, afin d'amorcer le processus de normalisation, y compris le retrait des forces étrangères du pays. » Ce rapport infligeait un véritable camouflet à l'Union soviétique, ainsi qu'au gouvernement de Kaboul. Et, pour la première fois, il donnait acte aux différents partis de la résistance de leur « existence légale ».

Le gouvernement de Kaboul réagit en réunissant des assemblées « représentatives », chargées d'adopter une nouvelle constitution ; il multiplie les appels aux autorités religieuses, promues du jour au lendemain du statut de « forces rétrogrades de l'obscurantisme » à celui de *rouhânyoun* (« notre vénérable clergé »). Personne ne fut dupe de ce virage à 180 degrés. Il fallait remplacer Babrak Kârmal. Ce fut chose faite au printemps 1986. La nouvelle équipe mise en place inaugure une stratégie différente, celle du « gouvernement d'union » et de la « réconciliation nationale ». Son chef, le Dr Mohammed Nadjiboullâh, offrait quand même un curieux profil : cet ancien chef des services secrets, le *Khâd,* était précédé d'une solide réputation de tortionnaire.

Il est désormais clair que les Soviétiques veulent se retirer d'Afghanistan. Ils vont tout tenter pour sauver le régime de Kaboul : appel à des personnalités indépendantes pour participer à un « gouvernement d'union », discrets contacts avec l'ancien roi Mohammed Zâher Châh, ouvertures du côté de la résistance. Des pourparlers se poursuivent à Genève sous l'égide des Nations unies entre les Soviétiques, les représentants du gouvernement de Kaboul, des émissaires pakistanais, mais sans les représentants de la résistance. L'Assemblée générale des Nations unies adopte le 3 novembre 1987, à l'unanimité, une résolution affirmant la « nécessité d'un dialogue entre Afghans afin d'obtenir un gouvernement largement représentatif ». À Kaboul, en ce même mois de novembre, Nadjibullâh tente de faire approuver une nouvelle constitution. Diego Cordovez, le représentant pour l'Afghanistan du secrétaire général des Nations unies, proposera à l'ex-roi Zâher Châh de participer à la formation d'un « gouvernement de coalition nationale ». Des pressions sont exercées auprès des différents partis de la résistance pour participer au processus de réconciliation. Les Soviétiques tenteront d'obtenir l'accord de Borhânouddin Rabbâni, président en exercice de l'Alliance de la Résistance, pour participer à un gouvernement de coalition à Kaboul.

La résistance, toute divisée qu'elle fût, se montre intraitable. Humiliée d'avoir été exclue pendant des années des « pourparlers indirects » de Genève, qui prétendaient décider sans elle de l'avenir de l'Afghanistan, elle s'est radicalisée. Son leitmotiv est : « Que les Soviétiques partent d'abord, nous verrons ensuite. »

Le 8 février 1988, Gorbatchev annonce le retrait prochain des troupes soviétiques. Le 14 avril, un accord est conclu à Genève entre Afghans et Pakistanais, mais la résistance, qui a été exclue de la négociation, refuse de le reconnaître. L'évacuation des premières troupes soviétiques s'effectue à partir du 15 mai. Après le départ d'environ la moitié du corps expéditionnaire, les postes gouvernementaux de province tombent les uns après les autres. Dans des régions entières, on peut désormais circuler tout à fait librement, en faisant seulement attention d'éviter les bases restantes. Des rencontres ont eu lieu entre la résistance et les Soviétiques pour tenter un ultime accord. En vain.

Le 7 février 1989, *Le Monde* peut titrer : « Alors que les dernières troupes soviétiques évacuent l'Afghanistan, Moscou n'a obtenu aucune concession de la résistance afghane. » Le 15 février, le dernier officier soviétique, le général Boris Gromov, commandant en chef, quitte l'Afghanistan, par le « pont de l'amitié » qui conduit à l'Ouzbékistan, sous les brassées de fleurs agitées par des soldats du « régime frère ». Officiellement, 13 853 soldats soviétiques (dont 1 969 officiers) sont morts en Afghanistan, 35 000 autres auraient été blessés [1]. La guerre aura fait au moins un million de morts du côté afghan.

1. *La Pravda*, 17 août 1989. Ces chiffres paraissent sous-estimés.

Du retrait soviétique à la fin du régime communiste

Contrairement aux attentes ou aux suppositions, le régime de Kaboul ne s'est pas effondré après le départ des Soviétiques. Moscou n'a pas diminué son soutien logistique, et une quarantaine d'avions apportent quotidiennement armes, munitions, vivres et approvisionnements divers à Kaboul. Deux camps restent face à face. D'un côté, les communistes, qui sont moins de 100 000 dans la capitale et les principales villes de province qu'ils tiennent ; de l'autre une résistance décentralisée, une coalition d'intellectuels, de religieux, de petits commerçants, de paysans, groupés autour de nombreux commandants, contrôlant parfois, comme Massoud ou Ismâël Khân, de vastes territoires, mais aussi, le plus souvent, des zones se limitant à un district, voire une, deux ou trois vallées, parfois un village et ses environs. Ce qui avait fait la force de cette résistance durant les dix années de guerre contre les Soviétiques et le pouvoir communiste devenait un handicap.

Les chefs de partis, à Pechâwar, sont à peu près tous d'accord sur la nécessité de procéder à des réformes d'ensemble. Entre la monarchie traditionnelle et un État islamique idéal et mythique, l'éventail des propositions faites par les différents partis est largement ouvert, et les considérations ethniques compliquent encore les choses. Une pensée, une action unie, cohérente ne saura pas émerger du fracas de la lutte. Les partis de la résistance n'ont pas su apparaître comme une alternative crédible de gouvernement. Leurs dirigeants n'ont su que rarement quitter le confort des intrigues de Pechâwar pour aller soutenir le moral de ceux qui combattaient ; ils paient également le prix pour n'avoir pas su s'affranchir de la tutelle politique pesante du Pakistan, et particulièrement des services secrets de l'armée. Pour nombre de *modjaheddîn*, les « étrangers » ne sont plus les Russes, mais les Pakistanais, et, à vrai dire, tous ceux qui se mêlent des affaires afghanes.

Les carences des partis de la résistance sont vivement ressenties à l'intérieur du pays. « Chacun veut être roi », entend-on partout. Chaque région, chaque district s'est doté d'un chef qui a conduit la guerre sainte et qui se double d'un administrateur. Ces chefs se retrouvent maintenant isolés, sans directives ni contrôle. Ils gouvernent leurs fiefs comme ils l'entendent, préoccupés seulement de conserver ou d'amplifier leur pouvoir, ou de le défendre contre les initiatives ou les appétits d'un voisin ambitieux. De véritables petites principautés autonomes vivant en autarcie se constituent. Certains groupes de résistance, furieux de voir le seul parti de Goulbouddîn Hekmatyâr, le moins combatif sur le terrain, recevoir l'essentiel de l'aide étrangère[1], en venaient à faire une véritable grève de la guerre. On ne veut plus se faire tuer sans savoir pour qui et pourquoi. On songe plutôt à reconstruire son village et retrouver une vie familiale et personnelle.

Ce temps de latence est exploité par le régime de Kaboul qui tente, avec des promesses, des distributions d'argent et de vivres, d'acheter la neutralité de différents territoires. Les forces de Kaboul ne sortant que rarement de leurs garnisons, des zones entières sont calmes. Le gouvernement les désigne, par un détournement de la réalité, comme les

1. Le 20 novembre 1989, un plan d'assistance militaire à la résistance avait été approuvé pour les trois mois à venir. Il s'élevait à 715 millions de dollars, dont 465 millions à la charge de l'Arabie Saoudite (*Les Nouvelles d'Afghanistan*, n° 45, décembre 1989-janvier 1990).

« zones pacifiées » que les Nations unies attendaient avant de fournir une aide à la reconstruction... En ville, la population reste dans l'expectative, faute d'alternative crédible au régime de Nadjiboullâh. Les citadins sont porteurs d'une ambition de modernisme, que le jusqu'au-boutisme de certains partis de Pechâwar, qui veulent le pouvoir sans intention de le partager, ne saurait incarner.

Depuis 1986, quand elle a commencé à fournir des missiles Stinger à la résistance, la CIA envisageait de former une légion islamique susceptible d'aider les Afghans à combattre — comme s'ils n'avaient pas démontré qu'ils étaient capables de le faire tout seuls. Les militaires pakistanais encourageront ces procédés, espérant trouver des combattants pour le Cachemire. Ces volontaires « arabes », recrutés par l'intermédiaire du milliardaire Ousâma ben Lâden, participent pour la première fois, en décembre 1987, à une attaque contre la ville-frontière de Khost, dans la province de Paktia. Un échec.

En avril 1989, Jean-François Deniau, chargé en 1987 par le Premier ministre français d'un rapport sur l'Afghanistan, dénonce la présence sur le terrain de wahhâbites infiltrés par des extrémistes[1]. En juillet 1989, on estimera le nombre de ces « Arabes » à 2000. Ils s'entraînent dans la région de Khost, et bien évidemment n'ont pu franchir la frontière qu'avec l'accord des autorités pakistanaises et la bénédiction de la CIA[2].

1. Jean-François Deniau s'était déjà rendu en Afghanistan en 1985. Il a raconté son séjour dans un livre attachant : *Deux heures après minuit*, *op. cit.*, 1985.

2. Début 1992, on estimait qu'un millier d'islamistes algériens, venus par l'Arabie Saoudite et le Pakistan, avaient transité dans les camps d'entraînement de la région de Khost. Ils n'ont pas combattu en Afghanistan. De retour en Algérie, ces Algériens, dits « Afghans », ont commis de nombreux attentats à partir de 1992.

Sous la pression insistante d'Islamabad, une assemblée de 440 membres, dominée par les Pachtouns ghilzaïs, se réunit à Rawalpindi le 23 février 1989. Elle élit un gouvernement intérimaire de la résistance présidé par Sebghatoullâh Modjaddedi, un modéré, sans grande force sur le terrain. Abdoul Rassoul Sayyaf, chef de l'Ettehad-e islâmi, proche de l'Arabie Saoudite, est désigné comme Premier ministre. Ce gouvernement ne comprend aucun membre de la minorité chi'ite hazâra, que récuse l'Arabie Saoudite. Il inquiète les habitants de Kaboul, libéraux, peu désireux de se voir imposer un pouvoir religieux rigoriste et rétrograde.

D'un point de vue militaire, les services secrets pakistanais ont décidé de lancer de puissantes offensives contre les deux villes les plus proches de leur frontière, Khost, et surtout Djelâlâbâd où ils se proposent d'installer le gouvernement afghan intérimaire. Du 6 mars 1989 jusqu'en mai 1990, les partis extrémistes afghans, ceux de Goulbouddîn Hekmatyâr et de Younôs Khalès, soutenus par des conseillers militaires pakistanais, attaquent Djelâlâbâd. L'armement lourd qu'ils utilisent est en grande partie d'origine chinoise, payé par les États-Unis et l'Arabie Saoudite. 200 soldats afghans de la garnison se rendent avec leurs armes. 70 d'entre eux sont remis début mars 1989 à un groupe de *modjaheddîn* du parti Hezb-e islâmi du *maolawi* Younôs Khalès qui, de notoriété publique, accueillait des « étrangers » dans ses rangs. Les malheureux prisonniers sont assassinés, découpés en morceaux. On comprend dès lors que la garnison de la ville continue à résister. Nadjiboullâh exploite ces ignominies et dénonce la présence de « volontaires saoudiens » en Afghanistan. D'autres incidents ont lieu dans des bourgs, pillés par des groupes incontrôlés de résistants. Les garnisons gouvernementales afghanes hésitent désormais à se rendre, et la population devient méfiante à l'égard des *modjaheddîn*. De son côté, un commandant Hezb-e islâmi d'Hekmatyâr se signale le 9 juillet 1989 en tendant une embuscade à un groupe du Djamî'at-e islâmi qui revenait d'une conférence avec Massoud et se dirigeait vers le nord : 5 *djamî'ati* sont tués dans les combats, 25 autres seront exécutés le lendemain ; parmi eux figuraient d'importants commandants de la province de Farkhâr (dont un Ouzbek)[1].

En juillet 1990, l'armée de Kaboul lance sur les assaillants des missiles Scud pour tenter de dégager la ville de Khost. Une nouvelle offensive a lieu. Elle n'a pas plus de succès que celle de 1987-1988.

Les partis modérés afghans, et notamment Ahmad Châh Massoud, l'unificateur tadjik du Pandjchir, ne reçoivent plus d'armements. Ils traversent une période difficile ; ils ne peuvent plus jouer un rôle d'arbitres ou de recours. Seuls les extrémistes sont aux prises : les communistes de Kaboul, soutenus par l'Union soviétique, les partis islamiques extrémistes, armés et conseillés par les Pakistanais, les intégristes wahhâbites, financés par l'Arabie Saoudite à hauteur, dit-on, de 500 millions de dollars chaque année.

Nadjiboullâh s'efforce toujours de jouer la carte de la réconciliation. Le parti communiste est devenu, en juin 1990, le « Parti de la patrie » (Hezb-e Watân), mais 11 de ses 13 dirigeants, à commencer par Nadjiboullâh, étaient déjà membres du Comité central du parti communiste en 1980, et presque tous appartenaient à la tendance partchami. Le 7 mars 1990,

1. Assem Akrâm, *Histoire de la guerre d'Afghanistan*, Balland, 1996, p. 237.

une tentative de coup d'État a lieu à Kaboul. Elle est l'œuvre du général Châh Nawaz Tanaï, ministre de la Défense, appartenant à la tendance khalqi, appuyé par Hekmatyâr. Elle échoue. 623 comploteurs sont emprisonnés. Tanaï peut s'enfuir au Pakistan. Les observateurs réalisent alors que sa tentative était téléguidée par le Pakistan.

Depuis février 1989, l'ONU tentait de mettre sur pied un « gouvernement d'union nationale », réunissant les partis d'opposition et les communistes, solution inacceptable pour les résistants. En juillet 1990, l'ONU propose l'organisation d'élections « pacifiques » en Afghanistan, sous l'égide d'un organisme intérimaire composé à la fois de représentants de Kaboul et de la résistance. Ce projet utopique n'a pas de suite. En octobre 1990, Mikhaïl Gorbatchev reçoit le prix Nobel de la paix, tandis que les États-Unis annoncent leur désengagement des affaires afghanes.

Le 31 mars 1991, Khost finit par être prise par la résistance, grâce à la défection de milices tribales. La ville est pillée par les vainqueurs. Dans le reste du pays, à l'exception des garnisons du régime de Kaboul, ravitaillées par hélicoptères, ou par de rares convois blindés, la vie reprend doucement ; les provinces de Ghazni, Hérât et Kandahâr retrouvent leur activité agricole.

L'invasion du Koweït par l'Iraq, le 2 août 1990, déplace les priorités, à la fois pour les États-Unis et l'URSS. Les deux chefs des partis extrémistes afghans, Hekmatyâr et Sayyaf, soutiennent Saddam Hussein ; les chefs des partis modérés, au contraire, enverront un contingent symbolique de 300 *modjaheddîn* pour soutenir la coalition occidentale.

L'URSS est alors au bord de la faillite. Gorbatchev doit impérativement obtenir des crédits occidentaux. Il veut se désengager des bourbiers hérités de ses prédécesseurs. Une concertation a lieu entre les deux « Grands », USA et URSS, pour tenter d'imposer un gouvernement de coalition à Kaboul qui ferait barrage aux extrémistes des deux camps. Le 10 novembre 1991, une délégation de 14 membres de la résistance, conduite par Rabbâni, arrive à Moscou. Le 15, elle signe avec les Soviétiques une déclaration conjointe reconnaissant « la nécessité de transmettre le pouvoir à un gouvernement islamique de transition » qui administrerait le pays deux ans jusqu'à l'organisation d'élections. Nadjiboullâh n'a pas été consulté. Il proteste. Mais, privé de l'aide matérielle de l'URSS (qui aurait dépensé de 1978 à 1991 entre 3 et 3,6 milliards de dollars en Afghanistan), il ne peut plus rien et son gouvernement n'est plus qu'un fantôme... À partir du début avril 1992, les groupes de résistants investissent progressivement la capitale. Nadjiboullâh et son frère trouvent refuge au siège des Nations unies. Leurs familles sont déjà en sécurité à Delhi.

Les années de guerre civile (1992-1995)

Les chefs des partis politiques, qui ont mené la résistance aux Soviétiques de 1980 à 1989, ne sauront pas s'entendre pour transformer leur victoire. Ils ont pourtant affaibli l'Union soviétique et, d'une certaine façon, contribué à sa désintégration en 1991. Oubliant cela, ils ne penseront plus qu'à leurs intérêts personnels, au lieu de célébrer ensemble leur victoire commune.

Le 19 avril 1992, le Premier ministre pakistanais, Nawaz Sharif, réunit à Islamabad les chefs de la résistance. Il leur intime l'ordre de trouver un accord de gouvernement. Le 24, la constitution d'un conseil islamique de 51 membres est décidée à Pechâwar. Il sera dirigé par Sebghatoullâh Modjaddedi, chef du parti le plus faible des sept représentés à Pechâwar. Les chi'ites du Hezb-e Wahdat, depuis Téhéran, n'ont pas été consultés et ils rejettent donc l'accord.

Modjadeddi arrive à Kaboul le 28 où les rescapés du gouvernement de Nadjiboullâh lui remettent le pouvoir. Il recevra successivement Nawaz Charîf, le prince Turki el-Faïçal, chef des services spéciaux saoudiens, l'ambassadeur de Russie, et décrète une amnistie générale. Le dernier chef d'état-major des troupes communistes, le général Assef Delawâr, est confirmé dans ses fonctions; il donne l'ordre à ses unités d'obéir à Ahmad Châh Massoud, nommé ministre de la Défense. Les anciens responsables communistes s'exilent pour la plupart en Russie, en Inde ou au Pakistan. Nombre d'entre eux obtiendront l'asile politique en Allemagne, aux États-Unis, au Canada, en Angleterre, aux Pays-Bas ou en France. Quant aux officiers communistes qui sont demeurés sur place, ils se sont ralliés, parfois avec leurs troupes, aux différentes factions de la résistance. Trois mois plus tard, Modjadeddi sera remplacé à la tête du gouvernement de l'« État islamique d'Afghanistan » par Borhanouddîn Rabbâni, chef du Djamî'at. Il s'agit en réalité d'un gouvernement fantôme, qui se montrera incapable d'administrer quoi que ce soit.

Le combat va s'engager entre Ahmad Châh Massoud, Tadjik, et Goulbouddîn Hekmatyâr, Pachtoun, rivaux et ennemis jurés depuis leurs années d'université. Ahmad Châh Massoud est désormais soutenu par les Russes, qui ne veulent pas voir la « révolution islamique » se propager dans les ex-républiques musulmanes d'Asie centrale. Hekmatyâr est l'homme des services secrets pakistanais[1]. Ils sont en effet convaincus qu'il leur sera un allié fidèle, en raison de sa dépendance à leur égard, et qu'il ne soulèvera jamais le problème du « Pachtounistan ».

Les autres dirigeants pachtouns de la résistance afghane n'étaient pas crédibles aux yeux des Pakistanais, même s'ils bénéficiaient d'une aide non négligeable de leur part : Sayyaf paraissait trop proche de l'Arabie Saoudite, Khalès trop « folklorique » et aux vues politiques étroites. Le Hezb-e islâmi d'Hekmatyâr réunissait des militants, pachtouns le plus souvent, parlant le langage des révolutionnaires islamiques du Jama'at-e islâmi pakistanais de Qadhi Hussein Ahmed. Hekmatyâr avait organisé son parti de façon originale : tous les cadres supérieurs du mouvement étaient en effet remplacés, chaque année, à l'issue de « votes démocratiques », en sorte qu'il demeurait sans rival pour lui porter ombrage. Pendant toute la guerre contre les Soviétiques, il était resté à Pechâwar ; il avait préservé ses forces et ses armements lourds, les utilisant principalement pour combattre épisodiquement le Djamî'at-e islâmi de Rabbâni et de Massoud.

Les autres chefs de partis participeront aux combats au gré de leurs alliances successives. Chez tous les combattants, le mythe de Kaboul comme centre d'un État fort, centralisé, est encore vivace. D'une certaine façon, ils commettent la même erreur de jugement que les communistes, dix ans auparavant. Au-delà de cette illusion, la dimension ethnique du conflit est évidente : Tadjiks, Pachtouns, Ouzbeks et

1. La disparition de Ziâ ul-Haq, mort dans un accident d'avion le 17 août 1988, avait renforcé leur influence sur les décisions gouvernementales. S'agissait-il d'ailleurs d'un accident ? Des versions contradictoires ont circulé.

Hazâras vont se déchirer. Pendant près de trois ans, ce sera l'enfer dans Kaboul et aux environs.

Hekmatyâr est entré en Afghanistan le 18 avril. Il lance des troupes à l'assaut de Kaboul dans la nuit du 24 au 25 avril, avec l'appui des forces du général communiste Mohammed Rafi, de la faction khalqi. Il échoue. Massoud fera son entrée dans la ville le 30, soutenu par les forces de Rachîd Dostom. Début juin, les forces chi'ites du Wahdat-e islâmi, de l'ayatollâh Mâzari, et du Harakât-e islâmi (qui tiennent l'ouest de Kaboul, peuplé pour un tiers d'Hazâras) s'affontent aux troupes de l'Ettehad-e islâmi de Sayyaf. Les quartiers hazâras sont bombardés, on y dénombre de nombreuses victimes, des femmes sont violées...

À partir d'août, Hekmatyâr lance des attaques de missiles sur la capitale. En novembre, ses forces coupent l'approvisionnement en électricité de Kaboul. De son côté, Massoud, durant cinq jours de combat, tente de désarmer les milices chi'ites du Wahdat. De nouvelles exactions sont commises. Elles auront pour résultat d'aboutir à l'alliance du Wahdat avec Hekmatyâr en janvier 1993 pour attaquer les forces gouvernementales.

Le 7 mars 1993, un accord signé à Islamabad maintient Rabbâni dans ses fonctions de président pour huit mois, mais impose Hekmatyâr comme Premier ministre. Massoud est contraint de démissionner de son poste de ministre de la Défense, même s'il s'arrange pour conserver en sous-main ses pouvoirs. Dans un effort de conciliation, Rabbâni et Hekmatyâr partent en pèlerinage pour La Mecque; le 11 mars, l'accord d'Islamabad est confirmé en présence du roi Fahd. Et pourtant, le 2 avril, Hekmatyâr, de retour en Afghanistan, annonce unilatéralement la dissolution du gouvernement. Le 15, il en constitue un autre, dont il se proclame chef. Hadji Qâder. du parti de

Khalès, parvient en mai à réunir les protagonistes à Djelâlâbâd, et leur interdit de quitter l'ancien palais royal d'hiver tant qu'ils n'auront pas conclu un nouvel accord. Celui-ci sera signé le 18 mai, tandis que de violents combats se poursuivent à Kaboul entre le Djamî'at et l'Ettehad d'une part, le Wahdat et le Hezb d'autre part. Dostom impose un nouveau cessez-le-feu. Les combats reprendront en juin 1993.

En novembre, Massoud tente de dégager l'étau que fait peser Hekmatyâr sur Kaboul, s'attaque aux positions du Hezb au nord-est de Kaboul. Il reprend, dans le nord du pays, à Cher Khân Bandâr, sur l'Amou-Dâriâ, une position que les milices de Dostom lui avaient enlevée. La réaction de Dostom est rapide : il s'allie avec Hekmatyâr pour contrer Massoud à Kaboul. De janvier à mars 1994, Dostom, qui dispose d'avions, bombarde les positions de Massoud, et ses miliciens se signalent cette fois par des exactions contre les Tadjiks de Kaboul. Le blocus de la capitale, assuré par les forces d'Hekmatyâr, est total. La famine menace. 500 000 personnes s'exilent.

Toutes les tentatives de médiation entre les protagonistes échouent. Selon le représentant des Nations unies, les combats atteignent « un sommet de barbarie »... À leur tour, les partis chi'ites vont se déchirer. Le 27 décembre 1994, Rabbâni annonce un cessez-le-feu, qui ne sera pas respecté.

Le carnage ne cessera qu'avec l'arrivée des *tâlebân* (qui se sont emparés de Kandahâr le 13 novembre 1994 et de Ghazni le 24 janvier 1995). Ils ont progressivement investi les positions d'Hekmatyâr, de novembre 1994 à février 1995, ce qui permet à un convoi de ravitaillement de la Croix-Rouge et des Nations unies d'apporter du ravitaillement à la population de Kaboul. Le 15 février, les *tâlebân* s'emparent du quartier général d'Hekmatyâr. Les denrées de première nécessité peuvent désormais parvenir à Kaboul, où les prix baissent aussitôt de moitié.

Les autonomies régionales

Si l'Afghanistan n'a pas éclaté en ces trois années sombres, c'est que, tout comme durant la période communiste, la capitale n'est pas le reflet du pays. Les ruraux, représentant 85 % de la population, ont presque partout retrouvé leurs habitudes et repris leurs travaux dans le calme. Personne parmi les « puissants » ne s'intéresse à eux. La reconstruction s'effectue, l'agriculture dégage des surplus pour la vente, les marchés sont florissants et les transports routiers ont repris. Les provinces sont administrées par les anciens commandants de la résistance, qui se tiennent à l'écart des combats de Kaboul. L'Afghanistan, *mutatis mutandis*, retrouve la situation qu'il avait connu au XIXe siècle, quand des royaumes, des émirats ou bien des territoires tribaux entretenaient les uns avec les autres des relations tantôt neutres, tantôt conflictuelles.

Dès le début d'août 1992, Djelâlâbâd, capitale de la province de Nangarhâr, s'était déclarée autonome. Grâce à son aéroport et une ligne aérienne privée, elle devient le centre d'un intense commerce de contrebande depuis Dubaï vers le Pakistan. La ville est dirigée par un conseil présidé par Hadji Abdoul Qâder, frère du célèbre commandant Abdoul Haq[1] du parti Hebz-e islâmi de Younôs Khalès. La pro-

1. Abdoul Haq commandait un groupe important de *modjaheddîn* dans la province du Paghmân, limitrophe de Kaboul. Le 26 août 1986, il avait réussi à faire sauter le dépôt de Qargha, près de Kaboul, où 180 camions étaient venus décharger la veille des munitions et des missiles SAM 2 et SAM 7. Il avait

vince de Nangarhâr produit alors environ 1 500 tonnes d'opium par an, à égalité avec la province de l'Helmand, autre centre de la culture du pavot.

Dans la province de Kandahâr, l'ancien bastion royaliste pachtoun dourrâni, tous les partis étaient représentés pendant la guerre; chaque autorité locale se ralliait à un parti différent de son rival, pour des raisons tactiques et non pas idéologiques. Les conflits étaient inlassablement réglés par le *maolawi* Pasanay, basé au village de Pandjwaï. Pourchassé par les communistes pendant toute la guerre, il jouit d'une grande autorité morale. En 1995, il deviendra chef du département de la justice des *tâlebân*. Entre 1992 et 1995, Kandahâr est partagée entre diverses influences que l'ancien sénateur, Abdoul Ahad Karzaï, proche du parti légitimiste Mahaz-e Melli (Gaïlâni) tente de fédérer. Abdoul Latif, Pachtoun bârakzaï, chef de la bande des mauvais garçons « aux pieds nus » (les *Pay-lutch*), est majoritaire dans la ville au nom du Mahaz-e Melli de Gaïlâni. Le Djamî'at-e islâmi est dirigé par le commandant Naqiboullah Akhunzadeh, puissant dans les villes de l'Arghandâb et à Alikozaï, au nord de Kandahâr. Les deux Hezb-e islâmi recrutent surtout chez les Pachtouns n'appartenant pas à la confédération dourrâni, majoritaire à Kandahâr. Le Hezb d'Hekmatyâr est placé sous l'autorité du commandant Sarkateb. Celui de Younôs Khalès est dirigé par le mollah Malang, qui se réfugiera au Pakistan en 1992, ses méthodes expéditives lui ayant valu trop d'ennemis. L'Ettehad de Sayyaf est dirigé par l'*ous-*

organisé à Kaboul un attentat auquel échappa de justesse Nadjiboullâh. « Quand je tire trois roquettes sur Kaboul, il y en a toujours une pour l'ambassade soviétique », nous disait Abdoul Haq à cette époque (cf. *Les Nouvelles d'Afghanistan*, n° 32, mars 1987).

tâd (« maître ») Abdoul Alîm. Quant aux chi'ites, puissants en centre-ville, où ils tiennent un quartier, ils adhèrent au parti modéré, le Harakât-e islâmi de l'ayatollah Mohseni, pachtounophone, enseignant autrefois dans la mosquée du centre-ville. Enfin, un petit commandant du parti du Harakât-e enqelâb islâmi, le parti traditionaliste des religieux pachtouns, est le mollah Mohammed Omar Akhound. Il a perdu un œil dans les combats contre les Soviétiques. Il deviendra célèbre comme chef des *tâlebân* : c'est le mollah Omar.

Après la chute du régime communiste, Kandahâr a été administrée par un conseil réunissant les partis des trois tribus pachtounes dourrânis : le Mahaz, l'Ettehad et le Djamî'at. Le gouverneur est Goul Aghâ, fils d'Abdoul Latif, empoisonné en 1989. Le commandant militaire est le mollah Naqiboullâh. La ville restera calme, sauf à deux reprises en 1993 : en mars, quand des combats opposeront le Djamî'at et le Mahaz durant trois jours, jusqu'à la médiation imposée par le sénateur Karzaï ; fin août lorsque le Djamî'at et le Hezb d'Hekmatyâr s'affronteront durant cinq jours lors de combats qui feront 200 morts.

Dans les territoires de l'Ouest, Ismâël Khân, responsable du Djamî'at, a réussi, non sans mal, à asseoir son autorité. Des milliers de miliciens tribaux pachtouns, payés par le gouvernement communiste, s'étaient en effet ralliés au Hezb-e islâmi d'Hekmatyâr, lui-même allié à la faction communiste dure des khalqis de Kaboul. Le 18 avril 1992, en dépit de leur opposition, Ismâël Khân s'était emparé d'Hérât. Ils tentent de l'en déloger en août en lançant des offensives sur la ville ; ils s'emparent de l'aéroport militaire de Shindand, à partir duquel Hekmatyâr peut ordonner des raids aériens sur

Kaboul. Le 12 octobre, Ismâël Khân reprend le contrôle de l'aéroport, mais ce n'est qu'en janvier 1993 qu'il obtiendra la reddition provisoire les milices pachtounes (6 300 hommes selon ses déclarations). À l'automne 1993, son pouvoir est solidement établi sur la ville et l'ensemble de la province jusqu'à la région montagneuse de Badghis. Hérât est calme, le commerce avec l'Iran a repris, les antiques bazars détruits durant la guerre sont refaits par les riches marchands, cette fois à l'iranienne, sans grâce, avec des poutrelles de fer et des toits plats. Beaucoup de réfugiés sont revenus d'Iran. L'ONG danoise Daccar reconstruit des bâtiments et des écoles ; les mosquées sont restaurées. L'équipe de MDM participe à la gestion de l'hôpital en coopération avec les médecins locaux. L'aéroport sera rouvert en novembre 1993.

Ismâël Khân fait décorer l'hôtel de ville par des artisans locaux ; il participe régulièrement, la nuit du vendredi, aux cérémonies soufies près du tombeau du mystique local, Abdoullâh Kwâdjah Ansâri. Il néglige pourtant de s'occuper des Pachtouns, ce qui sera une des causes de sa chute un peu plus tard. Et surtout, comme Massoud, il s'efforce d'étendre son pouvoir au-delà des limites de sa zone naturelle d'influence. Il va se heurter à Rachîd Dostom, le seigneur ouzbek du Nord, pour avoir voulu se rapprocher des zones autonomes ouzbeks. En octobre 1992, pour prendre le contrôle du petit bazar de Ghormatch, dans la province de Badghis, il s'était déjà affronté avec un ancien milicien, Rassoul Pahlawân, allié de Dostom et maître de Maïmana. En représailles, en mai et juin 1994, l'aviation de Dostom bombarde Hérât, ce qui conduit en retour Ismâël Khân à ordonner à ses avions de bombarder Mazâr-e Charîf. Au mois de juillet, les deux camps s'accordent pour cesser les bombardements aériens La « conférence d'Hérât » peut se tenir du 20 au 24 juillet ; elle assure le prestige d'Ismâël Khân, mais elle n'aboutira à rien pour faire cesser les combats à Kaboul et ramener la paix civile.

Dès 1992, Hérât était redevenue une place commerciale, complètement autonome de Kaboul. Des pneus et des appareils électroniques japonais, exportés par avion vers Dubaï, ou par bateau jusqu'au port iranien de Bandar Abbâs, après avoir transité par l'Iran ou le Turkménistan, aboutissaient au poste principal de douane à Hérât. D'impressionnantes files de camions en provenance d'Iran acquittaient, au poste principal de douane, des droits de transit au profit du gouvernement d'Ismâël Khân. Au-delà, les camions, voire des autobus, se dirigeaient en bringuebalant sur une route défoncée vers le Pakistan, où ils apportaient, en contrebande naturellement, leurs précieuses cargaisons. Ismâël Khân peut ainsi payer ses fonctionnaires, ses troupes, et entreprendre des travaux de reconstruction. En mars 1995, les droits de transit perçus par le gouvernement quasi autonome d'Ismâël Khân se seraient élevés à 270 000 dollars par jour...

En novembre 1993, Ismâël Khân avait signé avec le Turkménistan un accord commercial et de coopération. Les intérêts des deux parties sont en effet réciproques : l'émir d'Hérât a besoin de l'électricité, de l'essence et du pétrole que le Turkménistan s'est engagé à lui fournir ; en retour, et bien qu'il ait signé avec le Pakistan un accord pour l'utilisation du port de Karachi, le Turkménistan a besoin, pour ses importations et ses exportations, d'utiliser la route qui conduit au Pakistan via Hérât, Kandahâr, puis, selon les appétits des chefs afghans locaux, vers Quetta ou Miramchâh.

Dans le Nord, des affrontements avaient eu lieu quand Ahmad Châh Massoud s'en était pris aux poches tenues par les Pachtouns du Hezb-e islâmi dans la région de Koundouz. Il s'attaque ensuite, à partir du 1er novembre 1993, aux bases du Hezb situées dans le prolongement de la place forte de Sairobi, à l'est de Kaboul, Tagâb et Nedjrât. Massoud devra accepter la médiation du dirigeant extrémiste soudanais, Hasan el-Torabi, et rendre Tagâb. Les combats reprendront dans cette zone à partir du 30 avril 1994.

Ismâël Khân et Massoud, les deux hommes forts du Djamî'at, avaient envisagé de se débarrasser de Dostom et de réunir leurs fiefs, ce qui supposait qu'ils prennent le contrôle des provinces du Nord, peuplées majoritairement d'Ouzbeks. Avec l'aide de l'Ettehad, Massoud s'était emparé le 6 novembre 1993 du poste-frontière de Che Khân Bandar sur l'Amou-Dâriâ. Quinze jours plus tard, Rabbâni, qui n'est pas mécontent de manifester son autorité, rappelle à l'ordre son ministre de la Défense, et le contraint de rendre cette position. En janvier et février 1994, de nouveaux combats opposent le Djounbech de Dostom et le Djamî'at dans les provinces de Djaouzjân et de Faryâb, à l'est de Mazâr, et à Nahrin, dans celle de Baghlân. Au mois de mars, Dostom réplique afin d'enlever le contrôle de Koundouz à l'alliance des commandants locaux, pachtouns et tadjiks, du Hezb-e islâmi, de l'Ettehad et du Djamî'at. Les combats sont féroces et le bazar change plusieurs fois de mains, l'avantage finissant par rester aux seconds. De mars à juillet, Massoud se tourne contre les ismaéliens de Sayyed Mansour Nâderi (qui avait rejoint les forces anticommunistes le 18 mars 1992), autour de Poul-e Khoumri, Dochi et Baghlân. Le 30 janvier 1995, Dostom reprend

Koundouz et Khânâbâd, mais la possession de ces deux villes reste disputée.

Ce que redoutaient les partis pachtouns, et avec eux le Pakistan, ne s'est pas produit : il n'y a pas eu d'alliance, bien au contraire, entre les forces de Massoud, de Dostom, Nâderi, et d'Ismâël Khân, auxquels se seraient joints les commandants du Badakhchân (à l'extrême est), qui aurait pu aboutir à une partition de l'Afghanistan entre le Sud pachtoun et un Nord à domination tadjik, ouzbek et ismaélienne.

Rachîd Dostom

Le chef ouzbek du Nord, Abdoul-Rachîd Dostom, est né en 1954 dans une famille de paysans pauvres de la province de Djaouzdjân. En 1985, alors qu'il est officier, il accepte de créer une milice ouzbek pour apporter des forces supplétives à l'armée gouvernementale communiste, démoralisée par une série de revers et minée par les désertions. Lorsqu'ils sont envoyés en 1988 en renfort des troupes gouvernementales à Kandahâr, ces miliciens se signalent par leur brutalité. On les connaît alors sous le nom de milices *djaouzdjâni*, du nom de leur province d'origine. Ces Ouzbeks prennent plaisir à terroriser les Pachtouns de Kandahâr, Hérât et Farah, volant, violant à l'occasion des femmes pachtounes (ce qui condamne les victimes à l'opprobre, au rejet par leur famille et à la misère). Les Kandahâris ne peuvent pas croire que ces miliciens soient des Afghans ; ils les définissent comme venant de l'Ouzbékistan soviétique. On les surnomme les *gilim djam*, les « ramasseurs de tapis », autrement dit les voleurs...

Le 18 mars 1992, le général Dostom, qui avait été fait « héros de la République d'Afghanistan » par Nadjiboullâh, provoquera la chute de celui-ci en changeant de camp. Il tiendra désormais le Nord, se rangeant alternativement d'un côté ou de l'autre. Plus que le contrôle de Kaboul, il veut réaliser l'autonomie de la région ouzbek. À cet effet, il fonde son propre parti, le Djounbech-e Melli-e islâmi (« Mouvement national islamique »), un parti laïque en dépit de son nom. Pour lui, la religion est secondaire, la vodka coule à flots. Dostom a établi une administration efficace avec des fonctionnaires locaux, et d'autres, venus de Kaboul. En 1995, pour se procurer des liquidités, il fera imprimer sa propre monnaie en Russie, des afghanis presque identiques à ceux de Kaboul, en même temps qu'il crée sa propre compagnie aérienne.

Le centre du pays, le Hazâradjât, est pratiquement indépendant depuis que le Wahdat en a repris le contrôle en octobre 1985. Il a souffert et souffre toujours du blocus de ses communications vers le Pakistan, car il était difficile aux Hazâras de traverser des zones pachtounes leur étant hostiles. Depuis 1983, la seule solution pour les voyageurs et les marchandises du Hazâradjât consistait à emprunter des camions appartenant aux transporteurs pachtouns. Après les combats internes de 1983-1984, provoqués par de jeunes Hazâras fraîchement revenus d'Iran, le calme s'était rétabli. L'Iran ne cherchait plus à étendre sa révolution dans cette région pauvre et éloignée, sans grand intérêt stratégique.

La ville de Ghazni, entre Kaboul et Kandahâr, est en revanche en pleine activité. Le commerce et l'agriculture y prospèrent. Cette province est administrée par Qari Bâbâ, appartenant au Harakât-e enqelâb-e islâmi, un Pachtoun andar, qui s'était taillé durant la guerre un fief solide dans les campagnes au sud de Ghazni, après avoir éliminé tous ses rivaux potentiels.

La riche province du Logar, enfin, autrefois le grenier à blé de Kaboul, s'est reconstruite progressivement grâce à la réfection des systèmes d'irrigation, avec les subventions américaines, puis celles de la Communauté européenne, aux ONG. De nombreux réfugiés étaient revenus sur leurs terres. La situation se transforme quand Rabbâni menace les commandants du Hezb-e islâmi du nord du Logar de bombarder leurs bases. Ils attaquent alors, en septembre 1994, le commandant Fazloullâh, du Djamî'at, à Baraki Randjân, dans le centre du Logar. Des nomades pachtouns venus en renfort se livrent à des pillages. À la faveur d'autre combats, Hekmatyâr s'assure pratiquement le contrôle de toute la province, mais il devra l'évacuer après avoir été battu par les *tâlebân*, d'abord en janvier 1995, puis, le mois suivant, à Maydân Chahr au nord-ouest de Kaboul.

Pendant que les chefs de guerre se déchiraient, que les politiques palabraient sans fin, que les Nations unies étaient impuissantes, que les autonomies régionales s'affirmaient, et que l'on ne voyait toujours aucune issue à cette guerre civile, le mouvement *tâlebân* s'était structuré, et bénéficiait du soutien pakistanais.

CHAPITRE VI

LE TEMPS DES *TÂLEBÂN*

Les espoirs que les Pakistanais avaient placés dans Hekmatyâr avaient été déçus. Le chef du Hezb-e islâmi, en dépit des armements importants qui lui avaient été fournis, s'était en effet montré incapable d'imposer son autorité aux autres factions de la résistance. Il lui aurait fallu pour cela être un brillant stratège, un politique avisé, et un diplomate accompli. Il n'était rien de tout cela. Le soutien, même symbolique, qu'il avait apporté en 1990-1991 à Saddam Hussein n'avait guère été apprécié. Benazir Bhutto, revenue au pouvoir en octobre 1993, n'aimait pas le côté froid, cruel, calculateur, implacable d'Hekmatyâr, qui se montrait pressé de renvoyer les femmes dans leurs foyers. Enfin, depuis que les républiques musulmanes de l'ex-Union soviétique avaient obtenu leur indépendance (septembre-décembre 1991), les Pakistanais souhaitaient établir avec elles des relations commerciales et intensifier, par voie de conséquence, l'activité du port de Karachi. Il fallait pour cela que la sécurité des transports routiers en Afghanistan fût assurée, ce qui était loin d'être le cas.

Une émergence favorisée par le Pakistan

Benazir Bhutto souhaitait trouver une solution de rechange à Hekmatyâr, et une solution qui s'appuyât sur un pouvoir d'essence pachtoune. Discrédités, divisés, affaiblis par la guerre civile, aucun des partis de la résistance ne paraissait pouvoir s'imposer ; quant aux commandants locaux pachtouns, rivaux entre eux, ils ne paraissaient préoccupés que de maintenir leur pouvoir dans les fiefs qu'ils s'étaient constitués. Dans la région de Kandahâr, en effet, les commandants prélevaient des taxes sur les marchandises en transit, au point que l'on pouvait parler de véritable racket. Les transporteurs, puissante corporation informelle au Pakistan, s'en plaignaient amèrement.

Il était en outre de notoriété publique que la culture du pavot s'était généralisée dans les régions de Djelâlâbâd et de l'Helmand [1], avec l'active complicité de quelques *khân* ou commandants locaux. L'Afghanistan était devenu le premier producteur mondial d'opium. Les exportations d'opium brut ou d'héroïne s'effectuaient clandestinement par le Pakistan, mais aussi par l'Iran, le Turkménistan ou le Tadjikistan. La situation devenait inacceptable pour l'ensemble des États de la région, soucieux de respectabilité internationale. L'Iran des ayatollahs avait d'ailleurs depuis longtemps montré la voie, en prenant des sanctions exemplaires à l'égard des trafiquants.

De leur côté, des sociétés américaines lorgnaient sur les richesses du Turkménistan en gaz naturel et celles de l'Ouzbékistan en pétrole ; elles envisa-

1. Dans l'Helmand, depuis 1992, 1 500 tonnes d'opium par an, avec un rendement de 45 kilos séchés à l'hectare.

geaient la construction de gazoducs et d'oléoducs, qui passeraient non pas par l'Iran ou la Tchétchénie, mais par l'Afghanistan et le Pakistan. Outre leur ravitaillement en gaz et en pétrole, les Pakistanais voyaient se profiler à l'horizon de substantiels bénéfices privés et publics résultant des droits de transit. Ils encourageaient les Américains dans ce sens. En août 1993, un accord est signé entre le Turkménistan et le Pakistan en vue de la construction d'un gazoduc long de 1700 kilomètres, qui relierait les champs de gaz du Turkménistan à un terminal situé dans le Baloutchistan pakistanais sur la côte de la mer d'Oman. Une société argentine, Bridas Corporation, propose de participer au financement. La société américaine Unocal apprécie que le tracé prévu du futur gazoduc longe la frontière irano-afghane du côté afghan ; elle se met sur les rangs, s'associe avec le conglomérat russe Gazprom et la société saoudienne Delta. Le président turkmène Niazov donne son accord à ce projet[1] au détriment du projet argentin.

Au Pakistan, les industries textiles avaient besoin du coton produit au Turkménistan, qui ne pouvait être importé que par la route stratégique Achkhabâd-Hérât-Kandahâr-Quetta (puisque la route la plus directe, par Kaboul, était évidemment interdite en raison des combats qui s'y déroulaient). Il importait que les transports y soient sécurisés, notamment dans la traversée des zones pachtounes, et que des droits de douane puissent enfin être perçus sur les marchandises japonaises et les véhicules d'occasion

1. Cf. Alain Marigo, « Des pipelines à travers l'Afghanistan ? », *Les Nouvelles d'Afghanistan*, n° 74-75, 4e trimestre 1996, p. 37 ; *id.*, « Gazoducs, la course-poursuite », *ibid.*, n° 79, 4e trimestre 1997, p. 34.

introduits en contrebande au Pakistan. C'est bien le sens de la mission qu'effectue le ministre de l'Intérieur, Nasiroullâh Babar, brigadier général en retraite, et ancien gouverneur de la *North-West Frontier Province*, du 22 au 25 septembre 1994. Par voie terrestre, depuis Quetta, il se rend à Kandahâr, puis à Hérât où il inaugure le nouveau consulat du Pakistan. Fin octobre, il amène avec lui à Hérât, en avion militaire, l'ambassadeur américain à Islamabad, et plusieurs autres ambassadeurs (le chargé d'affaires français a poliment décliné l'invitation). Ce même mois, Benazir Bhutto se rend à Achkhabâd, où elle rencontre Rachîd Dostom et Ismâël Khân ; tous deux lui donnent des assurances quant à la reprise du commerce pakistanais et la sécurité de la route.

Ne pouvant intervenir directement dans les affaires afghanes, le gouvernement pakistanais eut alors l'idée d'utiliser les Afghans réfugiés, étudiants en théologie, les *tâlebân*. Début octobre, un millier de jeunes Afghans, issus d'écoles religieuses pakistanaises, fraîchement armés et entraînés sur les instructions de Nasiroullâh Babâr, comme il le reconnaîtra lui-même, prennent position au poste-frontière de Spin Boldak, à 100 kilomètres au sud-est de Kandahâr. Ils en expulsent un commandant local du Hezb-e islâmi et incendient une tonne de hachisch découverte dans un entrepôt.

Le 1er novembre 1994, un convoi de 26 camions banalisés de la *National Logistic Cell* de l'armée pakistanaise, sous la conduite d'un colonel et comprenant une quarantaine de soldats, est immobilisé entre Spin Boldak et Kandahâr par un groupe de *modjaheddîn* locaux, appartenant à différents partis (Hezb, Mahaz, Ettehad). Un groupe de 2 500 *tâlebân*, avec le concours du *Frontier Corps* pakistanais, est alors envoyé dégager ce convoi. Ils nettoient la route jusqu'à Kandahâr de tous les postes de contrôle implantés par les commandants locaux. Le 15 novembre, le convoi parvient à Achkabâd. Il en reviendra chargé de balles de coton pour pallier les conséquences d'une mauvaise récolte de coton au Pakistan cette année-là. Le 17 novembre, l'Arabie Saoudite et la Banque islamique de développement accordent d'importants crédits pour la réfection de la route Hérât-Kandahâr, en piteux état. Ces fonds transitent par le Pakistan qui en contrôlera l'utilisation, mais les travaux ne seront jamais réalisés.

Les *tâlebân* se sont emparés de Kandahâr le 13 novembre avec l'aide logistique de l'armée pakistanaise. À l'aéroport, ils se sont saisis d'une demi-douzaine de chasseurs-bombardiers MIG et de leurs pilotes pachtouns, formés par les communistes.

Les *tâlebân* rétablissent la sécurité sur les routes. Là où ils sont, ils restaurent l'ordre public et appliquent la loi islamique. Des bureaux sont ouverts où l'on enregistre des plaintes. Des voleurs ont la main coupée ; au moins sept petits commandants de Kandahâr, qui avaient volé des terres ou enlevé des jeunes filles, sont exécutés. La popularité des *tâlebân* est réelle. Elle draine vers eux de nombreux jeunes Afghans éduqués dans les *madrassâ* pakistanaises, où leurs professeurs les encouragent à participer à la *djihâd*. D'autres jeunes, Pakistanais, Afghans de l'intérieur, et bientôt des volontaires étrangers, vont se joindre à eux.

Apparus à la surprise générale en octobre 1994, les *tâlebân*, ces mystérieux étudiants en théologie, n'étaient pas si inconnus que cela. Ils avaient peu attiré l'attention des observateurs occidentaux car ils ne militaient dans aucun parti, n'étaient porteurs d'aucune modernité, et n'avaient pas la faveur des jeunes éduqués afghans, islamistes ou communistes.

Enfermés dans leurs modestes *madrassâ* de villages, férus de livres pieux, psalmodiant inlassablement le Coran, discrets, paraissant soumis à leurs maîtres prédicateurs, ils n'en ont pas moins participé aux combats de la résistance. Présents dans tout le pays, aussi bien dans les zones pachtounes du Sud, que chez les Ouzbeks ou Turkmènes, ils formaient l'ossature du Harakât-e enqelâb-e islâmi (« Mouvement de la révolution islamique ») qui, en, dépit de son nom, n'avait rien de révolutionnaire. Le *maolawi* Mohammed Nabî Mohammedi, originaire de la province du Logar (il avait été élu député en 1965), qui le dirigeait, était le plus effacé des chefs de la résistance basés à Pechâwar depuis 1979. En 1984, on estimait pourtant les zones d'influence de son mouvement à environ 35 %[1] du territoire. Outre ces jeunes musulmans, le mouvement de Mohammedi comprenait principalement de modestes mollahs traditionalistes, des *oulâma* issus du réseau privé d'éducation religieuse (par opposition à ceux issus de la faculté de théologie de Kaboul, supposés plus « modernistes »). Considéré comme trop modéré et conciliant, le Harakât-e enqelâb ne recevait qu'environ 7 % des armes distribuées aux différents mouvements de résistance[2].

Ces *maolawi* et mollahs sont des réformistes, en ce sens qu'ils veulent en revenir à l'application la plus stricte de la *charî'ah* suivant la tradition sunnite. Au contraire des islamistes éduqués dans l'enseignement public, qui sont des citadins, ceux-là sont parfaitement intégrés dans le réseau rural. Respectés, incorruptibles, ils avaient su maintenir la permanence de la société civile afghane en un temps où le

1. *Afghanistan, la colonisation impossible*, *op. cit.*, p. 246.
2. Assem Akrâm, *Histoire de la guerre d'Afghanistan*, *op. cit.*, p. 248.

pouvoir communiste et les Soviétiques entendaient la déstructurer. Dès 1978, de nombreux étudiants en théologie, désorientés par les mesures antireligieuses du gouvernement communiste, souvent privés de maîtres emprisonnés ou assassinés, avaient constitué des « groupes d'étudiants en théologie » (Jabha-e tâlebân) bien implantés dans les treize provinces de l'ouest de l'Afghanistan ; ils avaient ensuite créé des écoles religieuses fonctionnant dans le cadre des bases de résistance du Harakât. Ils vivaient en symbiose avec les paysans qui menaient la guerre de résistance, pour défendre leurs territoires, leurs intérêts, leur religion. Mohammedi n'eut plus guère de rôle après 1992, mais ses réseaux et son mouvement, restés en dehors des joutes de partis, sans ambition politique ou territoriale, finiront par apparaître comme un recours. Ils vont se trouver en phase avec le mouvement des *tâlebân*.

Les *tâlebân*, à l'origine, sont des Pachtouns issus des écoles religieuses de la province de Kandahâr et des camps de réfugiés de la province pakistanaise du Baloutchistan, mais on compte parmi eux quelques Baloutches et même des Tadjiks. Leurs responsables ont été formés dans les *madrassâ* tenues par le parti pakistanais Jamiat-ul Ulema-e islam (JUI), dirigé par le *maulana* Fazl ur-Rahmân, alors allié du Pakistan People Party (PPP) de Benazir Bhutto[1]. Implantées dans les zones tribales du Pakistan et au Baloutchistan pakistanais, ces *madrassâ* étaient largement financées par l'Arabie Saoudite[2]. Dans un pays

1. Au pouvoir d'octobre 1993 à novembre 1996.
2. Depuis que le Jama'at-e islâmi, proche des services secrets pakistanais (ISI), parti rival du JUI, a soutenu Saddam Hussein en 1990-1991, l'Arabie Saoudite a supprimé les subventions qu'elle lui accordait.

où l'éducation moderne apparaît encore souvent comme liée à des traditions étrangères, nombre de familles afghanes réfugiées envoyaient un de leurs fils étudier dans une de ces écoles privées, constituées autour d'un maître lié aux groupes tribaux. Ces étudiants étaient généralement pauvres, la maigre allocation donnée par les parents servant tout juste à payer leurs études; certains étaient des orphelins, pris en charge par la communauté. Après de longues études, ils pouvaient devenir mollahs et trouver une place de conducteur des rites et maître d'école dans un village. Les plus doués d'entre eux avaient la possibilité de poursuivre leurs études au Pakistan, parfois à l'université El-Azhar du Caire. En 1995, on recensait, dans la seule province du nord-ouest du Pakistan (NWFP), 1 383 *madrassâ* officiellement enregistrées, dont 684 affiliées au JUI. On y dénombrait 99 307 élèves pakistanais et 13 772 afghans[1]. Parmi ces derniers, 6 000 auraient rejoint les *tâlebân*.

Dès la fin de 1994, les *tâlebân* ont été très bien acceptés dans les zones pachtounes, non seulement parce qu'ils assuraient la sécurité, mais aussi parce qu'ils incarnaient l'espoir du retour à l'autorité pachtoune à la tête du pays. À l'époque, en effet, c'étaient indiscutablement les Tadjiks, à commencer par Rabbâni et Massoud, qui assumaient l'essentiel des pouvoirs de l'État, même s'il s'agissait d'un État fantôme. Les ombrageux Pachtouns, à quelque confédération qu'ils appartinssent, ne pouvaient s'en satisfaire. Le 18 mars 1995, le *Frontier Post*, quotidien pakistanais de langue anglaise reflétant des sensibilités pachtounes, publiera le nom des responsables *tâlebân*. Ils sont une trentaine, tous kandahâris; la

1. Maryâm Abou Zahab, « L'origine sociale des *tâlebân* », *Les Nouvelles d'Afghanistan*, n° 74-75, 4e trimestre 1996, p. 24.

plupart d'entre eux sont des *maolawi*, issus des *madrassâ* déobandis de Pechâwar ou de Nowchera[1] (Pakistan), professeurs de théologie dans les *madrassâ* de Kandahâr ou de Quetta. Leur chef, l'*amîr* selon l'antique terminologie, est Mohammed Omar, un obscur combattant du Harakât-e enqelâb. Il est né en 1958 dans le village de Sang-e Sar, dans l'Ourouzgân montagneux (partagé entre les Pachtouns au sud et les Hazâras au nord, ce qui n'est pas sans signification). Cette province, reculée, presque inconnue, est le siège d'un islam radicalement opposé aux influences extérieures, le fief des Pachtouns les plus traditionalistes et éloignés des réalités contemporaines. Omar avait perdu un œil dans les combats contre les Soviétiques. Nul ne sait pourquoi il a été choisi pour être le chef des *tâlebân*. Une partie de son prestige lui vint, dit-on, d'une opération punitive qu'il avait conduite avec quelques hommes contre un commandant local, pendu pour avoir enlevé deux jeunes filles. On raconte aussi qu'il avait vu en rêve le Prophète, et que celui-ci lui avait ordonné de sauver le pays...

La logique des tâlebân

De par leur formation dans ces écoles religieuses pakistanaises, les *tâlebân* sont influencés par les traditions musulmanes du sous-continent indien et par l'idéologie des mouvements nationalistes nés au XIXe siècle. Les Pachtouns de la zone tribale, au

1. Selon Maryâm Abou Zahab, (*ibid.*, p. 25), la madrassa Akora Khattak de Nowshera comptait en 1985 400 Afghans sur 680 étudiants. Sur 799 diplômés entre 1977 et 1984, 529 étaient des Pachtouns issus du sud de l'Afghanistan.

XIXe siècle, étaient en lutte à la fois contre les Sikhs[1] (à la religion syncrétique, jugée hérétique par les musulmans), qui leur avaient enlevé Pechâwar depuis 1833, et contre les Anglais, qui allaient justement s'emparer de Pechâwar en 1846 pour réaliser l'unité de l'empire des Indes. Les extrémistes musulmans, conduits par des mollahs messianiques, promettaient le paradis sur terre dès lors que serait installé un État islamique. Ils accusaient les Britanniques de favoriser les hindous, jugés plus dociles. On sait dans quelles conditions de violence et de barbarie s'est effectuée la partition entre l'Inde et le Pakistan en 1947. Les extrémistes musulmans n'ont en outre jamais pardonné aux Britanniques d'avoir laissé, en 1947, un monarque hindou gouverner le Cachemire et l'intégrer à l'Inde ; ils réclament toujours, et avec quelle violence, l'actualité en témoigne, le rattachement de cette province en majorité musulmane au « pays des purs »

C'est ainsi que les *tâlebân* ont été imbibés des idéaux musulmans extrémistes. Ils en étaient restés à la lutte contre l'empire britannique et, par voie de conséquence, contre l'Occident, accusé de vouloir entraver le plein épanouissement du règne inéluctable d'Allâh sur la terre. Les *tâlebân* baignent également dans le culte des martyrs sacrifiant leur vie pour le triomphe de l'islam, « la dernière religion révélée, la vraie, la seule ». Le combat qu'ils vont mener en Afghanistan est celui des fondamentalistes, tournés vers le passé idéalisé, la glorification

1. Comme, par exemple, ce Sayyed Ahmed, de Bareli, en Inde (Ahmed Chahîd, 1786-1831), qui avait pris le titre d'*âmîr al-mo'minîn* (cf. Maryâm Abou Zahab, *Les Nouvelles d'Afghanistan*, n° 85, 3e trimestre 1999, p. 16). Cf. également Olaf Caroe, *The Pathans*, Macmillan, 1958, p. 301-305.

de la religion, contre des militants plus modernistes (Tadjiks, Ouzbeks, voire les chi'ites détestés) qu'ils soupçonnent de vouloir imposer un État plus laïque en dépit des apparences, géré par des élites occidentalisées, et non pas par des théologiens guidés par la révélation coranique et la *sounna* du Prophète. Il n'est pas question pour eux de rouvrir la « porte de l'effort législatif » (*Bâb al-idjtihâd*). Leur conception de l'islam « n'a rien à voir avec celle de la majorité des Afghans », dira Ahmad Châh Massoud[1].

Dans toutes les zones que contrôleront les *tâlebân*, la loi islamique sera proclamée : une série de « directives », promulguées en novembre et décembre 1995, en préciseront les détails. Toutes les mesures prises par les *tâlebân* en ce domaine obéissent à la logique de la *charî'ah* originelle appliquée au sens le plus étroit. Elles visent en premier lieu le comportement des femmes, auxquelles « l'islam, la religion salvatrice, a rendu la dignité originelle, par des préceptes leur étant spécifiquement destinés », lira-t-on dans un décret du mollah Omar. Pudibonds, rétrogrades, craintifs à l'égard des femmes, obsédés par leur « impureté périodique[2] », les *tâlebân* leur assignent un rôle et un seul : rester à la maison. Ce ne sont, pour les femmes, qu'interdictions de toute activité professionnelle, restrictions dans les soins médicaux, ordre de ne pas laver leur linge dans les cours d'eau, obligation de porter le voile intégral et d'être accompagnées par un proche si elles doivent circu-

1. *L'Événement du jeudi*, 4 septembre 1997.

2. Les recueils d'authentiques traditions du Prophète (*sahîh*), familiers aux tâlebân, sont édifiants à cet égard. Cf. dans le recueil classique de l'imâm Muslim (*Al-Djâmi us-Sahîh*), le *Kitâb al-Haidh* (« Livre des menstruations »), qui apparaît dès le chapitre III, immédiatement après le Livre de la foi et le Livre de la purification.

ler en taxi, interdiction du vernis à ongles (les mains étant la seule partie du corps visible sous le *tchâderi*) etc., faute de quoi le mari, ou le père, ou « les anciens » de la famille, seront tenus pour responsables de la conduite des « coupables » par la police religieuse (*mounkrat*). Les tailleurs ne sont pas autorisés à prendre les mesures des femmes pour leur confectionner des vêtements. Les revues de mode ou de confection seront bien évidemment proscrites. Les jeunes filles seront exclues du système éducatif.

Les interdictions de toute nature vont pleuvoir : musique, élevage de perdrix ou d'autres d'oiseaux de combat (les Afghans raffolaient des combats d'oiseaux et d'animaux) ou chanteurs, jeux de cerfs-volants (au motif que lorsqu'un cerf-volant s'accroche dans un arbre, les gamins, ou les adolescents, en montant récupérer leur précieux jouet, risqueraient de jeter un œil dans les cours de demeures où des femmes pourraient circuler dévoilées). Les prêts d'argent à intérêt sont prohibés, et les changeurs ne doivent percevoir aucune commission sur les opérations effectuées. On ordonne aux hommes de ne pas se raser la barbe. Les hammams sont fermés. Les cinq prières quotidiennes doivent être scrupuleusement respectées, et, lorsqu'elles ont lieu à la mosquée, les commerçants doivent s'y rendre sans pour autant fermer leurs échoppes puisque le vol est interdit ; il est en effet puni, la première fois, par une amputation de la main. La consommation d'alcool ou de drogue est passible de la peine de mort. Les *tâlebân* sont très attentifs à tout ce qui leur paraît relever de la « sorcellerie » ; ils condamnent les pratiques ancestrales (confection d'amulettes, « passes » mystérieuses associées à la récitation de versets du Coran pour faciliter une guérison) et ils exigent que l'on détruise tous les ouvrages de « magie », sans autre précision, ce qui revient à proscrire toute lecture : mieux vaut ne pas être trouvé en possession d'un livre s'il ne s'agit pas du Coran… Il est interdit d'afficher des « portraits », quels qu'ils soient, dans les boutiques, les bureaux, et même les domiciles privés, ou de posséder des magazines illustrés. Les cinémas seront fermés et nombre de bobines de films brûlées par les *tâlebân* ; les jeux d'échecs et de cartes sont prohibés.

Quant aux relations « coupables », adultérines ou homosexuelles, le simple soupçon, dans ce domaine comme dans d'autres, suffit pour diligenter une enquête ; si les témoignages sont probants, le châtiment est le fouet, voire la mort. On signalera des cas de lapidation de femmes adultères, par exemple dans le Laghmân (mars 1997), à Mazâr-e Charîf (mai 2000), ou à Kandahâr[1]. La prostitution est également passible de la peine capitale.

La police religieuse, instrument essentiel du pouvoir *tâleb*, est placée sous l'autorité d'un département, bientôt érigé au rang de ministère, « de l'ordonnance du bien et de l'interdiction du mal », comme en Arabie Saoudite. Le choix de ce nom témoignait, une fois de plus, du retour aux sources de l'islam le plus traditionnel. Il faisait, en effet, explicitement référence au titre et à l'une des prérogatives essentielles du Calife, « Celui qui ordonne le bien et interdit le mal[2] ». La police religieuse sera chargée de faire respecter la loi au quotidien, au

1. Voir le récit d'une lapidation d'une femme et de son gendre à Kandahâr, *Les Nouvelles d'Afghanistan*, n° 74-75, 4e trimestre 1996 (traduit d'un article de John F. Burns, *International Herald Tribune*).

2. « *Âmir bi l'ma'rouf wa nâhin 'an al-mounkar.* » Cf. Louis Gardet, *La Cité musulmane*, Vrin, 1969, p. 184-188.

besoin à coups de bâton, ce qui contribuera un peu plus à faire détester les *tâlebân* « arabes » par les population citadines, et de prendre les sanctions, des plus légères — coups de fouet, emprisonnement provisoire — jusqu'aux plus graves, pendaisons ou exécutions à la kalachnikov, ces dernières s'accomplissant parfois devant une foule convoquée pour l'exemple. On verra même les *tâlebân* autoriser une vengeance familiale : le meurtrier d'un homme fut égorgé publiquement dans le grand stade de Kaboul par un membre de la famille de la victime. Une de ces scènes d'horreur a été filmée en 2000, au péril de sa vie, par une jeune femme afghane, prénommée Mastoura. Elle avait dissimulé un Caméscope sous son *tchâderi*. Les médias américains et britanniques auxquels ces images furent proposées refusèrent de les diffuser avant la chute des *tâlebân*[1].

Le patrimoine archéologique afghan ne sera pas épargné par le délire : le dynamitage des bouddhas de Bamyân est encore dans toutes les mémoires, de même que le martelage systématique des statues en stuc ou en schiste, ou des fresques de l'art du Gandhâra, conservées dans ce qui restait du musée de Kaboul ou sur le site de Hadda, près de Djelâlâbâd.

Le seul domaine, si l'on ose dire, où l'« ordre *tâlebân* » obtiendra des résultats appréciés par la communauté internationale, sera celui de la lutte contre la culture du pavot et les exportations clandestines d'opium ou d'héroïne à partir de 2000. Selon une estimation du Programme des Nations unies pour le

1. Témoignage de Mastoura et d'une de ses amies afghanes le 16 avril 2002 lors de l'émission « Témoins extraordinaires » de Marc-Olivier Fogiel (FR3).

contrôle international des drogues[1], la production d'opium sec en Afghanistan était de 3 300 tonnes en 1998, les cultures s'effectuant sur une surface totale de 63 000 hectares. En collaboration avec les pays voisins, notamment l'Iran, le nombre de trafiquants arrêtés, ou exécutés, l'importance des saisies effectuées aux frontières ou dans les zones de culture, iront croissant jusqu'en 2001[2]; elles donneront la mesure de l'importance de ces cultures, qui ne seront toutefois jamais totalement éradiquées.

La conquête progressive du pays

Le pouvoir des *tâlebân* n'aurait pu s'imposer sans le soutien du Pakistan. C'est au Pakistan qu'ils ont été éduqués et fanatisés; c'est au Pakistan qu'ils ont été entraînés; c'est le Pakistan qui les a dotés d'armements efficaces. Ensuite, par le jeu des ralliements, et des récupérations d'armes sur ceux qu'ils avaient vaincus, ils se sont constitué un arsenal important. La rapidité de leurs succès a certainement dépassé les espoirs placés en eux par leurs « parrains ». Se situant résolument en dehors des rivalités politiques, hostiles aux trafics et à la corruption, rassurant par le caractère religieux de leur mouvement, ils ont été bien accueillis dans

1. Selon le PNUCID, la vente d'un kilo d'opium équivalait à celle de 250 kilos de blé en 1997-1998.

2. En 1999, 740 trafiquants, pour la plupart venus d'Afghanistan, seront tués ou exécutés en Iran; en 2000 ce sont au moins 500 trafiquants qui seront arrêtés, avec d'importantes saisies d'héroïne de hachisch et d'opium (en mars 2000, 80 kilos d'héroïne saisis à la frontière avec le Tadjikistan; en avril 2000, 355 kilos d'héroïne pure, 2,5 tonnes d'opium et 4,5 tonnes de hachisch dans la région de Kandahâr).

tout le sud du pays par des populations lasses de la guerre.

De novembre 1994 à février 1995, les *tâlebân* s'assurent, pratiquement sans combats, le contrôle des provinces d'Helmand et de Zabol. Le 24 janvier, ils attaquent à nouveau dans la province de Ghazni, où ils avaient été tenus en échec par les forces coalisées du Hezb-e islâmi et du Harakât-e islâmi en novembre. Ils écrasent les troupes du Hezb dans leur fief, à Raoza. Les provinces du Logar, du Wardak et de Paktika se rallient bientôt aux *tâlebân*. Dans les provinces qu'ils contrôlent, les *tâlebân* nomment de nouveaux chefs, confirment dans leurs fonctions plusieurs *maolawi* pachtouns, chefs de district, qui avaient conduit la résistance contre les Soviétiques. Dans les villages, ils envoient des émissaires, afin de prévenir qu'ils reviendront une semaine plus tard pour récupérer toutes les armes. Les populations, finalement soulagées qu'une force unifiée prenne le contrôle de la province, obtempèrent sans résistance.

À partir du 7 février, les *tâlebân* lancent une offensive de grande envergure contre un autre fief du Hezb, Maydan Châr, à 40 kilomètres au sud de Kaboul. On aurait alors pu s'attendre à ce que Goulbouddîn Hekmatyâr, retranché dans son quartier général de Tchahârâsiâb, à 25 kilomètres au sud de Kaboul, oppose une farouche résistance à l'avancée des *tâlebân*. Mais il s'enfuit le 14 février à l'aube, abandonnant tout son armement dans sa précipitation. Il va s'installer avec ses troupes dans la région de Sairobi, entre Kaboul et Djelâlâbâd.

Les « authentiques » *tâlebân* ne sont alors que quelques milliers, mais nombre de mécontents, et parmi ceux-ci des commandants et combattants du Hezb-e islâmi, les rejoignent. En février 1995, on estime leurs forces à environ 25 000 hommes armés, avec 200 chars ; ils disposent, depuis la base de Kandahâr, d'avions de combat. En février et mars, ils s'emparent des régions de Khost et de Gardez, dont ils chassent le Hezb. Ils sont alors maîtres du tiers du pays.

À Kaboul, Massoud profite de la débâcle du Hezb pour tenter de réduire les bastions du Wahdat chi'ite, proche de l'Iran, dont le chef, Abdoul 'Alî Mazâri, s'était allié avec Hekmatyâr. Totalement isolé, le Wahdat s'en remet à la médiation des *tâlebân* et se défait à leur profit de son armement lourd. Le 11 mars, Mazâri tombe aux mains des *tâlebân*. Il trouvera la mort, ainsi que plusieurs de ses compagnons, dans de mystérieuses circonstances à l'issue de son transfert par hélicoptère à Kandahâr. Pour les Hazâras, les choses sont claires : leur chef et ses proches ont été exécutés au mépris de la parole donnée. Aucune alliance ne sera désormais possible entre les *tâlebân* et les Hazâras chi'ites [1].

Le 9 mars 1995, les troupes de Rachîd Dostom évacuent Kaboul et se replient dans leurs bases au nord du pays, laissant face à face les *tâlebân* et Massoud. Le 19 mars, les forces de Massoud s'emparent de l'ancien quartier général d'Hekmatyâr, à Tchahârâsiâb. Les *tâlebân* se retirent à 30 kilomètres au sud-est de Kaboul.

Du 27 mars au 3 avril 1996, plus de 1 000 dignitaires religieux venus des quatre coins des régions pachtounes du Pakistan et d'Afghanistan, et même d'Iran, se réunissent à Kandahâr pour déclarer la

1. La dépouille de Mazâri a été restituée aux Hazâras. Elle a été portée en procession sur 500 kilomètres jusqu'à Mazâr, où elle a été inhumée le 26 mars 1995 en présence de centaines de milliers de personnes.

guerre sainte contre le gouvernement de Kaboul. Le 4 avril, comme avant lui le roi Amânoullâh, le mollah Omar apparaît revêtu du manteau sacré (*khirqa-e charîf*), que la tradition disait avoir été porté par le Prophète, conservé dans le sanctuaire *khirqa-e mobarak* situé au cœur de la ville. Confits d'enthousiasme, les dignitaires religieux réunis proclament ce simple mollah *amîr al-mo'minîn*, « commandeur des croyants » (titre dont se paraient également les monarques afghans jusqu'à Dost Mohammed inclus) et lui prêtent serment d'allégeance. L'événement avait sans doute un précédent, lorsque le mollah Sayyed Ahmed avait, lui aussi, pris le titre d'*amîr al-mo'minîn* en 1830 pour prêcher la guerre sainte contre les Sikhs. Mais l'intronisation du mollah Omar, en présence d'une foule immense d'*oulâma* et de mollahs, avait une tout autre dimension. Début 1996, les *tâlebân* n'avaient-ils pas publié un programme dont le premier point affirmait leur volonté d'instaurer un gouvernement islamique sur le modèle hérité du califat des origines ? Le mollah Omar, dans un vertige paranoïaque, ne se posait-il pas ainsi, aux yeux de tous les musulmans, en héritier unique de l'authentique tradition des quatre premiers califes *râchîdoun* (« les bien guidés ») ?...

Les combats se poursuivent en dépit des efforts des Pakistanais et des Nations unies pour ramener la paix. À l'ouest, Ismâël Khân et Dostom s'affrontent pour le contrôle de la province aymâq de Badghis et de Faryâb. Ismâël Khân s'allie en juin 1995 avec un dissident hazâra, l'hodjatoleslâm Sayyed Akbari, contre le Wahdat, et parvient à s'emparer de Bamyân pour trois mois. Puis, répondant aux demandes pressantes de Rabbâni et de Massoud, il se lance en juillet à la conquête de Kandahâr, avec l'espoir irraisonné de rallier à lui les anciens commandants pachtouns écartés du pouvoir par les *tâlebân*. La contre-attaque des *tâlebân* sera meurtrière. Leur avance est facilitée par le soutien de l'aviation de Dostom, qui bombarde la base aérienne de Chindand, près d'Hérât. Dans la nuit du 4 au 5 septembre, les *tâlebân* investissent Hérât. Ismâël Khân se réfugie à Machhad, en Iran. Hérât, si fière de son passé artistique et intellectuel, découvre la loi des *tâlebân*. La langue pachtou est la seule autorisée dans l'administration, alors que les Hérâtis ne parlent que persan. Les deux postes-frontières, avec leurs considérables recettes douanières, sont désormais aux mains des *tâlebân*, qui vont pouvoir financer leur effort de guerre. Ils se dirigent maintenant vers les provinces de Badghis et de Faryâb, vers le nord.

En comparaison des années 1992-1994, la capitale, aux mains de Massoud, est relativement calme. Des réfugiés commencent à revenir à Kaboul. Hélas, la ville et les maisons sont souvent truffées de mines antipersonnel, et les hôpitaux accueilleront de nombreux blessés qu'il faudra amputer... Le 4 avril 1995, l'université est rouverte. Elle accueille 5 600 étudiants, dont une majorité de jeunes filles ; dans les écoles en état de fonctionner dans la capitale, les enseignants, pour près des deux tiers, sont des femmes. Les *tâlebân* sont aux portes de la ville. Les ONG françaises réparent les systèmes d'adduction d'eau grâce à des subsides de la Communauté européenne, aident plusieurs hôpitaux de la capitale, gèrent les bennes à ordures de la municipalité, tandis que la Croix-Rouge internationale établit un pont aérien à partir de Pechâwar pour ravitailler 100 000 personnes sur les 800 000 que l'on dénombrait, alors, à Kaboul.

À partir d'octobre 1995, les roquettes recommencent à pleuvoir sur la capitale, cette fois-ci lancées par les *tâlebân*, et des bombardements aériens sont menés depuis Kandahâr. L'exode des civils reprend ; on estimera les départs à 75 000 en quelques mois.

Les tractations ont repris entre les partis. Régulièrement, Rabbâni promettait de remettre son poste de président si un accord acceptable par tous était trouvé. Le 24 mai 1996, il signe avec Hekmatyâr un accord de paix, lui confiant le poste de Premier ministre et à l'un de ses adjoints celui de ministre de la Défense. Massoud[1] se sent d'autant plus floué que, si Rabbâni est demeuré président, c'est grâce à lui[2].

Hekmatyâr fait son entrée à Kaboul un mois plus tard. Le 3 juillet, il obtient pour son parti, outre les deux postes promis, le ministère des Finances. Les 10 et 14 juillet, il ordonne la fermeture des cinémas, interdit la musique à la radio et la télévision, oblige les fonctionnaires à respecter les cinq prières quotidiennes ; il impose le voile intégral aux femmes tout en leur recommandant de rester à la maison...

Dès le 5 juin 1996, les chefs des partis pachtouns n'appartenant pas à la coalition gouvernementale (Mohammedi, Gaïlâni, Modjadeddi, auxquels s'était joint Younôs Khalès) entament de leur côté des pourparlers avec les *tâlebân*. Le 17 juillet, leur accord inclut Rachîd Dostom et Khalîlî (du Wahdat)

1. Depuis le 7 mars 1993, Massoud avait démissionné de son poste de ministre de la Défense sous la pression des Pakistanais, mais il en exerçait de fait les responsabilités.

2. Massoud se repentira de sa fidélité à Rabbâni : « Le refus de Rabbâni de transmettre le pouvoir à un autre chef nous a coûté très cher » (*L'Événement du jeudi*, 4 septembre 1997) ; « Nous n'avons pas pu faire la moindre réforme en raison des combats permanents. Et faute de compétences, nous n'avons pas pu mettre en place un gouvernement fiable » (*Le Figaro*, 5 mars 1997).

en vue de la constitution d'un « Conseil islamique pour la paix ». Le 10 septembre, Djelâlâbâd se rend sans combat aux *tâlebân*. Les quatre universités et les écoles de filles sont aussitôt fermées, les femmes perdent leurs emplois.

Le 25 septembre 1996, Sarobi, fief du Hezb, dégarni de troupes pour assurer le pouvoir d'Hekmatyâr à Kaboul, est pris avec ses stocks d'armes. De violents combats ont lieu dans les faubourgs de la capitale, faisant des centaines de victimes ; le commandant militaire des *tâlebân*, le mollah Bor Djân, y trouve la mort. Au soir du 26, les *tâlebân* entrent en force dans Kaboul, précipitamment évacuée par les troupes de Massoud qui, dira-t-il, n'a pas voulu exposer la ville à de nouvelles destructions. Les forces d'Hekmatyâr se sont évanouies ou ralliées aux *tâlebân*.

Le lendemain, un groupe de cinq *tâlebân* sous les ordres du mollah Abdoul Razak, chef militaire des *tâlebân*, pénètre dans les locaux des Nations unies, au mépris de l'immunité diplomatique qui avait été respectée auparavant par les différents protagonistes. Ils torturent l'ancien président Nadjiboullâh, son frère Chahpour Ahmadzaï, les mutilent, puis les achèvent[1]. Leurs corps resteront pendus deux jours près de l'ambassade des États-Unis, avec des billets de banque dans leurs poches et des cigarettes dans les mains, symboles de corruption et de débauche. Les aides de camp des deux hommes, les généraux Dja'far et Mohammed Tokhi, ont eux aussi été pendus.

L'*âmîr al-mo'minîn* fera une brève apparition à

1. La presse pakistanaise assurera que ce groupe avait été envoyé par le mollah Rabbâni (à ne pas confondre avec Borhanouddîn Rabbâni), premier des adjoints du mollah Omar, pour venger son père et ses deux frères exécutés plusieurs années auparavant sur ordre de Nadjiboullâh.

Kaboul, afin de nommer un gouvernement intérimaire de six membres et décréter une amnistie.

Dès le lendemain de la prise de Kaboul, les *tâlebân* demandent la reconnaissance internationale. Celle-ci leur est refusée le 11 octobre par l'ONU, ce qui exaspérera les *tâlebân* et accentuera leur ressentiment contre la communauté internationale. Il faudra attendre les 25 et 26 mai 1997 pour que le Pakistan, sans enthousiasme, puis l'Arabie Saoudite et les émirats du Golfe, reconnaissent le régime. Ils seront les seuls, car aussi bien les républiques musulmanes ex-soviétiques que l'Iran s'inquiètent de déclarations imprudentes des *tâlebân* qui ont proclamé leur intention « d'aider leurs frères musulmans à se libérer des régimes étrangers à l'islam ».

À peine maîtres de la capitale, les *tâlebân* se lancent à la poursuite de Massoud, qui s'est replié dans son Pandjchir natal, dont il dynamite les accès le 1er octobre. Rabbâni se retire à Faizabâd, dans les montagnes isolées du lointain Badakhchân. Hekmatyâr a vu ses anciens commandants se détourner de lui ou se rallier au mouvement *tâleb* ; il se réfugie en Iran, car il sait qu'à Pechâwar, il serait tôt ou tard assassiné en raison de ses trahisons et de ses crimes passés. Quant à Massoud, en dépit de ses erreurs, il retrouve son capital de sympathie. Face aux paysans pachtouns traditionalistes, l'islamiste éclairé apparaît à nouveau porteur de modernité. Il reprend l'offensive, et conclut en outre une alliance avec ses anciens adversaires, Dostom et Khalîlî.

Le 15 octobre, Nasiroullâh Babâr, ministre pakistanais de l'Intérieur, principal « parrain » des *tâlebân*, effectue une visite éclair à Kaboul, puis à Mazâr-e Charîf où il essaie, sans succès, d'arracher la neutralité de Dostom. Le 29, les *tâlebân* déclarent la guerre sainte contre Dostom. Celui-ci est préoccupé par l'avance des *tâlebân* vers la province de Badghis. Le 30 octobre 1996, il organise un pont aérien depuis l'Iran pour transporter Ismâël Khân, son ancien ennemi, avec 2 000 de ses hommes, financés par l'Iran, à Maïmana (capitale de la province de Faryâb) pour s'opposer aux *tâlebân*.

Benazir Bhutto, qui avait lancé le mouvement des *tâlebân*, est limogée le 5 novembre 1996 par le président de la République pakistanaise. Les nouveaux dirigeants se montreront plus circonspects à propos des anciens protégés. Ils les diront « incontrôlables » — et même « dangereux », ajouteront-ils en aparté.

Durant leur campagne d'hiver, les *tâlebân* ont repoussé Massoud hors de la plaine de Chamali, entre Kaboul et le Pandjchir. Ils contraignent 70 000 Tadjiks à évacuer leurs villages et à se réfugier dans la capitale. Ils peuvent désormais se diriger vers le Hazâradjât et plus précisément vers Bamyân. Depuis décembre, cette position, comme celles qu'ils tenaient dans l'Ouest, leur permettait d'imposer un blocus du Hazâradjat, où 160 000 personnes étaient menacées de famine dans la vallée de Bamyân. Le Programme alimentaire des Nations unies, depuis le Pakistan, les ravitaillait grâce à un pont aérien ; mais en janvier 1997, le bombardement de l'aéroport de Bamyân met un terme à l'arrivée de cette aide. En février, aidés par des Pachtouns de la région, qui vont profiter de l'occasion pour déporter les villageois hazâras vers Kaboul et s'emparer de leurs terres, les *tâlebân* atteignent le col de Chibar mais ne peuvent plus progresser[1].

1. Leur chef, Abdoul Wâhid, annonce le 17 avril son intention de soumettre les Hazâras chi'ites à la *charî'ah* sunnite et de faire sauter les bouddhas géants de Bamyân dès qu'il aura investi la vallée.

Depuis mars 1997, le gouvernement du Tadjikistan a autorisé Massoud à utiliser une base à Kouliab, afin qu'il puisse approvisionner ses troupes grâce à de vieux hélicoptères soviétiques. Le 13 avril, devant la pression des *tâlebân*, l'Ouzbek Dostom, le Tadjik Massoud, le Hazâra chi'ite Khalîlî et l'ismaélien Sayyed Dja'far Nâderi se rencontrent et mettent au point une stratégie commune.

Dans ce quatuor, Dostom apparaît alors comme l'homme fort. Il tire de substantiels profits des exportations de fourrures et de divers commerces. Et pourtant, un coup de théâtre va précipiter sa chute. Le 19 mai, le général Abdoul Mâlek, un Ouzbek qui gouvernait en son nom la province de Faryâb, s'est rallié aux *tâlebân* [1] et leur a livré la capitale provinciale, Maïmana. Lors d'un banquet auquel il avait convié Ismâël Khân, il le fait arrêter, ainsi que 700 de ses hommes, et les livre aux *tâlebân* [2]. Il se retourne ensuite contre son ancien chef. Le 24 mai, il s'empare du quartier général de Dostom à Cheberghân, et ses troupes, avec un détachement *tâlebân*, entrent le lendemain dans Mazâr-e Charîf. Dostom a eu tout juste le temps de déguerpir ; il trouvera refuge à Tachkent, puis à Ankara, où il avait eu soin d'acquérir une résidence en 1996. 2 500 *tâlebân* ont rejoint le premier détachement. Leur progression est irrésistible. Dans la foulée, ils s'emparent de Koundouz, Baghlân et Samangân. Rabbâni s'est

1. Ce ralliement serait la conséquence d'un règlement de comptes familial. Le frère de Mâlek, Rassoul Pahlawân, second de Dostom, aurait été assassiné le 24 juin 1996 sur les ordres de ce dernier, pour s'être opposé à l'accord avec Massoud.

2. Emprisonné à Kandahâr par les *tâlebân*, Ismâël Khân parviendra à s'évader le 27 mars 2000 et à se réfugier en Iran.

enfui au Tadjikistan. De nouveaux renforts de *tâlebân* sont envoyés dans le Nord.

Nouveau coup de théâtre le 28 mai. Selon leur habitude, les *tâlebân* demandent que les combattants, quels qu'ils soient, rendent leurs armes. Mâlek s'y oppose. Il se retourne contre les *tâlebân* ; c'est un véritable massacre, auquel se joignent les chi'ites du Wahdat, nombreux dans la région. 2 000 *tâlebân*, parmi lesquels plusieurs centaines de Pakistanais et d'« Arabes », sont exécutés dans le *dâcht-e laïli* (« la steppe aux tulipes »). La déroute des *tâlebân* est totale. Ils perdent le contrôle des provinces de Faryâb et Badghis, qu'ils venaient juste de conquérir, et, à l'est, refluent jusqu'à Poul-e Khoumri.

Massoud en profite pour les attaquer à revers, leur inflige une sévère défaite à Nedjrâb, faisant, dit-on, 1 200 prisonniers, s'empare de Poul-e Khoumri le 11 juin ; Nâderi les harcèle avec le concours de groupes chi'ites ; les *tâlebân* finissent par se replier sur Koundouz où ils se retranchent avec des groupes de combattants pachtouns, nombreux dans la région. Ailleurs, les forces *tâlebân* sont bloquées ou isolées, privées des renforts annoncés. En juillet, Massoud remporte une large victoire à Tcharikar, progresse jusqu'à Begram, mais sera bientôt repoussé. Les *tâlebân* ont perdu 700 hommes. Ils doivent recruter de nouveaux combattants dans les écoles religieuses du Pakistan.

Les *tâlebân* reprennent Mazâr-e Charîf en septembre 1997 en dépit de l'opposition du Wahdat ; ils massacrent de nombreux chi'ites. Deux jours plus tard, Dostom, revenu de Turquie, reconstitue ses forces et reprend sa capitale. Le mois suivant, après avoir vaincu Mâlek, il rétablit son autorité sur les provinces du Nord. Des combats l'opposeront ultérieurement aux chi'ites, dont il veut réduire l'influence.

Les *tâlebân* reprennent l'offensive l'année suivante. Elle sera cette fois victorieuse. Ils sont 5 000, auxquels s'ajoutent plusieurs centaines de Pakistanais et d'« Arabes », ainsi que 2 000 combattants ralliés du Hezb. Le 12 juillet 1998, ils sont à Maïmana, le 2 août à Cheberghân, le 9 août à Mazâr-e Charîf, où, pour venger la mort des leurs (lors de la prise de Mazâr), ils massacrent, selon l'ONU, 8 000 Hazâras, ainsi que dix membres du consulat iranien et un journaliste.

Le 17 août, les voici maîtres de tout le Nord. Il leur reste à conquérir le Hazâradjât. Ce sera chose faite entre le 13 et le 26 septembre. Tout l'Afghanistan est désormais aux mains des *tâlebân*, à l'exception du Nord-Est, tenu par Massoud. Cette résistance les rend fous[1]. Ils ne parviendront jamais à la réduire.

Les tâlebân *malades de leurs « Arabes »*

Les pertes des *tâlebân* ont été lourdes. Beaucoup parmi les jeunes désintéressés, animés par leur seule foi, qui avaient formé le noyau initial des troupes *tâlebân* à l'origine, ont disparu. Les autorités enrôlent alors de force. Des ralliés, des opportunistes qui veulent profiter du nouveau pouvoir, les rejoignent, mais aussi de nombreux Pakistanais et ces fameux « Arabes ». De la même façon que les communistes pachtouns, dont l'armée était minée par les déser-

1. Bernard Dupaigne, arrêté par les *tâlebân* dans le flanc sud du col du Salang, en avril 1997, s'était vu reprocher d'être venu « apporter des millions de dollars à Massoud ». Il réussira à s'enfuir. (Note de Gilles Rossignol.)

tions, s'étaient laissé déborder par les milices ouzbeks qu'ils avaient eux-mêmes armées, les *tâlebân* ne parviendront plus à contrôler leurs alliés pakistanais et « arabes ».

Encouragés par les services secrets pakistanais, les États-Unis, dès 1982, avaient décidé d'aider des groupes de résistants, fortement politisés, mais « modernistes », qui donnaient aux États-Unis l'apparence de l'efficacité — ceux d'Hekmatyâr et de Khalès. Ces partis étaient désireux de répandre leur idéologie islamique révolutionnaire, proche de celle des Frères musulmans; ils étaient de surcroît très anti-américains. Dans leurs bases du sud-est de l'Afghanistan, ils installèrent des bases fortifiées, où les services secrets pakistanais venaient directement livrer des armes et des munitions. Des camps destinés à l'entraînement des volontaires musulmans du monde entier y ont été organisés. Ces volontaires algériens, soudanais, syriens, égyptiens, saoudiens ou des États du Golfe, malaisiens, philippins, indonésiens, voire américains, ou français, transitaient souvent par Londres, vers le Pakistan, où ils étaient pris en charge par les services pakistanais. Selon Ahmed Rachîd, 35 000 extrémistes musulmans venant de 43 pays seraient passés par ces camps d'entraînement entre 1982 et 1992. Ce journaliste pakistanais estime que si l'on ajoute à ce nombre « les dizaines de milliers d'autres venus étudier dans les centaines de *madrassâ* fondées par le gouvernement militaire de Ziâ [ul Haq] au Pakistan et le long de la frontière afghane [...], ce sont plus de 100 000 extrémistes musulmans qui [se sont trouvés] en contact direct avec le Pakistan et l'Afghanistan et [ont été influencés] par la *djihâd* »[1]...

1. Ahmed Rachîd, *L'ombre des talibans, op. cit.*, p. 170.

Dès 1984, de jeunes Algériens essayaient leurs prises de karaté, apprises d'un instructeur japonais, sur des envoyés humanitaires français, au grand désespoir des Afghans qui préféraient ces Français amicaux aux « Arabes » trop sûrs d'eux. Un autre envoyé humanitaire français, en 1985, se faisait rosser par deux Black Muslims américains enrôlés dans les troupes de Djelâl oud-dîn Haqani (parti de Younôs Khalès). Beaucoup de ces jeunes seront utilisés par l'armée pakistanaise, qui poussait, de 1987 à 1991, les partis islamiques à l'assaut des villes afghanes frontalières du Pakistan dans le but de renforcer les partis qu'ils souhaitaient voir accéder au pouvoir. Les miliciens djaouzdjanis de Dostom, appelés en renfort par le gouvernement communiste en octobre 1991 pour défendre la capitale provinciale de Gardez, s'étaient vantés d'avoir tué des dizaines d'entre eux.

À partir de 1985, des envoyés arabes wahhâbites, avec la certitude que leur pratique austère de l'islam est la seule « authentique » (ils se nomment eux-mêmes *salafi* : « qui se réfèrent aux anciens[1] »), parcourent les campagnes du Sud afghan avec des mallettes bourrées de dollars en vue de convertir les commandants locaux. Ils se font rejeter (car il n'est pas bon de dire aux Afghans qu'ils sont mauvais musulmans), voler ou assassiner. Ils ne parviennent à s'implanter que dans la vallée du Kounar, au nord-est de Djelâlâbâd, et certaines parties du Nouristan. Dans les vallées ayant accepté les wahhâbites, les antiques mosquées en bois de cèdre sont détruites, les statuettes, représentant des personnages ou des

1. Les *salafiya* se situent dans la droite ligne de Al-Afghâni, de Mohammed Abdouh et de Rachîd Ridâ.

visages, sont vendues au Pakistan. Mais la lucrative entente entre services secrets pakistanais et prosélytes wahhâbites se dissout lorsque Hekmatyâr prend le parti de Saddam Hussein en 1990-1991. Des combats opposeront alors le Hezb aux wahhâbites, qui ont créé un « émirat islamique » dans la province du Kounar, laquelle finira, après différentes péripéties et médiations de l'Égypte, du roi Fahd d'Arabie Saoudite et de l'Iran, par revenir aux mains des pro-wahhâbites en 1993.

Les Pakistanais ont lancé plusieurs ultimatums aux « Arabes », leur enjoignant de quitter les zones limitrophes de l'Afghanistan. Nombre d'entre eux vont pourtant épauler en 1993 les forces d'Hekmatyâr contre Massoud. Un accord est conclu avec l'Égypte le 4 août 1994 pour extrader les Égyptiens de la mouvance des Frères musulmans.

Fin 1995, plus de 2800 islamistes, dont 600 Algériens et 600 Pakistanais, sont toujours présents aux environs de Pechâwar[1]. Les bénévoles des ONG occidentales commencent à recevoir des menaces de leur part.

C'est à cette époque qu'Ousâma ben Lâden revient en Afghanistan. Il n'est pas ce combattant glorieux de la guerre contre les Soviétiques que l'on a complaisamment décrit. En 1983, il avait été contacté par la CIA pour assurer le recrutement de volontaires arabes pour combattre en Afghanistan. Par la suite, il se contenta de construire des bases fortifiées le long de la frontière pakistanaise, ou de faire creuser des grottes-abris, facturant au prix fort aux Américains la location de ses bulldozers et d'une main-d'œuvre qui ne lui coûtait pas cher : de nombreux Afghans, raflés sur les routes de l'exil, enrôlés de

1. AFP, 22 décembre 1995.

force, ont connu cette période de travail non rémunéré, dans des conditions sanitaires lamentables. C'est ainsi que devait naître, en 1986, la base souterraine de Khost, dépôt d'armes, centre de formation des combattants, et dispensaire, grâce à des fonds de la CIA : « Pour contrer [les] Russes athées, les Saoudiens m'ont choisi comme leur représentant en Afghanistan, devait déclarer plus tard Ben Lâden. Je me suis établi au Pakistan, dans la zone frontalière. J'y recevais des volontaires venus du royaume saoudien et de tous les pays arabes et musulmans. J'ai créé mon premier camp où ces volontaires étaient formés par des officiers pakistanais et américains. Les armes étaient fournies par les Américains, l'argent par les Saoudiens. J'ai découvert qu'il ne suffisait pas de combattre en Afghanistan, mais qu'il fallait le faire sur tous les fronts, celui du communisme comme celui de l'oppression occidentale[1]. » En 1989, il fonde Al-Qaïda et, désormais, ses camps vont essaimer dans différentes provinces afghanes proches du Pakistan. Il reconnaîtra lui-même, en 1995, que le sens de sa présence et de ses volontaires en Afghanistan de 1984 à 1989 était « non pas de s'impliquer plus que nécessaire dans le combat contre les Russes [...], mais plutôt de montrer [leur] solidarité avec [leurs] frères islamistes. La prochaine cible était l'Amérique[2] ».

Au début de 1989, Ben Lâden retourne en Arabie Saoudite. La présence de troupes américaines près des lieux saints de l'islam le révolte, et il n'admet pas, lors de la guerre du Golfe, en 1991, que des États musulmans puissent se coaliser contre l'Iraq. Cette année-là, il part pour le Soudan, où il rejoint l'idéo-

1. Ahmed Rachîd, *op. cit.* p. 172.
2. *Le Monde*, 20 septembre 2001.

logue islamiste Hassan Tourabi. Les attentats qu'il organise contre les intérêts américains dans le monde[1] inquiètent les Saoudiens, qui finissent par le déchoir de sa nationalité saoudienne le 7 avril 1994, en raison de son « comportement irresponsable ». Le gouvernement Clinton somme les autorités soudanaises de l'expulser ; mais ni les États-Unis ni l'Arabie Saoudite ne demandent qu'on l'extrade vers leurs territoires. Pour des raisons mystérieuses, c'est Borhanouddîn Rabbâni (il négocie alors avec Hekmatyâr) qui enverra en mai 1996 le Boeing de la Compagnie gouvernementale Ariana chercher Ben Lâden à Khartoum. Avec sa famille et ses gardes du corps, ce dernier est confié à la *choura* de Djelâlâbâd, tenue par Hadji Qâder. À partir de la ferme expérimentale de Darounta, où il réside, il est libre d'organiser son réseau islamiste.

Tout en multipliant les déclarations appelant à la guerre sainte contre les Américains, il réorganise sa douzaine de camps d'entraînement pour des volontaires. À partir de mars 1997, le gouvernement américain presse les *tâlebân* d'extrader Ben Lâden, mais ceux-ci refusent au nom de « leur lutte commune contre les ennemis de l'islam ». Le 3 avril 1997, Ben Lâden s'installe à Kandahâr, auprès du mollah Omar. Il fait miroiter aux yeux des *tâlebân* un plan de détournement des eaux de l'Helmand, ce qui ne

1. En 1995, attaque contre l'ambassade d'Égypte à Islamabad (17 morts) ; contre des soldats américains à Riyad le 13 novembre (5 morts) ; contre la base aérienne Al-Khobar, à Dahrân le 25 juin 1996 (9 soldats américains tués). Il se vantera également d'être lié à la mort de 18 soldats américains à Mogadiscio le 3 octobre 1993. Et c'est probablement lui, en liaison avec le cheikh aveugle égyptien Omar 'Abd el-Rahmân, qui fut à l'origine du premier attentat contre le World Trade Center le 26 février 1993 (3 morts et de nombreux blessés).

pourrait que combler les vœux des paysans pachtouns de la province de Kandahâr[1].

Le 23 février 1998, il proclame la création d'un « Front international islamique pour la *djihâd* contre les juifs et les croisés », appel qu'il renouvellera le 27 mai, évoquant, pour la première fois, le sort des Palestiniens dans une interview à la chaîne américaine ABC. Le 7 août, ce sont les attentats contre les ambassades américaines au Kenya (231 morts dont 12 Américains) et en Tanzanie (4 morts), pour lesquels quatre de ses proches seront condamnés à la réclusion à perpétuité par un tribunal américain le 18 octobre 2001. Par représailles, l'aviation américaine lance le 20 août des dizaines de missiles sur les bases fortifiées de la région de Khost, ce qui n'arrêtera en rien la détermination de Ben Lâden, bien au contraire. Le lendemain, à Kaboul, des « Arabes », ou des extrémistes pakistanais, ouvrent le feu sur un véhicule des Nations unies à Kaboul : un diplomate italien est tué, un Français, Éric Lavertu, blessé. Le 11 septembre, le mollah Omar annonce qu'il a mis Ben Lâden en résidence surveillée et qu'il l'a privé de ses moyens de communication internationaux.

La situation des organisations humanitaires œuvrant à Kaboul et en Afghanistan devient difficile. Le 22 février 1997, sous l'influence des « Arabes », deux Français et cinq Afghans, membres d'Action contre la faim, avaient déjà été arrêtés dans un bâtiment où se tenait une réunion de femmes. La Communauté européenne, qui a versé au titre de son programme d'urgence, ECHO, 42,25 millions de dollars d'aide, exige la libération des deux Français ; ce sera chose faite le 19 mars. Le 25 septembre, trois membres du HCR sont expulsés, ce qui n'empêche pas le régime

1. *Le Monde*, 28 mai 1997.

de réclamer, le 22 octobre, l'augmentation de l'aide internationale à l'« émirat islamique d'Afghanistan », proclamé le 6 novembre.

Martin Griffith, directeur adjoint de l'UNOCHA, l'agence coordinatrice des divers programmes des Nations unies, signe, en mai 1998, sans consultation préalable avec les ONG, un *Memorandum of understanding*, qui accorde aux *tâlebân* un droit de contrôle total sur leurs activités. Ce faisant, le représentant des Nations unies entérine toutes les mesures décrétées par le régime, notamment celles, particulièrement discriminatoires, prises à l'égard des femmes. Le 14 juillet, les *tâlebân* somment les organisations humanitaires non arabes de se regrouper, sous leur contrôle, dans le campus en ruine de l'Institut polytechnique. Il s'agit, martèle Radio-Charî'ah, de « débarrasser l'Afghanistan de toutes les forces du vice et de la corruption[1] ». La Communauté européenne, voyant que ses programmes d'urgence allaient être administrés par les *tâlebân*, suspend le financement de ses activités deux jours plus tard. Le 20 juillet, les *tâlebân* expulsent tous les étrangers membres des ONG non arabes de Kaboul. Ils leur donnent une heure et demie pour faire leurs bagages et décamper. Les Nations unies, qui se croyaient protégées par le mémorandum, quittent à leur tour Kaboul, après l'attentat du 21 août, qui a coûté la vie à l'un des leurs. Certains humanitaires pourront toutefois revenir à Kaboul.

Le 18 août 1998, Madeleine Albright, secrétaire d'État américain aux Affaires étrangères, avait énoncé les conditions de la reconnaissance du régime des *tâlebân* par les États-Unis : « Livrer Ben Lâden, former un gouvernement représentatif », c'est-à-dire

1. Olivier Tirard-Collet, *Les Nouvelles d'Afghanistan*, n° 82, 3e trimestre 1998, p. 5.

avec des représentants de l'opposition. Le 3 novembre, les États-Unis offrent pour la première fois une récompense de 5 millions de dollars pour la livraison de Ben Lâden.

Les *tâlebân* se sentent toujours rejetés par la communauté internationale ; ils réagissent vivement contre les sanctions prises par les Nations unies le 16 octobre 1999 (gel des avoirs financiers des *tâlebân* à l'étranger, interdiction des vols internationaux de la compagnie Aryâna). Alors qu'ils viennent de reprendre le 17 février 2001 la vallée de Bamyân aux combattants hazâras, ils font exploser au début mars les bouddhas géants, à leurs yeux symboles de l'« idolâtrie », et parce que ce sont des œuvres d'art admirées par les Occidentaux. Dans son décret du 26 février, le mollah Omar avait déjà ordonné la destruction de toutes les statues, ainsi que des « tombeaux non islamiques ». Le 16 mars, il fait sacrifier 100 vaches pour se racheter auprès d'Allâh du retard pris dans la destruction des statues de Bamyân... Ben Lâden est laissé libre d'organiser ses actions terroristes.

Les *tâlebân* et l'opium

Considéré comme un médicament de l'âme et du corps, en Afghanistan comme dans toute l'Asie, la culture du pavot était courante en Afghanistan. À partir de l'invasion soviétique de 1979, la culture du pavot s'est intensifiée, sous le contrôle de différents commandants pachtouns des provinces proches du Pakistan : Kounar, Kandahâr, et surtout Ourouzgân et Helmand. Dans cette dernière province tout le trafic est contrôlé par Rassoul Akhoundzadeh et son frère Abdoul Ghaffar, qui se sont taillé de véritables fiefs. La production d'opium et sa transformation en héroïne génèrent d'énormes profits pour les trafiquants pachtouns. En 1992, l'Afghanistan était devenu le premier producteur mondial d'opium, supplantant, et de loin, la production du « triangle d'or » des militaires birmans, thaïlandais et chinois.

L'opium afghan est exporté « tous azimuts » : au Pakistan, bien sûr (où il n'est pas impossible qu'il bénéficie de la complicité des services secrets pour financer des opérations au Cachemire et procurer des armes au Hezb-e islâmi d'Hekmatyâr), mais aussi en Iran et au Tadjikistan, avec de multiples complicités. Les incidents avec les autorités locales sont fréquents.

En 1996, les *tâlebân* contrôlent 80 % des zones de culture du pavot. Le mollah Omar déclare dans un premier temps qu'il interdira la vente de drogue aux Afghans, mais qu'il laissera augmenter la production d'opium, sur laquelle son régime prélève 20 % de taxes. « C'est aux gouvernements des pays "importateurs" de se préoccuper de leurs ressortissants[1] », explique-t-il. Dans un second temps, en septembre 1996, après la prise de Kaboul, le régime des *tâlebân* accepte une aide de 3,8 millions de dollars du PNUCID (Programme des Nations unies pour le contrôle des drogues) pour éliminer la culture du pavot dans trois provinces. En septembre 1998, il proclame qu'il n'interdira pas totalement cette culture tant que son régime ne sera pas reconnu par la communauté internationale. En 2000, on estime que 1,5 million de paysans afghans cultivent du pavot, produisant 3 656 tonnes d'opium, soit les trois quarts de la production mondiale !

1. *Politique internationale,* hiver 1996-1997, p. 141-142.

En juillet 2000, le mollah Omar finit par interdire la culture du pavot. Des satellites américains confirment que la mesure est bien appliquée. La production d'opium diminue à 74 tonnes en 2001.

Après la chute des *tâlebân*, de nombreux fermiers, profitant de l'instabilité politique, se sont empressés de replanter du pavot sur une surface totale estimée entre 45 000 et 65 000 hectares. La production attendue d'opium pour 2002 serait de 2 200 tonnes.

La fin des tâlebân

En cinq années, les *tâlebân* ont perdu leur aura. Depuis 1996, en effet, au lieu d'organiser l'administration du pays, ils se sont épuisés à vouloir achever la conquête militaire de tout l'Afghanistan. Les ressources du pays, douanes, contrebande, aides étrangères, ont été utilisées pour l'effort de guerre. On estime alors que sur un budget total de 80,9 millions de dollars, les *tâlebân* consacrent 43 millions de dollars à l'effort de guerre. Ils sont de plus en plus aidés par les « volontaires arabes », désormais au nombre de 10 000 à 12 000. Aux yeux de beaucoup de minorités ethniques du Centre et du Nord, lasses des combats, des interdits et des entraves à leur mode de vie traditionnel, les *tâlebân* apparaissent maintenant comme des envahisseurs, d'autant que dans tous les territoires qu'ils contrôlent, ils imposent le pachtou comme langue unique de l'administration. Quant aux populations urbaines, elles supportent d'autant plus mal le nouvel ordre moral que leur approvisionnement en denrées de première nécessité devient problématique Les *tâlebân* ont montré leur incapacité à créer les structures les plus élémentaires d'un État : éducation, santé, reconstruction agricole et industrielle, grandes infrastructures. Kaboul a perdu son rôle de capitale.

On a l'impression que les *tâlebân* ont voulu punir Kaboul d'avoir goûté naguère aux joies de la modernisation. L'administration civile n'existe plus, les fonctionnaires ne sont plus payés : le 13 avril 2000, 2 800 d'entre eux, « devenus inutiles », sont licenciés ; toutes les femmes ont été chassées de la fonction publique, y compris dans les services de santé et de l'enseignement. En ville, le symbole de l'administration des *tâlebân* c'est le bâton, manié sans aménité, par des « Arabes » le plus souvent. Les *tâlebân* laissent aux ONG occidentales les tâches qui incomberaient normalement à un gouvernement civil, ce qui ne les empêche pas de multiplier les brimades à l'égard de ces ONG et de leurs personnels locaux, d'entraver leurs activités, de procéder à des expulsions ou des arrestations arbitraires.

Dans tout le pays, la pénurie de denrées alimentaires et de première nécessité se fait cruellement sentir. Trois années de sécheresse, 1999, 2000 et 2001, vont encore aggraver la situation. En juin 2000, la FAO et le Programme alimentaire mondial (PAM) lancent une « alerte spéciale », en annonçant que les précipitations ont connu « un fléchissement de 70 % dans la plupart des régions, avec des pointes à 90 % ». La production céréalière, qui était de l'ordre de 2,9 millions de tonnes en 1976-1977, ne serait en 2000 que de 1,82 million de tonnes ; pour nourrir la population, estime le PAM, il faudrait importer 2,3 millions de tonnes de céréales. Nomades et villageois doivent vendre leurs troupeaux, faute de pâturages. Tout comme il l'avait fait en janvier et en février 2001, le mollah Omar préconise le

6 mars des prières pour la pluie ; le 31 juillet 2001, il déclare que « cette sécheresse est un supplice venant de Dieu. Dieu punit les Afghans pour leur manque de ferveur et leur ingratitude envers les *tâlebân* [1] ».

Les attentats-suicides du 11 septembre 2001, qui feront près de 3 000 morts de toutes nationalités, visaient trois symboles des États-Unis : le pouvoir politique (la Maison-Blanche, semble-t-il, cible manquée), le pouvoir militaire (le Pentagone), le pouvoir financier (Manhattan). Il ne fait aucun doute qu'ils sont l'œuvre des réseaux de Ben Lâden. Depuis le 23 juin, les États-Unis, à la suite de déclarations explicites de Ben Lâden [2], s'attendaient à une attaque terroriste. Ils n'avaient pas imaginé qu'elle puisse prendre cette forme ni surtout qu'elle puisse être portée, avec une telle ampleur, sur leur propre territoire. Cela supposait une préparation minutieuse et de longue haleine. Il en allait de même pour l'attentat perpétré deux jours plus tôt contre Massoud, par deux Maghrébins tunisiens (?), dotés de faux passeports belges, mandatés par un pseudo-*Islamic*

1. *Les Nouvelles d'Afghanistan*, n° 90, 3e trimestre 2000, p. 5. Dans ce même article, Olivier Tirard-Collet rapporte qu'un voyageur venu du Hazâradjât estime que 80 % des troupeaux et la moitié des bœufs de labour ont été vendus, que les semences ont été mangées et que, par conséquent, il n'v aura pas de récoltes en automne ou au printemps suivant.

2. Par exemple : « Nous croyons que notre combat contre l'Amérique est beaucoup plus simple que la guerre contre les Soviétiques parce que certains de nos *modjaheddîn* qui ont combattu en Afghanistan ont aussi participé à des opérations contre les Américains en Somalie [en 1993] et ils ont été étonnés par l'effondrement du moral américain. Cela nous a convaincus que l'Amérique était un tigre de papier » (rapporté par Robert Fisk, « Rencontre avec Ben Laden », *Le Monde 2*, n° 11. octobre 2001, p. 49).

Observation Center, et œuvrant dans leur « mission » au nom d'un « groupe combattant tunisien pour la prédication et le combat » rattaché à Al-Qaïda.

Les États-Unis devaient réagir. Ils le font fermement. Le gel de 24 millions d'avoirs de Ben Lâden et des *tâlebân* dans les banques est immédiat ; le 14 septembre, le Congrès vote 40 milliards de dollars de crédits exceptionnels pour les actions militaires à entreprendre. Une action diplomatique d'ensemble est engagée, d'abord auprès du Pakistan, où le général-président Parvez Musharraf, parvenu au pouvoir depuis 1999 à l'issue d'un coup d'État, n'a pas d'autre choix que de se comporter en allié des États-Unis. Il intervient le 17 septembre auprès des *tâlebân* pour que Ben Lâden soit livré, tout en sachant que sa démarche est vouée à l'échec, les *tâlebân* pachtouns se retranchant derrière leur conception de l'hospitalité. Le président Musharraf aide les Américains à établir un inventaire des forces et des camps d'entraînement de Ben Lâden (où, parmi les étrangers, les Pakistanais sont alors en majorité). Il limogera le chef des services secrets, le général Ahmad, et fera geler les avoirs des *tâlebân* au Pakistan le jour même où débuteront les premiers bombardements américains, le 7 octobre. En retour, Parvez Musharraf obtient la levée des sanctions imposées en 1999 à la suite des essais nucléaires pakistanais, le rééchelonnement de l'énorme dette que son pays a contractée à l'égard des États-Unis (39 milliards de dollars). Pour faire bonne mesure, des sanctions identiques prises contre l'Inde seront levées, tandis que les États-Unis obtiennent la neutralité de la Russie, et le concours, obtenu grâce à diverses compensations financières, de l'Ouzbékistan pour l'utilisation de bases aériennes. Le 22 septembre, les Émirats arabes unis rompent leurs relations diplomatiques avec les *tâlebân*, le 24, c'est le tour de l'Arabie Saoudite. Les démocraties occidentales, à commencer par les Britanniques, appuient l'action américaine[1].

En trois semaines, le dispositif militaire américain est mis en place. Une imposante flotte américaine est acheminée dans l'océan Indien, d'autres opérations se préparent depuis l'Ouzbékistan. Dans la nuit du 7 au 8 octobre, les premières frappes américaines sont ciblées sur des objectifs militaires dans les six principales villes afghanes. Dans un entretien retransmis sur la chaîne arabe de télévision Al-Djazirah, Ben Lâden se félicite des attentats du 11 septembre et proclame que les États-Unis « ne connaîtront jamais la sécurité tant que les Palestiniens ne la connaîtront pas », liant ainsi pour la seconde fois son action à la cause palestinienne.

Les bombardements se poursuivent de façon méthodique pendant un mois sur des objectifs militaires, des dépôts de munitions, des centres de communication, ainsi que sur les bases d'entraînement de Djawâr et de Tora Bora à la frontière pakistanaise (dont la construction avait été financée par la CIA à partir de 1984). Eu égard à l'intensité de ces bombardements, les pertes civiles resteront minimes. Les *tâlebân* demeurent confiants : « La guerre n'a pas encore commencé, nous attendons les Américains au sol », déclare le mollah Omar en octobre.

En Afghanistan, les successeurs de Massoud, le général Mohammed Fahîm (ancien numéro deux des services secrets de Nadjiboullâh, et responsable de la sécurité nationale entre 1992 et 1996), le

1. En France, seul Noël Mamère, candidat écologiste à l'élection présidentielle, se distingue en déclarant que les frappes américaines sont « un acte de guerre contre le peuple afghan »...

Dr Abdoullâh (chargé des relations extérieures de Massoud, et ancien vice-ministre des Affaires étrangères des gouvernements Rabbâni), Younôs Qânouni (responsable du bureau politique de Massoud, puis du Conseil de défense à Kaboul en 1993), s'étaient alliés avec Rachîd Dostom et les mouvements chi'ites pour créer un « front uni », connu sous le nom d'« Alliance du Nord ». Le 28 septembre, une délégation conduite par Younôs Qânouni s'était rendue à Rome pour tenter de rallier l'ancien roi Zâher Châh à l'alliance.

Les Pakistanais se montraient toutefois réticents à laisser les troupes du front uni s'emparer de Kaboul. Ce n'est que le 12 octobre que les Américains commencent leurs bombardements intensifs sur les lignes de front situées au nord de Kaboul. Les *tâlebân* pachtouns vont très vite se replier vers le sud, dans leurs provinces d'origine ou dans leurs écoles religieuses situées de part et d'autre de la frontière pakistanaise; les « volontaires islamiques » se dirigent plutôt vers Koundouz, au nord. L'offensive du front uni débute ce même 12 octobre. Tchartchaghân, Bamyân et Qala-e Nao sont prises, des combats ont lieu dans la région de Koundouz et de Mazâr-e Charîf. De leur côté, les Américains encouragent des chefs pachtouns à rentrer en Afghanistan pour tenter de rallier à leur cause les tribus pachtounes. C'est ainsi qu'Abdoul Haq[1], revenu de Dubaï, est capturé le 26 octobre près de Maïdan Chahr, et exécuté par les *tâlebân*. De son côté, Hâmed Karzaï, le second notable pachtoun sur lequel comptaient les Améri-

1. Sur Abdoul Haq, cf. note 1, p. 232-233. En 1992, il avait été nommé chef de la police de Kaboul, mais il avait démissionné. dégoûté par les combats entre partis pour le contrôle de la capitale. Il faisait depuis lors du commerce depuis Dubaï.

cains pour l'après-guerre, est secouru d'extrême justesse par des hélicoptères américains dans les montagnes de l'Ourouzgân, où il était encerclé.

Hâmed Karzaï

Né le 24 décembre 1957 à Kandahar, Hâmed Karzaï est le fils de l'ancien sénateur de la province de Kandahâr, Abdoul Ahad Karzaï, assassiné par les *tâlebân*. Sa famille se rattache aux Pachtouns popalzaïs, c'est-à-dire le clan de l'ancienne monarchie. Hâmed Karzaï a effectué ses études à l'université Himachal Pradish (Simla, Inde), où il a obtenu une maîtrise en sciences politiques en 1983. Il rejoint la résistance peu après et devient responsable du département d'information du Front national de libération (Mahaz-e Melli de Pir Ahmad Gaïlâni, proche de l'ancien roi Zâher Châh). Bien que n'ayant pas participé directement à la guerre contre les Soviétiques, Hâmed Karzaï est nommé en mai 1992 vice-ministre des Affaires étrangères dans le premier gouvernement constitué par les *modjaheddîn*, avant de démissionner, lui aussi dégoûté par les luttes entre partis. Considéré comme proche des *tâlebân*, il fut détenu quelques jours en 1994 par les troupes de Massoud[1]. Revenu à Quetta, il fut l'un des nombreux consultants de la firme pétrolière UNOCAL. Le 16 novembre 1996, les *tâlebân* en avaient fait leur représentant aux Nations unies ; il occupa brièvement cette fonction avant de reprendre sa liberté. Il reviendra en Afghanistan en octobre 2001 pour tenter

1. *Les Nouvelles d'Afghanistan*, n° 76, 1997, p. 34.

de soulever les tribus pachtounes contre les *tâlebân*. Il est devenu chef du gouvernement intérimaire de l'Afghanistan à l'issue de la conférence de Königswinter (décembre 2001).

Le 6 novembre, des commandos américains sont débarqués sur l'aéroport de Goulbahâr, qui venait d'être construit par Massoud avec des moyens de fortune. Ils vont régler les bombardements et, grâce à leurs moyens de communication, ils pourront servir d'éclaireurs aux forces du front uni. Les 9 et 10 novembre, les forces ouzbeks de Dostom, celles des Tadjiks de Mohammed Atta, celles des chi'ites du Wahdat conduites par Mohammed Mohaqeq[1], prennent Mazâr-e Charîf, puis Taloqan et Poul-e Khoumri. Ils contrôlent désormais pratiquement tout le Nord, ce qui permet l'acheminement de renforts. Revenu d'Iran, Ismâël Khân reprend Hérât le 12 novembre, après une course de vitesse avec les commandants hazâras, eux aussi pourtant équipés par l'Iran. Le lendemain, les troupes de Massoud entrent à Kaboul sans combats, dix-sept heures seulement après que le front a été percé dans la plaine de Chamali. Les *tâlebân* de Kaboul se sont précipitamment repliés vers le sud.

L'avancée des troupes du Front uni est spectaculaire : le 14, Ghazni est prise. Le 16, à Djelâlâbâd, les *tâlebân* remettent le pouvoir au *maolawi* pachtoun Younôs Khalès, chef du Hezb-e islâmi (né

1. Fils de Zamân 'Âli Mohaqeq, dignitaire religieux, ancien responsable du mouvement hazâra des *Pasdarân-e islâm* (« Les soldats de l'islam ») fondé en 1982 sous l'influence de l'Iran.

d'une scission avec le Hezb de Hekmatyâr). La ville sera occupée par les troupes d'Hadji Qâder (frère d'Abdoul Haq), un de ses principaux lieutenants, qui avait contrôlé la province de 1992 à 1996. À l'ouest, Ismâël Khân s'empare de tout la province d'Hérât, jusqu'à la limite du Farâh. Instruit par ses déboires passés, il se garde bien de pousser vers l'Helmand et Kandahâr, comme les Américains l'incitaient à le faire.

Au nord, Koundouz restait la principale poche de résistance des *tâlebân*. 8000 à 10000 d'entre eux, repliés de Mazâr sous la direction du mollah Dadoullâh, s'y étaient retranchés avec un fort contingent de « volontaires islamiques » (4000 à 5000 Pakistanais, 2000 à 3000 Ouzkeks opposants au régime du président Karimov, maître de l'Ouzbékistan, conduits par Djouma Manangani, chef du « Mouvement islamiste d'Ouzbékistan », un millier de ressortissants du Proche-Orient et d'Arabie, et quelques indépendantistes Ouïgours de Chine). Des négociations sont entamées avec eux par le général Mohammed Daoud. Les *tâlebân* pachtouns se rendent progressivement, et la plupart d'entre eux disparaissent au milieu des Pachtouns, nombreux dans la plaine de Koundouz. Les étrangers sont abandonnés à leur sort. À partir du 24 novembre, ils font retraite vers l'ouest, sont pour la plupart capturés, et enfermés dans la forteresse de Qâlâ-e Djangi (« la citadelle de la guerre »). Mal désarmés, ils se révoltent, tuent un agent de la CIA venu procéder à des interrogatoires. La réaction américaine est violente : leurs bombardements, ainsi que les tirs des troupes du Front uni, feront entre 400 et 450 morts[1].

1. *Le Monde*, 23 et 27 novembre 2001 ; *Le Point*, 31 janvier 2002.

Au sud, les derniers *tâlebân* et volontaires étrangers se sont repliés sur Kandahâr, où les sites militaires subissent des bombardements intensifs. La ville se rendra les 6 et 7 décembre, à l'issue de négociations conduites par Hâmed Karzaï. Au nom de la réconciliation nationale, Hâmed Karzaï, Naqiboullâh Akhoundzâdeh (ancien principal commandant militaire de la région, affilié au Djamî'at-e islâmi), son rival Goul Aghâ (ancien gouverneur de Kandahâr de 1989 à 1994), n'ont pas pourchassé les *tâlebân* locaux, pachtouns comme eux, laissés libres de retourner dans leurs familles ; le mollah Omar disparaîtra lui aussi. Les Américains s'en montrèrent dépités. Les chefs anti-*tâlebân* n'avaient pas voulu tuer d'autres Pachtouns, appartenant aux mêmes tribus qu'eux, au risque de provoquer ultérieurement d'interminables et sanglantes vendettas. À l'heure de la reconstruction, les solidarités traditionnelles entre familles, entre clans, ou, au contraire, les haines séculaires reprendront leurs droits.

À partir du 27 novembre 2001, le représentant spécial des Nations unies, Lakhdar Brahimi, organise au château de Petersberg, à Königswinter près de Bonn (Allemagne), une conférence à laquelle il invite quatre délégations : celle du Front uni, conduite par Younôs Qânouni, avec un représentant de Dostom, des chi'ites du Wahdat, le fils d'Ismâël Khân, ainsi que l'ancien gouverneur de la province de Nangarhâr, Hadji Abdoul Qâder (il quittera bientôt la conférence en protestation contre la lenteur des débats) ; celle de Rome, composée de Pachtouns proches de l'ancien roi Zâher, dirigée par Abdoul Sattar Sirât, la délégation de Pechâwar, réputée proche des intérêts pakistanais, conduite par le fils de Pîr Ahmad Gaïlâni[1] ; celle, enfin, de la délégation dite de Chypre, proche de Goulbouddîn Hekmatyâr[2].

Les discussions s'éternisent. Rabbâni, qui était revenu du Badakhchân à Kaboul le 18 décembre, est suspendu au téléphone, car il espère toujours redevenir chef du gouvernement. Lakhdar Brahimi doit faire preuve de fermeté : après avoir poliment éconduit Rabbâni, il rappelle que la conférence des donateurs, qui doit se tenir en janvier à Tokyo, ne débloquera des fonds pour la reconstruction que si un accord est trouvé entre les parties et un gouvernement provisoire constitué.

Un compromis intervient le 5 décembre pour la constitution d'un gouvernement intérimaire de 29 membres, dont une femme, nommés pour six mois. Les trois successeurs de Massoud sont confirmés dans les postes qu'ils occupent de fait depuis le 13 novembre : Mohammed Fahîm, ministre de la Défense, Younôs Qânouni, ministre de l'Intérieur, le Dr Abdoullâh, ministre des Affaires étrangères. Les Tadjiks voient ainsi reconnu leur poids ethnique et leur rôle durant la guerre. C'est en Afghanistan, par appel sur son téléphone cellulaire, qu'Hâmed Karzaï apprendra qu'il est nommé Premier ministre. Il est convenu qu'une *loya djirgah*, ouverte par l'ancien roi Zâher Châh, devra décider la mise en place d'une « autorité provisoire », tandis qu'une autre assemblée devra préparer, dans un délai de dix-huit mois, une nouvelle constitution pour rem-

1. Chef de l'ordre soufi qâderîya, chef du Mahaz-e melli.
2. Hekmatyâr, réfugié en Iran, était complètement déconsidéré. Le 8 novembre, il proposait encore aux *tâlebân* une alliance contre les États-Unis. Le 10 février 2002, l'Iran fermera ses bureaux à Téhéran. Certains de ses partisans organiseront un attentat, manqué, contre Mohammed Fahîm peu de temps après.

placer celle de 1964, promulguée par l'ancien roi Zâher Châh[1].

En d'autres termes, d'un strict point de vue juridique, la conférence de Königswinter, sous le patronage des Nations unies, tire un trait sur vingt-huit années de l'histoire de l'Afghanistan. Elle nie la légalité des régimes successifs issus de coups d'État ou de situations de fait, consacre la nullité des textes constitutionnels promulgués entre-temps, ce qui abroge, *ipso facto*, toutes les lois, tous les décrets ou règlements votés ou pris depuis le 17 juillet 1973. La conférence consacre également la mise à l'écart de tous les chefs historiques de la résistance basés à Pechâwar. Seuls subsistent les grands commandants ayant une base territoriale affirmée.

1. D'après *Le Monde*, 27 novembre et 5-6 décembre 2001

CONCLUSION

QUEL AVENIR ?

L'Afghanistan est un pays difficile, incontrôlable, fait de personnalités farouchement attachées à leurs intérêts immédiats et à leur indépendance, un pays amoureux de ses libertés. Mais aussi un pays toujours prêt aux révoltes, aux renversements d'alliances, aux vendettas et aux violences de toute nature. L'histoire en témoigne : sur les douze émirs, rois ou présidents qui se sont succédé depuis un siècle à la tête de l'Afghanistan, deux ont été assassinés (Habiboullâh, 1919; Nâder Châh, 1933), cinq exécutés (Habiboullâh-Batcha-e saqâo, 1929; Mohammed Daoud, 1978; Nour Mohammed Taraki, 1979; Hafizoullâh Amîn, 1979; Mohammed Nadjiboullâh, 1996), quatre déposés (Amânoullâh, 1928; Zâher Châh, 1973; Babrak Karmâl, 1986; Borhânouddin Rabbâni, 1996). Seul, Abdour Rahmân, le fondateur de l'État, est resté au pouvoir jusqu'à sa mort naturelle. Quant au mollah Omar, l'*âmir al-mo'minîn*, qui constitue quand même un cas à part, il s'est enfui sur une moto — sa seule concession à la modernité — et vit depuis lors traqué d'une grotte ou d'une montagne à l'autre.

Au-delà des tragédies qu'elles ont provoquées, ces vingt-quatre années de guerre auront été un extraordinaire révélateur des contradictions de la société afghane. Jusque-là pluriethnique, diverse, certes soumise à des tensions, cette société vivait pourtant en paix. La guerre a souvent exacerbé jusqu'à la haine des antagonismes, des rivalités, des égoïsmes, des ambitions. À certains moments de l'histoire récente, on pouvait supposer que l'unité afghane allait éclater, et que l'on s'acheminait vers l'établissement de cinq régions autonomes en fonction de critères ethnico-religieux. Et pourtant, après un quart de siècle de massacres inter-ethniques, sans oublier ceux de jadis, longuement détaillés dans ce livre, les Afghans veulent encore vivre ensemble. Aucun d'entre eux ne souhaite la partition du pays ou l'annexion d'une province frontalière par un des voisins. Ils ne se veulent pas de l'Iran, du Pakistan, du Turkménistan, de l'Ouzbékistan, du Tadjikistan ou de la Chine. Les paysans, dans leur immense majorité, ne souhaitent que vivre tranquilles, avec leurs habitudes, dans un État aussi faible que possible, n'imposant qu'un minimum de lois, d'impôts et de droits de douane, mais assurant la sécurité, gage de prospérité du commerce intérieur et extérieur.

Les chefs politiques, quels qu'ils soient, ont tous réclamé un État unitaire. Ainsi que l'analysait justement Olivier Roy en 1997, « aucun parti n'a de programme ou d'idéologie ethnique, tous au contraire cherchent à nier, ou du moins à minimiser leur caractère ethnique : les *tâlebân*, au nom de l'islam, le Wahdat au nom du chi'isme, Massoud au nom de l'État afghan ». Massoud, comme les *tâlebân*, cherchait « à établir un pouvoir central sur l'Afghanistan et à se voir reconnaître le siège de l'Afghanistan aux Nations unies[1] ». On observera au passage

1. Olivier Roy, *Les Nouvelles d'Afghanistan*, n° 79, 4e trimestre 1997, p. 18.

que si le Tadjik Massoud n'avait jamais songé à une autre ville que Kaboul comme capitale de l'État afghan, les *tâlebân* pachtouns avaient choisi Kandahâr comme siège de leur pouvoir.

Certes, l'unification du pays est loin d'être réalisée et le nouveau pouvoir demeure fragile. Des affrontements localisés entre commandants ont eu lieu. Hekmatyâr, revenu en Afghanistan, a été accusé de préparer de nouveaux complots. Les régions se sont habituées à leur autonomie. On est bien obligé de constater qu'après plus de deux décennies de guerre, les zones ethniques sont les mêmes qu'auparavant, que chaque province a sa personnalité, que les chefs en place ou à venir doivent savoir rester chez eux, sans chercher à étendre leurs zones d'influence respectives fixées par une histoire millénaire : à l'ouest, Hérât, dont la frontière est mal délimitée vers l'est ; la province du Nord, qui regroupe les anciens pouvoirs de Maïmana, Balkh et Koundouz (quoique ce territoire soit encore partagé) ; au nord, le Badakhchân ; au centre, le Hazâradjât ; à l'est, les provinces pachtounes ghilzaïs ; au sud, la grande zone pachtoune dourrâni ; et, naturellement, la région de Kaboul. Sitôt les *tâlebân* vaincus, qui avaient cru unifier le pays sur des bases religieuses, niant le fait ethnique (ou plutôt en imposant la domination pachtoune), les grands « gouverneurs-administrateurs » ont retrouvé leur pouvoir d'antan : Ismâël Khân à Hérât, Dostom à Mazâr-e Charîf, le triumvirat « massoudien » dans le Pandjchir, Hadji Abdoul Qâder à Djelâlâbâd, Goul Aghâ à Kandahâr, Fazloullâh dans le Logar, Cher Mohammed Akhounzadeh dans l'Helmand.

Ces grandes provinces entendent bien, pour l'instant, conserver par-devers elles les revenus provenant des taxes sur le commerce d'importation et d'exportation vers les États limitrophes. Elles contrôlent tous les postes de douane dont les recettes alimentent les budgets provinciaux. Le gouvernement central pourra-t-il longtemps tolérer cette situation ? Sera-t-il même en mesure d'imposer un budget centralisé ?

Il ne servirait à rien, enfin, au-delà de l'épisode des *tâlebân*, d'occulter le ressentiment des minorités ethniques et religieuses à l'égard des Pachtouns, longtemps conquérants et autoritaires, contrôlant l'État, l'armée et la police depuis Abdour Rahmân. Ce n'est qu'en 1975 que les premières émissions en langues autres que le pachtou ou le dâri ont été diffusées sur les ondes de Radio-Kaboul[1]. Les Pachtouns considèrent, pour des raisons historiques, et aussi parce qu'ils sont l'ethnie la plus nombreuse en Afghanistan[2], que la direction de l'État leur revient de droit. À plusieurs reprises, leur prééminence a été remise en cause ces dernières années. La désignation de Borhânouddîn Rabbâni comme président du gouvernement après l'effondrement du régime communiste avait provoqué un vif mécontentement chez les Pachtouns ; elle explique en partie la guerre civile des années 1989-1994. La nomination d'Hâmed Karzaï à la tête du gouvernement provisoire n'aura pu se faire qu'à l'issue de longues tractations et de concessions aux autres ethnies. Les premières nominations qu'il a effectuées dans les provinces n'ont pas toujours été appréciées, au point de provoquer des affrontements armés.

1. Pour des raisons politiques (la tension provoquée par les revendications afghanes à propos du « grand Pachtounistan »), des émissions en langue baloutche avaient déjà été diffusées.

2. Dans cette perpective, on voit à quel point les recensements de population peuvent avoir d'importantes conséquences politiques. Raison supplémentaire pour mettre en doute leur fiabilité.

Quelle sera enfin la place réservée aux femmes par le nouveau régime ? Souvent harcelées, parfois violées au temps des féroces combats inter-ethniques de 1994 à 1996, humiliées et cloîtrées par les *tâlebân* de 1996 à 2001, les femmes et les jeunes filles de Kaboul ont vécu dix années de traumatismes. Leur triste sort, largement médiatisé, aura au moins eu pour effet d'attirer sur l'Afghanistan l'attention des Occidentaux, qui étaient restés relativement indifférents au martyre du peuple afghan tout entier depuis 1978. Ces femmes, tout comme les réfugiées venues des campagnes du Pandjchir et du Hazâradjat, hésiteront à se dévoiler, comme elles le faisaient avant 1992, tant que la sécurité ne sera pas complètement assurée. Aujourd'hui, les femmes de Kaboul sont pauvres. Elles ont honte de se montrer dans de vieux habits. Le voile intégral cache leur misère : « Veillez à nous donner du travail avant de vous occuper de notre voile », disent-elles. Beaucoup de féministes étrangères se sont focalisées sur la condition des femmes en Afghanistan, réclamant leur participation aux instances du pouvoir jusqu'à 40 % à tous les niveaux, y compris jusqu'aux conseils de village [1], ce qui est d'un irréalisme total. Les Afghanes, de leur côté, font observer que la condition des femmes dépend de celle du pays tout entier, qu'il est plus urgent de ramener le calme et la prospérité dans le pays, et que l'amélioration de leur condition suivra avec l'accès à l'éducation et au marché du travail.

Bien avant le coup d'État communiste de 1978, l'opposition était sensible entre les villes et les campagnes, la société urbaine et la société rurale. Beau-

1. *Le Monde*, 1er décembre 2001.

coup de fonctionnaires kaboulis s'entretenaient dans l'illusion de l'omnipotence de l'administration centrale ; ils ignoraient souvent les réalités du monde rural ou bien ne voulaient pas les voir. Nombre d'experts étrangers, conseillers techniques, fonctionnaires internationaux, et autres, parfois rivaux entre eux, se trouvaient dans un état d'esprit identique. Des projets, tel celui du barrage des eaux de l'Helmand-Arghandâb, certes louable, engloutissaient des crédits pharaoniques en termes d'études préalables, additionnelles et complémentaires, de frais de fonctionnement, avant de recevoir un commencement d'exécution pour la satisfaction mitigée de populations locales qui n'avaient même pas été consultées et dont certaines étaient déplacées d'autorité sur d'autres terres, provoquant ainsi de véritables révoltes. À l'opposé, avant 1978, l'une des meilleures réalisations étrangères en matière d'irrigation avait été effectuée en deçà de la plaine de Goulbâhâr vers Begram, discrètement et avec des moyens limités ; elle était l'œuvre de techniciens de Chine populaire : ils travaillaient sur place, en étroite liaison avec les populations concernées.

Les conflits ont mis en évidence un aspect souvent oublié dans les projets de développement antérieurs : le rôle de chacune des petites vallées, des petites régions, de ces zones qui se sont administrées elles-mêmes, autosuffisantes autant que cela pouvait se faire. Le temps des grands projets, un peu mégalomaniaques, conçus dans les bureaux de Kaboul par des experts étrangers avec le concours de hauts fonctionnaires afghans, semble terminé. Pour deux raisons : la première tient, actuellement, à l'absence d'État, d'administration et de relais ; la seconde à la réalité même du développement, à la lumière des événements tragiques des deux décennies écoulées.

L'État devra se mettre au service des campagnes et non pas l'inverse. De la bonne répartition de l'aide internationale entre le pouvoir central de Kaboul et les provinces dépendent sans doute l'avenir du pays et sa sécurité. À la veille de sa mort, lors de son dernier entretien avec un journaliste français, Massoud lui déclarait : « Je souhaite mieux étudier le système suisse pour comprendre comment ce peuple multilinguistique a résolu ses problèmes, et comment ils ont formé leur gouvernement[1]. »

Dans ce pays en apparence pauvre et sans intérêt économique et stratégique, les influences étrangères ont été incessantes, de la part des Britanniques, des Russes puis des Soviétiques, des Perses puis des Iraniens, des Pakistanais, des Saoudiens, des Américains... Les Afghans veulent maintenant oublier. Le temps de l'apaisement est venu après de telles épreuves. Les influences étrangères devraient être maintenant enfin positives.

La Russie de Vladimir Poutine, amputée de ses républiques musulmanes d'Asie centrale depuis 1991, a compris son intérêt à s'allier avec les États-Unis pour obtenir des concours financiers et retrouver son statut de grande puissance internationale. Les républiques musulmanes, laïques et autoritaires de l'ex-URSS, soufflent ; le danger d'une contagion islamique s'est éloigné avec la déroute des *tâlebân*, et les perspectives d'une aide économique américaine se précisent. L'Iran cherche seulement, dans l'immédiat, à préserver ses relations commerciales profitables avec l'ouest de l'Afghanistan, en particulier avec Hérât.

Reste le Pakistan, le régime le plus instable de la

1. Propos recueillis par Roland Bariseel, *Le Point*, 26 octobre 2001, p. 57.

région, malgré la prolongation au pouvoir du général Parvez Musharraf. Ce pays, où se sont réfugiés nombre de lieutenants de Ben Lâden, cherche encore sa place régionale. Les militaires pakistanais ressentent toujours l'humiliation de la perte du « Pakistan oriental », le Bengale, devenu le Bangladesh ; ils ont échoué dans leur tentative d'assurer leur domination sur l'Afghanistan, porte de l'Asie centrale, au travers de Goulbouddîn Hekmatyâr d'abord, des *tâlebân* ensuite. Avec les extrémistes religieux, ils reportent leurs espoirs sur le Cachemire musulman, sous domination indienne, écartelé entre son désir de paix et celui de la libération de la domination étrangère.

Quant aux Américains, ils se sont toujours trompés dans leurs analyses sur l'Afghanistan depuis un demi-siècle. S'agissant de la période récente, ils ont d'abord soutenu, dans la lutte contre le gouvernement communiste et l'Union soviétique, les extrémistes musulmans, tel Hekmatyâr, qui étaient leurs pires ennemis, ensuite les *tâlebân* qui ne songeaient qu'à les détruire par l'intermédiaire de Ben Lâden, et ils ont tardé à soutenir la résistance aux *tâleban*. Si d'autres épreuves attendent, hélas, les Américains, ils comprendront qu'ils en sont en partie responsables.

La tâche qui attend le gouvernement transitoire, et celui qui lui succédera, est titanesque. Il leur faut reconstituer l'unité nationale, assurer la sécurité et rétablir la confiance, préparer de nouvelles institutions acceptables par tous, assurer l'acheminement d'aides d'urgence, alimentaire, sanitaire et technique, réorganiser l'administration centrale et ses relais en province, rouvrir des lycées, des écoles, des hôpitaux, des universités, préparer la formation de cadres administratifs, de médecins, d'infirmiers et d'infirmières, d'ingénieurs, de techniciens et d'enseignants ; il faudra aussi déminer, préparer le retour des réfugiés, mettre en œuvre une réforme agraire. Les problèmes à résoudre sont nombreux : il faut apporter aux populations des aliments et des soins d'urgence, fournir aux paysans des semences, des engrais, des matériels, réparer les systèmes d'irrigation, reconstruire des maisons, des mosquées, des écoles, reboiser les zones forestières dévastées par les bombardements et les abattages clandestins, veiller à limiter la lucrative culture du pavot [1], et, naturellement, reconstituer les grandes infrastructures (routes, ponts, aéroports, barrages, centrales électriques, télécommunications, immeubles publics)... Sans oublier que les administrations locales auront fort à faire lorsqu'il s'agira d'accueillir des réfugiés qui trouveront leurs terres occupées par d'autres.

Dans l'immédiat, bien des questions se posent. Qui gérera les crédits internationaux ? Qui contrôlera leur utilisation ? Où ira l'aide ? Profitera-t-elle surtout à Kaboul, la capitale, par définition centralisatrice et improductive, et aux grandes villes ? Quelle sera la part des campagnes, qui construisent la richesse du pays par leurs productions agricoles et l'exportation génératrice de devises ? Quelles seront les priorités retenues pour les grandes infrastructures ?...

Les Afghans évaluent le coût de la reconstruction de leur pays à 45 milliards de dollars. Des experts étrangers, plus prudents, parlent de 15 milliards. La

1. Le problème de l'éradication de la culture du pavot en Afghanistan est récurrent. En avril 2002, les autorités afghanes ont effectué une saisie de 4 tonnes d'opium dans la zone de Ghani Khel, située à 45 kilomètres au sud-est de Djelâlâbâd.

conférence de Tokyo, qui a lieu en janvier 2002, estime les besoins sur cinq ans à 10 milliards de dollars. Ces chiffres n'ont en vérité pas grand sens, dans la mesure où personne, aujourd'hui, n'est en mesure de dresser un constat précis et chiffré de la situation catastrophique dans laquelle se trouve l'Afghanistan. Une aide d'urgence est indispensable ; pour le reste, tout est à repenser, à faire ou à refaire. Il est évident que la reconstruction sera une œuvre de longue haleine et ne pourra s'effectuer qu'avec une aide internationale considérable. Les 25 pays réunis les 21 et 22 janvier 2002 à Tokyo se sont engagés le 22 janvier à fournir 4,5 milliards de dollars d'aide[1].

La *loyah djirgah*, comprenant près de 1 600 délégués, dont 200 femmes, s'est réunie du 11 au 19 juin 2002 à Kaboul, dans une atmosphère un peu confuse. Ses travaux ont été inaugurés par l'ancien roi Zâher Châh. Hâmed Karzaï a été confirmé dans ses fonctions ; des changements relativement mineurs sont intervenus dans la composition du gouvernement, à la satisfaction d'ailleurs mitigée de différents groupes pachtouns. Deux femmes sont désormais ministres. Trois « chefs de guerre » sont devenus vice-présidents. Une femme, Mme Sima Samar, prévue pour une vice-présidence, a été évincée à la suite d'une cabale de notables pachtouns. Un projet constitutionnel est toujours à l'étude.

La situation politique reste fragile[2]. Les mêmes, qui nient farouchement les divisions ethniques, ne

1. Chiffre à rapprocher des 45 milliards votés par le Congrès américain pour la guerre.

2. Deux ministres ont été assassinés : Abdour Rahmân, le 6 février 2002, Hadji Abdoul Qader, le 6 juillet, mais point n'est besoin de chercher absolument des motifs politiques à leur assassinat.

parlant que d'une grande nation afghane unitaire et d'un pouvoir centralisé, se préoccupent constamment d'assurer la prééminence de leur groupe, de leur tribu ou de leur vallée.

La nation afghane existe pourtant. Ses gouvernants, la *loyah djirgah* et les Afghans l'ont voulu ainsi. Son avenir est celui qu'ils lui feront. Le défi sera d'installer durablement un gouvernement efficace, qui prenne en compte les disparités régionales et en même temps les aspirations à la paix, à la reconstruction, et à plus d'autonomie locale.

ANNEXES

CHRONOLOGIE

VIe siècle av. J.-C. Zoroastre prêche en Bactriane. L'*Avesta* aurait été écrit entre 559 et 530 sous le règne de Cyrus le Grand.

550-545 av. J.-C. Conquête de l'actuel Afghanistan par Cyrus, dont l'empire s'étend de l'Indus à l'actuelle Turquie et à l'Égypte.

331 av. J.-C. Alexandre atteint Persépolis.

329 av. J.-C. Après avoir soumis l'Arachosie, Alexandre franchit l'Hindou-Kouch et investit la Bactriane.

325 av. J.-C. Il atteint l'Indus et divise son armée en trois groupes. Il rejoint Babylone où il meurt en 323. Dans le partage de son empire, Séleucos reçoit l'Asie.

Vers. 200 av J.-C. Apogée du royaume grec de Bactriane.

Ier siècle ap. J.-C. Disparition des royaumes grecs. Progrès du bouddhisme dans toute la partie orientale de l'actuel Afghanistan.

Fin du Ier siècle-IVe siècle. Période kouchane, envahisseurs venus du nord.

651. Les Arabes investissent Hérât.

871 Prise de Kaboul par Ya'koub ben Laith, fondateur de la dynastie des Saffarides. Il s'en faudra pourtant encore d'un siècle pour que tout l'actuel Afghanistan soit islamisé.

977-1186. Dynastie ghaznévide, dont l'empire (capitale : Ghazni) comprend le Khorâssân, l'actuel Afghanistan et l'Inde du Nord.

1150. Prise de Ghazni par ʻAlaʻoud-dîn Hossein. Les Ghorides se substituent aux Ghaznévides.

1221. Gengis Khan (v. 1162/1167-1227) conquiert les territoires situés au sud de l'Amou-Dâriâ.

1227-1335. Dynasties gengiskhanides.

1363-1364. Tamerlan (1336-1405) se lance à la conquête de l'Asie centrale.

1504. Babour s'empare de Kaboul, tandis que les Perses contrôlent Hérât et le Seistân. Il étend son empire vers l'Inde. Sa dynastie (les Babourides, ou Grands Moghols de Delhi) se maintiendra jusqu'en 1707.

1506. Le dernier Timouride abandonne Hérât.

1708-1725. Mir Waïs, Pachtoun ghilzaï, contrôle Kandahâr. Son fils, Mahmoud, conquiert Hérât, puis Isfahân.

1727-1747. Nâder Châh, Turc afshâr, constitue un empire incluant le nord-est de la Perse, l'actuel Afghanistan, la Transoxiane et une grande partie de l'Inde du Nord. Il est assassiné en 1747. Son empire se désagrège.

1747 (juin). Ahmad Châh Abdali, Pachtoun dourrâni, est proclamé émir lors d'une *loya djirgah* des tribus pachtounes. Il conquiert le Pendjâb, Delhi, l'actuel Afghanistan, et une grande partie du Khorâssân. L'apogée de son empire se situe en 1762.

1773-1793. Règne de Timour Châh, fils d'Ahmad Châh. L'empire d'Ahmad Châh se délite.

1793-1836. Querelles successorales entre les fils de Timour. Période d'anarchie.

1836. Dost Mohammed, Pachtoun dourrâni, prend le titre d'émir. Il réside à Kaboul.

1838 (décembre). Inquiets des ambitions perses et russes, les Britanniques décident d'intervenir en « Afghanistan ». Leurs troupes investissent Kandahâr, où Châh Choudjâh (émir déposé en 1809) est proclamé émir. Il fera son entrée à Kaboul avec l'armée britannique le 9 août 1839. Dost Mohammed s'est exilé. Troubles en « Afghanistan ».

1841 (2 novembre). Le résident britannique à Kaboul est assassiné.

1842 (6-13 janvier). Faisant retraite vers Djelâlâbâd, un corps d'armée britannique est anéanti dans les gorges de la rivière Kaboul. En avril, Châh Choudjâh est assassiné. Un Pachtoun sadozaï est proclamé émir.

1842 (septembre). Revenus en force, les Britanniques conduisent de sévères représailles à Kaboul, qu'ils évacuent en octobre.

1842-1863. Dost Mohammed rétablit son pouvoir.

1863-1878. Guerre de succession entre les fils de Dost Mohammed. En 1865, les Russes contrôlent Boukhârâ, Tachkent, Samarqand.

1878 (novembre). Trois armées anglaises pénètrent en Afghanistan. L'émir Cher Ali s'enfuit. Son fils, Ya'koub, est proclamé émir.

1879 (26 mai). Signature à Gandomak d'un traité aux termes duquel Ya'koub est reconnu par les Britanniques comme émir. L'Afghanistan renonce à sa souveraineté externe, en échange de quoi les Britanniques lui versent une pension de 60 000 livres par an.

(3 septembre). Le résident britannique à Kaboul est assassiné. Les Britanniques déposent Ya'koub et l'exilent.

1880 (juillet). Un petit-fils de Dost Mohammed, Abdour Rahmân, se proclame émir. Il ratifie les termes du traité de Gandomak.

1880-1901. Abdour Rahmân soumet ses rivaux et les différentes populations « afghanes ». Les frontières de l'Afghanistan seront définitivement délimitées et reconnues entre 1891 et 1896. L'émir établit les bases d'un État moderne.

1901-1919. Règne d'Habiboullâh. En 1905, le traité de Gandomak est reconduit.

1919. Assassinat d'Habiboullâh. Son fils Amânoullâh lui succède. À l'issue de brèves hostilités avec les Britanniques, l'Afghanistan retrouve sa souveraineté externe.

1919-1928. La politique moderniste d'Amânoullâh provoque une rébellion. Il est contraint à l'abdication le 14 janvier 1928. Un Tadjik, Batcha-e saqâo, se proclame roi sous le nom d'Habiboullâh le 17 janvier. La réaction pachtoune s'organise autour de Nâder Khân, Pachtoun Dourrâni, et de ses frères. Leurs troupes investissent Kaboul le 10 octobre.

1929 (17 octobre). Nâder Khân est proclamé roi. Batcha-e

saqâo est pendu le 1er novembre avec ses principaux conseillers. Mohammed Hachîm Khân, frère de Nâder Châh, devient Premier ministre.

1931 (octobre). Une nouvelle constitution établit une monarchie constitutionnelle.

1933 (novembre). Assassinat de Nâder Châh. Son fils, Zâher, lui succède.

1940 (août). Convoquée par le roi, la *loyah djirgah* proclame la neutralité afghane dans le conflit mondial.

1946 (9 mai). Démission de Mohammed Hachîm Khân. Son frère, Châh Mahmoud, forme le nouveau gouvernement.

1947. Partition de l'Inde et du Pakistan après le départ des Britanniques.

(septembre). L'Afghanistan émet un vote défavorable à l'entrée du Pakistan aux Nations unies. Tension afghano-pakistanaise.

1950. Accord commercial entre l'Afghanistan et l'URSS.

1953 (6 septembre). Mohammed Daoud, cousin germain et beau-frère de Zâher Châh, est nommé Premier ministre. Le 14 septembre, Mohammed Naïm, frère de Daoud, devient ministre des Affaires étrangères.

1955 (mars-décembre). Nouvelle tension afghano-pakistanaise. En décembre, un accord de coopération est signé entre l'Afghanistan et l'URSS.

1956 (avril). Début du premier plan quinquennal afghan.

1961. Tension afghano-pakistanaise. La frontière entre les deux États sera fermée de septembre 1961 à janvier 1963.

(avril). Début du 2e plan quinquennal.

1963 (10 mars). Démission de Daoud. Le 14 mars, le Dr Youssof forme le nouveau gouvernement.

1964 (1er octobre). Promulgation de la nouvelle constitution établissant une monarchie parlementaire de type occidental.

1965 (1er janvier). Premier congrès du Parti démocratique du peuple afghan (communiste).

(13 octobre). Le Dr Youssof forme son second gouvernement.

(29 octobre). Démission du Dr Youssof. Mohammed

Hachîm Maïwandwaî devient Premier ministre (3 novembre).

1966 (11 octobre). Démission de Maïwandwal. Nour Ahmad Etemâdi lui succède le 13 novembre.

1971 (mai). Démission d'Etemâdi. Il faudra attendre le mois de juillet pour que le Dr Zâher forme un nouveau gouvernement.

(décembre). À l'issue du conflit indo-pakistanais, le Pakistan oriental devient le Bangladesh indépendant.

1972-1977. Mohammed Ali Bhutto au pouvoir au Pakistan (il sera exécuté en avril 1979).

1972 (décembre). Démission du Dr Zâher. Mohammed Moussa Châfiq est nommé Premier ministre.

1973 (mars). Moussa Châfiq signe avec l'Iran un traité sur le partage des eaux de l'Helmand. Cet accord est vivement critiqué en Afghanistan.

(17 juillet). Coup d'État républicain. Les putschistes remettent le pouvoir à Mohammed Daoud. Le nouveau gouvernement comprend 7 ministres communistes sur 14. (Une constitution de type présidentiel sera promulguée en 1977.)

1974. Daoud écarte progressivement les ministres communistes. L'année suivante, il conclut un accord avec l'Iran, qui financera divers projets économiques de développement. L'URSS s'inquiète d'un éventuel renversement d'alliances.

1975 (25 juillet). Échec d'une révolte islamiste dans le Pandjchir.

1978 (27 avril). Coup d'État communiste. Daoud et ses proches sont tués. Nour Mohammed Taraki devient président de la République et Premier ministre, Babrak Kârmal vice-président et vice-Premier ministre, Hafizoullâh Amîn vice-Premier ministre et ministre de la Défense. Les premières mesures du gouvernement mécontentent les campagnes. Tension entre les deux factions communistes, le Khalq et le Partcham.

(juin). Taraki (Khalq) destitue les ministres « partchamis ». Le mois suivant, les premières révoltes armées éclatent dans les campagnes.

1979 (3 février). L'ayatollâh Khomeiny accède au pouvoir en Iran.

(15 mars). Le bombardement d'Hérât par l'aviation gouvernementale aurait fait 50 000 morts.

(27 mars). Hafizoullâh Amîn (Khalq), qui a marginalisé Taraki et ses partisans, devient Premier ministre. L'insurrection se généralise en province.

(14 septembre). Lors d'une entrevue avec Amîn, Taraki est tué. Amîn désigne Taraki comme le responsable de 12 000 exécutions depuis avril 1978.

(27 décembre). Les Soviétiques, qui ont acheminé des troupes d'élite à Kaboul et dans les principales bases, prennent le contrôle de toutes les installations stratégiques, civiles et militaires à Kaboul. Un de leurs commandos exécute Hafizoullâh Amîn. Babrak Kârmal, revenu à Kaboul depuis l'URSS, devient chef du gouvernement.

1980 (janvier). Reprise de l'aide américaine au Pakistan (elle avait été suspendue en avril 1979).

1980-1986. L'insurrection contre le pouvoir communiste et l'invasion soviétique s'est généralisée. On dénombre alors un peu plus de 3 millions de réfugiés au Pakistan, 500 000 à 800 000 en Iran. Les mouvements de résistance se sont structurés, à la fois en Afghanistan et à Pechâwar.

1986. Babrak Kârmal démissionne de ses fonctions le 1er mai « pour raisons de santé ». Il est remplacé par le Dr Mohammed Nadjiboullâh. Borhânouddin Rabbâni, porte-parole de l'Alliance des partis de la résistance, déclare depuis Pechâwar que « la guerre continuera quel que soit le dirigeant pro-soviétique à la tête de l'État afghan ». Les Soviétiques accentuent leurs opérations militaires. Les combattants de la résistance reçoivent des missiles sol-air américains de type Stinger.

1987 (3 janvier). Nadjiboullâh annonce son intention de conduire une politique de « réconciliation nationale ». Des pourparlers informels sont ouverts entre différentes puissances sous l'égide des Nations unies.

1988 (8 février). Mikhaïl Gorbatchev annonce le retrait d'une partie des troupes soviétiques d'Afghanistan dès le

15 mai. L'ONU s'organise en vue de la « reconstruction » de l'Afghanistan. Le 23 février, l'alliance des partis de Pechâwar décide de former un gouvernement provisoire.

(14 avril). En présence du secrétaire général de l'ONU, un accord est signé à Genève entre les représentants des gouvernements de l'URSS, des États-Unis, du Pakistan et de l'Afghanistan. Cet accord précise notamment le calendrier de retrait des troupes soviétiques. Les partis de la résistance, exclus des négociations, rejettent cet accord et annoncent qu'ils poursuivront les combats.

(15 mai). Début du retrait des troupes soviétiques.

(17 août). Mort du président pakistanais Ziâ ul-Haq dans un accident d'avion. On parle d'un attentat.

(décembre). Benazir Bhutto Premier ministre du Pakistan. Elle sera destituée le 6 août 1990. Nawaz Sharif lui succédera.

1989 (15 février). Les dernières troupes soviétiques repassent l'Amou-Dâriâ.

(mars). Échec des offensives de la résistance contre Djelâlâbâd et Khost. Affrontements sporadiques entre le Hezb (Hekmatyâr) et le Djamî'at (Rabbâni, Massoud).

1990 (mars). Nadjiboullâh s'efforce en vain de réaliser l'« union nationale ». À Kaboul, tentative de coup d'État du général Tanaï (communiste) contre Nadjiboullâh. Tanaï se réfugie au Pakistan.

1990-1991. Les combats se poursuivent entre les partis de la résistance et les forces gouvernementales communistes autour des principales villes. Toutes les tentatives internationales de médiation entre les protagonistes échouent.

1992 (19 avril). Sous la pression du Pakistan, les partis de la résistance, réunis à Islamabad, forment un gouvernement provisoire présidé par Sebghatoullâh Modjaddedi (Djabha-e nedjât-e Nelli). Les partis chi'ites refusent de le reconnaître. Modjaddedi arrive à Kaboul le 28 avril. Les communistes lui remettent le pouvoir. Trois mois plus tard, il sera remplacé à la tête du gouvernement par Borhânouddîn Rabbâni (Djamî'at). Massoud devient ministre de la Défense.

(26 avril). Prise de Kaboul par les *modjaheddîn*. Dès le 10 août, des combats opposent le Hezb-e islami (Hekmatyâr) et le Djamî'at (Massoud).

1992-1994. La confusion est totale à Kaboul, où la guerre fait rage entre les différents partis.Toutes les tentatives de médiation des Nations unies échouent. Les différentes provinces afghanes s'installent progressivement dans une situation d'autonomie.

1993 (octobre). Seconde mandature de Benazir Bhutto, jusqu'au 5 novembre 1996.

1994 (13 novembre). Venus du Pakistan le mois précédent, les *tâlebân* investissent Kandahâr.

1995. Ils s'emparent de Ghazni. (24 janvier), puis d'Hérât (4-5 septembre). Ils entrent le 25 septembre dans Kaboul d'où Massoud s'est retiré. Le lendemain, Nadjiboullâh est exécuté. Offensives des *tâlebân* contre Massoud.

1996 (février). Blocus du Hazâradjât par les *tâlebân*.

(4 avril). À Kandahâr, le mollah Omar est proclamé *amir al-mo'minîn* par une assemblée d'*oulâma* et de mollahs, pachtouns pour la plupart.

(11 septembre). Djelâlâbâd tombe aux mains des *tâlebân*. Ils poursuivent leur avance dans le Nord-Ouest.

1997 (mars-septembre). Violents combats pour le contrôle du nord (Maïmana, Mazâr-e Charîf, Koundouz). Échec des *tâlebân*.

(août). Les *tâlebân* interdisent la culture du pavot, la fabrication et consommation de drogue en Afghanistan, mais ils lient la destruction des cultures à l'octroi d'une aide internationale.

(26 octobre). L'Afghanistan devient l'*émirat islamique d'Afghanistan*.

1998 (juin-août). Les villes du nord du pays passent sous le contrôle des *tâlebân*. Massoud leur tient tête depuis le Badakhshân et le Pandjchir.

(13 septembre). Les *tâlebân* s'emparent de Bamyân. Le Hazâradjât est en situation de famine.

(25 décembre). Ben Lâden déclare qu'il ne se livre à aucune activité terroriste depuis l'Afghanistan

1999 (24 janvier). Différents commandants opposés aux *tâlebân* constituent l'« Alliance du Nord », sous la présidence de Massoud.

(juillet-août). Échec d'une offensive de Massoud vers Begram.

(9 novembre). Ben Lâden est déclaré « traître à l'islam » par le ministre saoudien de la Défense.

2000 (mars). Échec d'une offensive des *tâlebân* contre Massoud. Combats dans le Nord pour le contrôle du port de Cher Khân Bandar sur l'Amou-Dâriâ.

2001 (11 mars). Les *tâlebân* font sauter les deux bouddhas géants de Bamyân.

(20 mars). En dépit des demandes pressantes des États-Unis et du Pakistan, le mollah Omar déclare qu'il ne livrera jamais Ben Lâden.

(4-7avril). Invité par la présidente du Parlement européen, Nicole Fontaine, Massoud est reçu à Paris et au Parlement européen à Strasbourg et Bruxelles.

(9 septembre). Assassinat d'Ahmad Châh Massoud par deux pseudo-journalistes, appartenant aux réseaux d'Al-Qaïda.

(11 septembre). Des membres d'Al-Qaïda prennent le contrôle de quatre avions de ligne américains, qui s'écrasent, les deux premiers sur les deux tours jumelles du World Trade Center à New York, un troisième sur le Pentagone à Washington, et le dernier en rase campagne. 3700 morts.

(7-8 octobre). Début des frappes aériennes américaines en Afghanistan. Les *tâlebân* appellent les musulmans à la guerre sainte.

(novembre-décembre). L'Alliance du Nord s'empare de Mazâr-e Charîf (9 novembre). Ismaël Khân reprend Hérât (12 novembre). Les troupes de Massoud entrent dans Kaboul, désertée par les *tâlebân* (13 novembre). Les *tâlebân* abandonnent Djelâlâbâd (16 novembre). L'Alliance du Nord investit Koundouz (24 novembre), puis Kandahâr (6-7 décembre).

(27 novembre). Début de la conférence de Königswinter entre les différents partis afghans sous l'égide des Nations unies. Un accord intervient le 5 décembre

Hâmed Karzaï est désigné chef du gouvernement intérimaire.

2002 (21-22 janvier). Les représentants de 25 pays et des Nations unies se réunissent à Tokyo. Ils s'engagent à accorder une aide de 4,5 mlilliards de dollars à l'Afghanistan en vue de la reconstruction du pays.

(18 avril). L'ancien roi Zâher Châh revient à Kaboul. Il doit inaugurer la *loya djirgah* (« grande assemblée »).

(11-19 juin). Réunion à Kaboul de la *loyah djirgah*. Dans une atmosphère confuse, le gouvernement intérimaire est confirmé avec des remaniements mineurs. Un projet de constitution est toujours à l'étude.

TRANSCRIPTION ET GLOSSAIRE

*Tous les systèmes de transcription de l'arabe (ou du persan) sont fautifs, à l'exception de celui de l'*Encyclopédie de l'Islam, *mais il est d'une telle complexité typographique qu'il ne faut pas songer à l'utiliser en dehors d'ouvrages ou revues hautement spécialisés. Nous nous sommes efforcés de nous rapprocher des prononciations les plus courantes en Afghanistan (qui devrait être transcrit, logiquement,* Afghânestân*...), et notre système de transcription n'a pas la moindre prétention scientifique.*

Pour les noms de villes, nous avons suivi les formes courantes : Kaboul et non pas Kâbol ; Ghazni au lieu de Ghazneh ou Ghaznah ; Kandahâr au lieu de Qandahâr ; Koundouz au lieu de Qoundouz ; Hérât au lieu de Harât, etc. De même pour Coran (Qu'rân), islam (islâm), etc.

ÂBI : terre agricole irriguée.

'ÂCHOURA : célébration de la date anniversaire (10 de moharram) de l'assassinat des petits-fils du Prophète. La plus solennelle fête religieuse chi'ite.

AÏD-E QORBAN : fête du sacrifice.

'ALÎM (pl. *oulâma*) : homme « instruit » du Coran et des sciences islamiques, issu d'une *madrassa*.

ÂMIR AL-MO'MINÎN : « commandeur des croyants ».

ÂMIR BI L'MA'ROUF WA NÂHIN 'AN AL-MOUNKAR : « Celui qui commande le bien et interdit le mal », titre traditionnel des califes.

'AYATOLLÂH : titre d'une autorité religieuse suprême chez les ch'i'ites de tradition iranienne.

BADAL : la réparation d'une offense (pachtou).

BÂTIN, BATINÎA : « caché ». Mot et adjectif arabes utilisés par les sunnites, de façon péjorative, pour désigner ceux qui considèrent que le Coran, outre son sens apparent, comporte un « sens caché ».

BAY'AT : serment d'allégeance (arabe).

BID'A : innovation juridique (arabe).

BURQA : voile intégral des femmes (mot ourdou, Pakistan). Voir *tchâderi*.

CADI : voir *qâzî*.

CALIFE : voir *Khalîfah*.

CHÂH, PADICHÂH : roi (persan)

CHAHÂDA : profession de foi musulmane (« Il n'a de Dieu qu'Allâh et *Mohammad* est son envoyé/prophète).

CHÂHÎD : martyr d'une guerre sainte (tué au combat ou exécuté par ses ennemis).

CHARÎ'AH : la loi émanée du Coran et de la tradition (*sounna*) du Prophète.

CHI'ISME, CHI'ITES : secte de l'islam se réclamant de 'Ali, gendre et cousin du Prophète, quatrième calife. Les chi'ites duodécimains reconnaissent douze imams après 'Ali, les septimaniens, ou ismaéliens, sept.

CHOURA : (arabe et persan) dérivé de *chour* (conseil, avis; *chour kardan* : consulter, délibérer, en persan); par extension : assemblée, conseil.

DÂCHT : le désert.

DÂRI : le persan littéraire (voir *fârsi*).

DÂRIÂ : le fleuve (persan).

DEHQÂN : le métayer.

DHIMMI (ou *zimmi*) : sujets non musulmans d'un État islamique. Ils bénéficient d'une entière protection de l'État à condition de payer un impôt spécial (*djazîat*) et de ne pas troubler l'ordre public.

DÎN : la religion, la foi.

DJAMÎ'AT : rassemblement, « société » (persan). Se distingue de *hezb* (parti).

DJIHÂD : la guerre sainte; mais aussi l'effort personnel sur soi-même pour tendre à l'exemplarité.

DJERIB : mesure de surface agricole (1/5e d'hectare).

DURBÂR : assemblée villageoise, tribale, clanique (pachtou).

ENQELÂB : la révolution.

FÂRSI : le persan parlé (voir *dâri*).

FATWÂ (pl. *fatâwî*) : avis juridique, « ordonnance », rendu(e) par une haute autorité juridique/religieuse (*qâzî*).

FIQH : le « droit » au sens de l'ensemble des lois et préceptes découlant du Coran et de la *sounna*, fixant les devoirs de l'homme envers Dieu, la société et lui-même.

HADÎTH : les « paroles » du Prophète telles que transmises par des chaînes (*isnâd*) de « rapporteurs ». Le *hadîth* peut être *sahîh* (parfait), *hasan* (bon), *da'îf* (douteux), *fard* (isolé)...

HADJ : le pèlerinage aux lieux saints, une des cinq obligations rituelles de l'islam. À son retour, le pèlerin se pare du titre de *hadji*.

HÂKIM : gouverneur (arabe).

HANÉFITE : école juridique de l'imâm Abou Hanifa (v. 700-767), réputée la plus libérale.

HOKOUMAT : gouvernement provincial.

HEZB : le « parti » (arabe).

IDJMÂ' : au sens large, le consensus de la communauté des croyants ; plus généralement : le consensus des *oulâma* sur un point de doctrine ou de droit.

IDJTIHÂD : l'effort législatif, le pouvoir de création législative.

IMÂM : au sens strict « le guide » ; celui qui guide la prière. Le calife est l'*imâm* par excellence, l'intermédiaire entre les hommes et Dieu ; en conformité avec les préceptes coraniques, il est « l'interprète autorisé » de la loi, le juge suprême ; il est réputé infaillible. Le fondement de la tradition chi'ite est la croyance en l'« imâm caché » (*mahdî*) qui reviendra sur terre pour instaurer un ordre de paix et de justice.

ISLÂM : littéralement, « soumission ».

ISMAÉLISME : voir *chi'isme*. Le chef spirituel des ismaéliens est l'Âghâ Khân.

ISTIHSÂN : l'opinion personnelle d'un juge, d'un théologien.

KALÂM : la théologie musulmane, au sens de « philosophie ». Se distingue de la *falsafa* (philosophie ») dans son acception occidentale.

KARAKOUL : fourrure des moutons connue en Occident sous le nom d'astrakan.

KARÊZ : canal d'irrigation souterrain.

KHALÎFAH : le lieutenant de Dieu, son « ombre sur la terre » ; le « remplaçant » du Prophète, chef spirituel et temporel de la communauté. Par extension : un maître artisan.

KHALQ : « Le peuple » (pachtou). Nom de la faction communiste dirigée par Nour Mohammed Taraki et Hafizoullâh Amîn, par référence à l'éphémère journal qu'ils publièrent sous la monarchie constitutionnelle.

KHÂN : le « chef » (de clan, de village, etc.), titre honorifique.

KICHMICH : raisin sec.

KÔH : montagne, sommet.

LALMI (ou *daymâ*) : terres agricoles non irriguées (cultures sèches).

LOYA DJIRGAH : « grande assemblée » traditionnelle des tribus pachtounes. Terme pachtou passé dans le vocabulaire constitutionnel : *wolôsi djirgah* (« chambre haute », ou Sénat) ; *machrânou djirgah* (« chambre basse », ou Assemblée nationale).

MADJLIS : assemblée délibérante (persan).

MADRASSA (pl. *madrassâ*) : collège, « université », où l'on enseigne, en arabe, des sciences islamiques traditionnelles.

MAHDÎ : l'imâm caché.

MALEK : en arabe, le roi ; en Afghanistan, administrateur provincial.

MELLAT : la nation.

MÎRÂB : le responsable de l'irrigation dans un village.

MODJAHED (pl. *modjaheddîn*) : combattant(s) de la foi.

MODJTAHID : le juriste théologien.

MOHTASEB : surveillant (des bonnes mœurs dans la cité).

MOLLAH, MOLLÂ : autorité religieuse autorisée à diriger la prière, à enseigner. Gradation des titres, suivant le savoir et la notoriété : *molâ* (« maître »), *maolâwi* (« mon maître »), *molânâ* (« notre maître »).

MAOLAWI : cf. *supra*. Appellation persane de l' *'alim*.

NARKH : la peine (pachtou). Les sages connaissant bien l'échelle des peines en réparation d'offenses ou de crimes sont appelés les *narkheyân*.

NANAWÂTI : demande de pardon formulée par un coupable à la famille offensée (pachtou).

NEZÂM NÂMEH : loi fondamentale, constitution (persan).

NIK (ou *saz*) : réparation financière d'un crime ou d'une offense (pachtou).

OULÂMA : voir *'alîm*.

'OUMMA : la communauté des croyants.

OUSTÂD : « maître » (savant, poète, autorité intellectuelle).

PACHTOUNWÂLI : droit coutumier des tribus pachtounes.

PARTCHAM : « Le drapeau » (pachtou). Nom de la faction communiste dirigée par Babrak Kârmal.

PEGHAR : la honte ou le mépris encouru par une famille pachtoune qui ne réclame pas le prix de la vengeance.

PÎR : le sage (homme âgé), le chef d'une confrérie soufie.

QÂZÎ : juge.

QALA : demeure fortifiée.

QANOUN : loi (arabe).

QAWM : l'ethnie (au sens de groupe homogène).

QIYÂS : méthode de raisonnement juridique par analogie.

RÂCHÎDOUN : « les bien guidés », s'applique aux quatre premiers califes.

RÂ'Y : l'opinion personnelle (d'un juge).

SALAFI, SALAFÎA : ceux qui suivent les enseignements et l'exemple des anciens.

SÂRDÂR : « prince » ; titre porté par les hommes de la famille royale (pachtou).

SOUNNA : la tradition du Prophète, sa vie (*sîra*) et ses paroles (*ahâdîth*), d'où le rite sunnite, majoritaire en islam. Les sunnites représentent environ 85 % de la population afghane.

SPINZAR : littéralement l'« or blanc » : le coton (pachtou).

SULTAN : titre des monarques turcs.

TÂLEB (pl. *tâlebân*) : étudiant(s) (en théologie).

TCHÂDERI (persan) : voile plissé recouvrant intégralement la femme, pourvu d'une sorte de grillage de tissu à la hauteur des yeux. Le *tchâdar* est un voile couvrant la tête et descendant sur le dos mais laissant le visage libre. Voir *burqa*.

WAHHÂBISME : doctrine de l'imâm Ibn Al-Wahhâb (m. 1793) prônant une stricte application de la *charî'ah*. Le wahhâbisme est le rite officiel en Arabie Saoudite.

WAQF (pl. *auqaf*) : bien religieux de mainmorte, fondation pieuse.

WAKÎL : ministre (arabe).

WÂLI : gouverneur (persan), préfet, sous-préfet.

WATAN : la patrie (arabe).

WAZIR (vizir) : titre traditionnel du Premier ministre jusqu'au XIXe siècle ; aujourd'hui : ministre (*wazarât* : ministère).

ZAKÂ'T : aumône légale.

ZYÂRAT : tombes de saints personnages ou de martyrs, faisant l'objet d'une vénération particulière.

BIBLIOGRAPHIE INDICATIVE

La bibliographie des études afghanes est immense. La plupart des sources directement utilisées pour cet ouvrage figurent dans les notes en bas de page. La liste ci-dessous est volontairement limitée à quelques études d'ensemble aisément accessibles, et comportant souvent des bibliographies détaillées.

ADAMEC, Ludwig W., *Historical and Political Who's Who of Afghanistan*, Graz, 1975.

AKRAM, Assem, *La guerre d'Afghanistan*, Balland, 1996.

BARRY, Michael, *Le royaume de l'insolence. L'Afghanistan, 1504-2001*, Flammarion, 1984, rééd. 2002.

CAROE, Olaf, *The Pathans, 550 B.C.-A.D. 1957*, Londres, Macmillan, 1962.

CENTLIVRES, Pierre et Micheline, *Et si on parlait de l'Afghanistan*, Paris, Maison des sciences de l'homme, 1988.

— *Chroniques afghanes 1965-1993*, Amsterdam, Archives contemporaines, 1998.

CENTLIVRES, P. et M., DUPAIGNE, B., GILLE, E , MARIGO, A., MATHONNAT, J., PUIG, J.-J., ROSSIGNOL, G. et ROY, O., *Afghanistan, la colonisation impossible*, Cerf, 1984.

Collectif (colloque tenu au Sénat, Paris, 27-29 novembre 1986), *Afghanistan. The Last Thirty Years*, éd. par Mary BROXUP, CEREDAF, *Central Asian Survey*, vol. VII, n° 2-3, 1988, Oxford, Pergamon Press, 221 p.

Collectif, *History of Civilizations of Central Asia*, Paris, Unesco, et plus spécialement vol. II (1994), *The Development of Sedentary and Nomade Civilizations : 700 B.C. to A.D. 250*; vol. III (1996), *The Crossroad of Civilizations : A.D. 250 to*

750 (1996) ; vol. IV, 1 (1998), *The Age of Achievement : A.D. 750 to the End of the Fifteenth Century.*

DELLOYE, Isabelle, *Femmes d'Afghanistan,* Paris, P. Lebiers, 1980, rééd. 2001.

DUPREE, Louis, *Afghanistan*, Princeton University Press, 1973, rééd. 1978 et 1980.

DORRONSORO, Gilles, *La révolution afghane, des communistes aux talibans*, Paris, Karthala, 2000.

DUPAIGNE, Bernard, et ROSSIGNOL, Gilles, *Le guide de l'Afghanistan*, Lyon, La Manufacture, 1989.

ÉTIENNE, Gilbert, *L'Afghanistan ou les aléas de la copération,* PUF, 1972.

FRASER-TYTLER, W.K., *Afghanistan. A Study of Internal Political Developments in Central and Southern Asia,* Oxford University Press, 1950, rééd. 1962.

GREGORIAN, Vartan, *The Emergence of Modern Afghanistan (1838-1946),* Stanford University Press, 1969.

GROUSSET, René, *L'empire des steppes*, Payot, 1951.

KAKAR, Hasan, *Afghanistan. A Study in Internal Political Developments (1880-1896),* Kaboul, 1971.

NEWELL, Richard, *The Struggle for Afghanistan*, Cornell University Press, 1981.

PONTFILLY, Christophe de, *Le clandestin dans la guerre des résistants afghans*, Laffont, 1985.

POULLADA, Leon, *Reform and Rebellion in Afghanistan* (*1919-1929*), Cornell University Press, 1973.

RACHÎD, Ahmed, *L'ombre des talibans,* Paris, Autrement, 2001 (trad. de l'anglais par Geneviève Brzustowski et Laurent Bury, postface d'Olivier Roy).

ROY, Olivier, *Afghanistan. Islam et modernité politique*, Le Seuil, 1985.

— *La nouvelle Asie centrale*, Le Seuil, 1997.

VICTOR, Jean-Christophe, *La cité des murmures*, Lattès, 1983.

Citons également :

— Une revue trimestrielle : *Les Nouvelles d'Afghanistan* (16, passage de la Main-d'Or, 75011 Paris), depuis 1980. Nous sommes redevables de nombre d'informations à cette revue, éditée par AFRANE (rédacteur en chef : Étienne Gille), et à laquelle nous avons collaboré depuis ses origines.

— Un centre de documentation unique en France : *Centre*

de recherches et d'études documentaires sur l'Afghanistan (CEREDAF, 16, passage de la Main-d'Or, 75011 Paris ; *ceredafr@club-internet.fr*). 800 ouvrages, 1100 monographies, 180 périodiques, ainsi qu'une monumentale bibliographie (réalisée par le Dr Mohammad Akram, ancien ministre afghan de l'Éducation) comprenant 11000 références entre 1972 et 1992.

INDEX *

* Établi par Isabelle Soulet-Winock.

DANS LA COLLECTION FOLIO/ACTUEL

1 Alain Duhamel : *Les prétendants.*
2 Général Copel : *Vaincre la guerre (C'est possible !).*
3 Jean-Pierre Péroncel-Hugoz : *Une croix sur le Liban.*
4 Martin Ader : *Le choc informatique.*
5 Jorge Semprun : *Montand (La vie continue).*
6 Ezra F. Vogel : *Le Japon médaille d'or (Leçons pour l'Amérique et l'Europe).*
7 François Chaslin : *Les Paris de François Mitterrand (Histoire des grands projets architecturaux).*
8 Cardinal Jean-Marie Lustiger : *Osez croire, osez vivre (Articles, conférences, sermons, interviews 1981-1984).*
9 Thierry Pfister : *La vie quotidienne à Matignon au temps de l'union de la gauche.*
10 Édouard Masurel : *L'année 1986 dans* Le Monde *(Les principaux événements en France et à l'étranger).*
11 Marcelle Padovani : *Les dernières années de la mafia.*
12 Alain Duhamel : *Le Ve Président.*
13 Édouard Masurel : *L'année 1987 dans* Le Monde *(Les principaux événements en France et à l'étranger).*
14 Anne Tristan : *Au Front.*
15 Édouard Masurel : *L'année 1988 dans* Le Monde *(Les principaux événements en France et à l'étranger).*
16 Bernard Deleplace : *Une vie de flic.*
17 Dominique Nora : *Les possédés de Wall Street.*
18 Alain Duhamel : *Les habits neufs de la politique.*
19 Édouard Masurel : *L'année 1989 dans* Le Monde *(Les principaux événements en France et à l'étranger).*
20 Edgar Morin : *Penser l'Europe.*
21 Édouard Masurel : *L'année 1990 dans* Le Monde *(Les principaux événements en France et à l'étranger).*
22 Étiemble : *Parlez-vous franglais ?*
23 Collectif : *Un contrat entre les générations (Demain, les retraites).*

24 Alexandre Zinoviev : *Les confessions d'un homme en trop.*
25 Frantz Fanon : *Les damnés de la terre.*
26 Paul Bairoch : *Le Tiers-Monde dans l'impasse.*
27 Édouard Masurel : *L'année 1991 dans* Le Monde *(Les principaux événements en France et à l'étranger).*
28 Raoul Vaneigem : *Traité de savoir-vivre à l'usage des jeunes générations.*
29 Georges Corm : *Liban : les guerres de l'Europe et de l'Orient 1840-1992.*
30 Pierre Assouline : *Les nouveaux convertis (Enquête sur des chrétiens, des juifs et des musulmans pas comme les autres).*
31 Régis Debray : *Contretemps (Éloges des idéaux perdus).*
32 Brigitte Camus-Lazaro : *L'année 1992 dans* Le Monde *(Les principaux événements en France et à l'étranger).*
33 Donnet Pierre-Antoine : *Tibet mort ou vif.*
34 Laurent Cohen-Tanugi : *La métamorphose de la démocratie française.*
35 Jean-Jacques Salomon : *Le destin technologique.*
36 Brigitte Camus-Lazaro : *L'année 1993 dans* Le Monde (*Les principaux événements en France et à l'étranger*).
37 Edwy Plenel : *La part d'ombre.*
38 Sous la direction de Jacques Testart : *Le Magasin des enfants.*
39 Alain Duhamel : *Les peurs françaises.*
40 Gilles Perrault : *Notre ami le roi.*
41 Albert Memmi : *Le racisme.*
42 Dominique Schnapper : *L'épreuve du chômage.*
42 Brigitte Camus-Lazaro : *L'année 1994 dans* Le Monde *(Les principaux événements en France et à l'étranger).*
43 Alain Minc : *Le nouveau Moyen Âge.*
44 Patrick Weil : *La France et ses étrangers.*
45 Françoise Baranne : *Le Couloir (Une infirmière au pays du sida).*
46 Alain Duhamel : *La politique imaginaire.*
47 Le Monde : *L'année 1995 dans* Le Monde (*Les principaux événements en France et à l'étranger*).

48 Régis Debray : *À demain de Gaulle.*
49 Edwy Plenel : *Un temps de chien.*
50 Pierre-Noël Giraud : *L'inégalité du monde.*
51 Le Débat : *État-providence (Arguments pour une réforme).*
52 Dominique Nora : *Les conquérants du cybermonde.*
53 Le Monde : *L'année 1996 dans* Le Monde *(Les principaux événements en France et à l'étranger).*
54 Henri Mendras : *L'Europe des Européens.*
55 Collectif : *Le travail, quel avenir ?*
56 Philippe Delmas : *Le bel avenir de la guerre.*
57 Le Monde : *L'année 1997 dans* Le Monde *(Les principaux événements en France et à l'étranger).*
58 Robert Littell : *Conversations avec Shimon Peres.*
59 Raoul Vaneigem : *Nous qui désirons sans fin.*
60 Le Monde : *Lettres d'Algérie.*
61 Philippe Simonnot : *39 leçons d'économie contemporaine.*
62 Jacques Julliard : *La faute aux élites.*
63 Le Monde : *L'année 1998 dans* Le Monde *(Les principaux événements en France et à l'étranger).*
64 Le Monde : *La Déclaration universelle des droits de l'homme.*
65 Edwy Plenel : *Les mots volés.*
66 Emmanuel Todd : *L'illusion économique.*
67 Ignacio Ramonet : *Géopolitique du chaos.*
68 Jacques Huguenin : *Seniors : l'explosion.*
69 Olivier Languepin : *Cuba (La faillite d'une utopie).*
70 Jean-Louis Andreani : *Comprendre la Corse.*
71 Daniel Junqua : *La presse, le citoyen et l'argent.*
72 Olivier Mazel : *La France des chômages.*
73 Gilles Châtelet : *Vivre et penser comme des porcs (De l'incitation à l'envie et à l'ennui dans les démocraties-marchés).*
74 Maryvonne Roche : *L'année 1999 dans* Le Monde *(Les principaux événements en France et à l'étranger).*
75 Dominique Schnapper avec la collaboration de Christian Bachelier : *Qu'est-ce que la citoyenneté ?*

76 Jean-Arnault Dérens : *Balkans : la crise.*
77 Gérard et Jean-François Dufour : *L'Espagne : un modèle pour l'Europe des régions ?*
78 Jean-Claude Grimal : *Drogue : l'autre mondialisation.*
79 Jocelyne Lenglet-Ajchenbaum et Yves Marc Ajchenbaum : *Les judaïsmes.*
80 Greil Marcus : *Lipstick Traces (Une histoire secrète du vingtième siècle).*
81 Pierre-Antoine Donnet et Anne Garrigue : *Le Japon : la fin d'une économie.*
82 Collectif : *Questions économiques et sociales.*
83 Maryvonne Roche : *L'année 2000 dans* Le Monde *(Les principaux événements en France et à l'étranger).*
84 Roger Cans : *La ruée vers l'eau.*
85 Paul Santelmann : *La formation professionnelle, nouveau droit de l'homme ?*
86 Raoul Vaneigem : *Pour une internationale du genre humain.*
87 Philippe Meirieu et Stéphanie Le Bars : *La machine-école.*
88 Habib Souaïdia : *La sale guerre.*
89 Ahmed Marzouki : *Tazmamart (Cellule 10).*
90 Gilles Kepel : *Jihad (Expansion et déclin de l'islamisme).*
91 Jean-Philippe Rivière : *Illettrisme, la France cachée.*
92 Ignacio Ramonet : *La tyrannie de la communication.*
93 Maryvonne Roche : *L'année 2001 dans* Le Monde *(Les principaux événements en France et à l'étranger).*
94 Olivier Marchand : *Plein emploi, l'improbable retour.*
95 Philippe Bernard : *Immigration : le défi mondial.*
96 Alain Duret : *Conquête spatiale : du rêve au marché.*

Composition Bussière
et impression Bussière Camedan Imprimeries
à Saint-Amand (Cher), le 2 septembre 2002.
Dépôt légal : septembre 2002.
Numéro d'imprimeur : 24141-023423/1.
ISBN 2-07-042595-9./Imprimé en France.

14503